KB274628

自繩自縛

자승자박

촌부 新무협 판타지 소설

자승자박 7

촌부 新무협 판타지 소설

초판 1쇄 찍은 날 § 2008년 7월 3일
초판 1쇄 펴낸 날 § 2008년 7월 13일

지은이 § 촌부
펴낸이 § 서경석

편집장 § 문혜영
편집책임 § 이재권
편집 § 서지현

펴낸곳 § 도서출판 청어람
등록번호 § 제1081-1-89호
등록일자 § 1999. 5. 31
어람번호 § 제2-1525호

주소 § 경기도 부천시 원미구 심곡1동 350-1 남성B/D 3F (우) 420-011
전화 § 032-656-4452 팩스 § 032-656-4453
http://www.chungeoram.com
E-mail § eoram99@chollian.net

© 촌부, 2006

ISBN 978-89-251-1379-1 04810
ISBN 89-251-0385-0 (세트)

자승자박

Fantastic Oriental Heroes

自繩自縛

7 [완결]

춘부 新무협 판타지 소설

도서출판 청어람

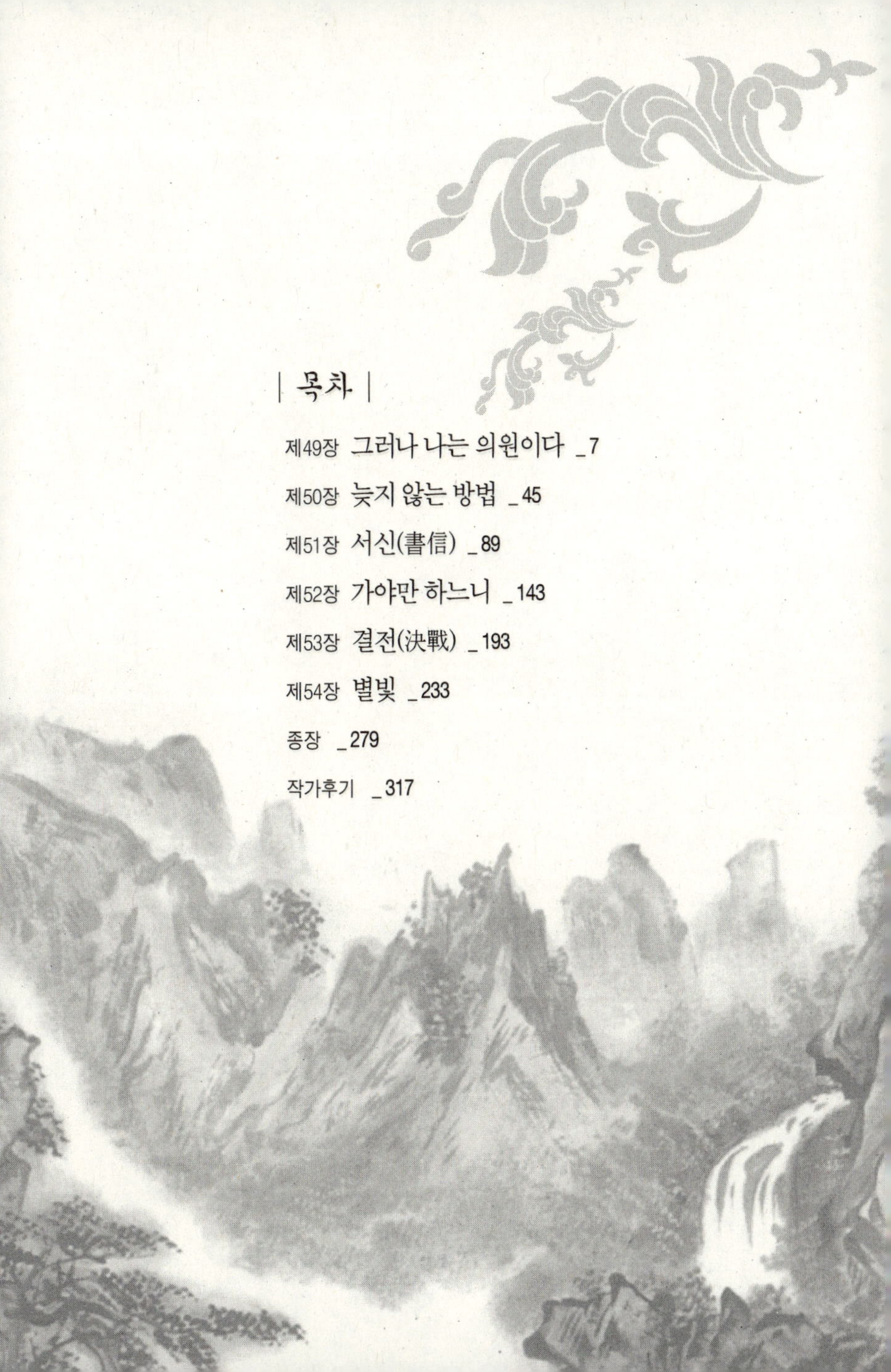

| 목차 |

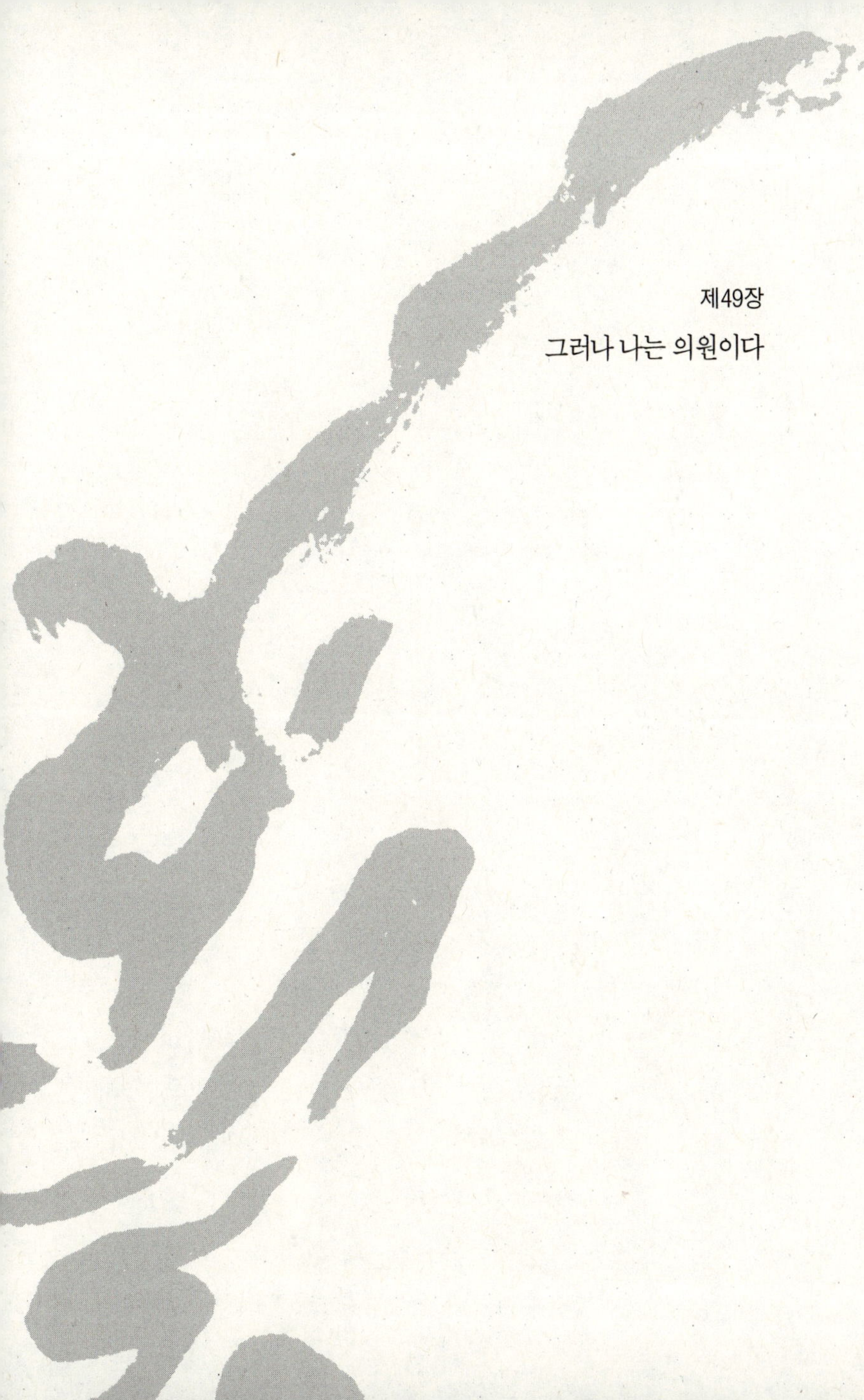

제49장

그러나 나는 의원이다

이리저리 굽은 노송엔 세월의 풍상이 고스란히 배어 있었다.

부러진 가지마다 옹이가 생겼고 비바람 덕택에 나무껍질이 벗겨져 있었다. 벌레가 파고들었는지 구멍도 심심찮게 보였다.

하지만 그래도 노송은 생명의 끈을 면면히 이어가고 있었다.

태풍이 몰려왔을 때에도, 지진이 일어났을 때에도 노송은 쓰러지지 않고 묵묵히 모든 환란을 견뎌내었다.

노송은 한결같은 푸름으로 자신의 둥치에 찾아온 두 남녀를 보듬었다.

두 남녀는 비틀거리며 둥치로 다가와 힘겹게 몸을 뉘었다.

그들은 다름 아닌 제갈현중과 혜월이었다.

"놔, 제갈현중. 약선 어르신이……."

"내 말 들어요. 지금은 아니에요."

제갈현중이 그녀를 부축해 뉘이며 말했다.

거의 울 것 같은 표정을 한 제갈현중은 애써 그녀의 시선을 외면했다.

"놔, 놓으란 말이야……."

혜월은 움직이지 않는 팔을 억지로 움직여 제갈현중의 어깨를 잡았다. 하지만 손은 힘없이 툭 떨어져 버리고 말았다.

중독 증상이 한층 더 심해지고 있었다.

그녀는 눈물을 애써 참으며 더듬더듬 말했다.

"제발 놔줘… 약선 어르신이 죽을지도 몰라… 구해야 해……."

"나도 알아요. 하지만 지금은 아니에요. 지금은 아니야."

제갈현중은 진 밖을 바라보았다.

스무 명이나 되는 무인이 흉흉한 살기를 내뿜고 있었지만 약선 어르신은 두렵지도 않은지 성큼성큼 그들 안으로 걸어가고 있었다.

제갈현중은 아랫입술을 질끈 깨물고는 다시 혜월 쪽으로 시선을 돌렸다.

"…내가 어떻게든 방법을 찾을게요. 날 믿어요. 난 지자(智者)니 능히 방법을 생각해 낼 수 있어요."

"안 돼, 제갈현중… 약선 어르신이… 현중아……."

그동안 혜월이 제갈현중을 이름으로 부른 적은 없었다.

제갈현중은 황망한 가운데서도 그 사실을 알아채고는 물끄러미 그녀를 바라보았다.

혜월의 얼굴은 창백하게 질려 있었다.

제갈현중은 손을 뻗어 땀에 젖어 이마에 들러붙은 그녀의 머리카락을 쓸어냈다.

"괜찮아요?"

"안 돼, 안 돼… 약선 어르신이……."

혜월은 제갈현중의 말을 듣지 못한 듯 고개를 저어댔다.

이시진의 독은 제갈현중보다 혜월에게 더욱 치명적인 것이었다.

전신의 근육이 힘을 쓰지 못하게 된 상태에서 내공이 사라지자 혜월의 단련된 육신은 내공 대신 진원지기를 자극했다.

물론 생명의 근본인 진원지기가 쉽게 움직일 리는 없었다.

하지만 그녀의 육신은 헛되이 진원지기를 불러내려는 시도를 계속했고, 그녀의 상태는 점점 더 악화되었다.

피로함도 문제가 되었다.

며칠 동안이나 쉬지 않고 혈전을 벌이고, 자신은 물론 제갈현중, 이시진의 안위까지 돌봐야 했던 그녀의 육신은 극심한 피로를 느끼고 있었다.

그동안은 내공과 단련된 체력으로 피로를 억눌렀는데, 독에 중독되자 모든 것이 무용한 것이 되고 말았다. 연약한 여인의 몸으로 돌아간 그녀는 그동안 누적된 피로를 온전히 느꼈다.

거기에 이시진을 잃을지도 모른다는 절망감까지 깃들자 그녀의 심력은 빠르게 소모되어 갔다.

그것이 가장 큰 문제였다.

무인의 단련된 정기(精氣)가 흔들리자 약선 이시진조차도 미처 상상치 못했던 중독 증세가 일어났던 것이다.

주화입마(走火入魔)!

혜월은 빠르게 정신을 잃어갔다.

"괜찮아요? 혜월 단주님, 내 말 들려요?!"

다급해진 제갈현중이 그녀의 뺨을 툭툭 두드렸다.

혜월이 무어라 말하려는 듯 입술을 달싹이더니 억지로 눈을 떠 제갈현중을 바라보았다.

제갈현중이 불안한 표정으로 되묻는 것이 보였다.

"단주님! 괜찮아요? 정신이 들어요?"

"제갈현중……."

혜월은 그를 보고는 다시 눈을 감아버렸다.

제갈현중은 무공을 모른다.

물론, 그것은 그의 잘못이 아니다. 무공을 배웠느냐 배우지 않았느냐는 그저 재능과 선택의 문제일 뿐, 누구를 탓하고 말고의 문제가 아니었다.

하지만 무공을 모르는 제갈현중이 이 상황에 아무 도움이 되지 않는다는 것은 문제였다.

지금은 그녀가 나서야 했다. 약선 어르신을 구할 수 있는 것은 그녀뿐이었다.

"약선 어르신을 구해야 해… 비켜, 제갈현중……."

"내가 할게요. 내가 할게. 그러니 가만히 있어요."

제갈현중은 일어나려는 혜월을 잡아 움직이지 못하게 하고는 시선을 돌려 진 안과 밖을 자세히 훑어보았다.

이곳저곳을 관찰하던 제갈현중은 곧 이시진이 놓고 간 환약 두 알을 발견했다.

제갈현중의 눈에 희망의 빛이 감돌았다.

"저 환약, 저게 아마 해독약일 거예요."

이시진은 제갈현중과 혜월이 먹은 것이 사실은 독이었다면서 환약을 두 개 놓고 갔었다. 이유도 없이 환약을 놓고 갔을 리는 없을 터. 저것은 틀림없이 해독약일 것이다.

문제는 그것이 진의 경계선에 있다는 것이었다.

해독약을 꺼내기 위해서는 진 밖으로 나가야 한다.

"저게 먼저예요. 혜월 단주님이 회복되어야 약선 어르신도 구할 수 있어요."

혜월이 해독되면, 경공을 펼쳐 이시진을 강제로 데리고 진 안으로 돌아온다.

"넌 여기에 있어… 내가, 내가 가서 가져올게……."

"제가 갈게요. 단주님이 여기에 계세요."

혜월이 억지로 몸을 일으키려 하자 제갈현중이 또다시 그녀를 잡아 움직이지 못하게 했다.

"안 돼, 위험해… 내가……."

혜월이 고개를 저으며 제갈현중의 팔을 붙잡았다. 무공을 모르는 제갈현중을 위험에 처하게 할 수는 없다고 생각한 것이다.

제갈현중은 짜증 섞인 얼굴로 혜월의 눈을 바라보았다.

"내가 갈 겁니다."

"명령이야… 넌… 위험해……."

"그놈의 명령! 난 거부할 겁니다! 듣지 않아요!"

제갈현중이 위협적인 눈으로 혜월을 노려보았다.

혜월은 제갈현중의 기세에 놀랐는지 눈을 둥그렇게 떴다.

"단주님은 내가 위험하다고, 보호하려고 했지요? 그건 나도 마찬가지예요! 나도 단주님이 위험해 보여요, 단주님이 살았으면 좋겠어요! 단주님이 죽는 건 싫단 말입니다! 일행이니까! 함께 이 일을 해왔으니까! 그리고 내가……!"

자신의 팔을 붙잡은 그녀의 손을 제갈현중이 꾸욱 움켜쥐었다. 화가 나다보니 손에 힘이 들어갔다.

"그리고 내가……!"

제갈현중과 혜월의 눈이 마주쳤다.

혜월은 할 말을 잃고 멍하니 제갈현중의 눈을 바라보기만 했다.

"……."

무어라 말하려던 제갈현중은 말을 마치지 못하고 혜월의 시선을 피해 고개를 돌렸다.

"…저걸 봐요."

이시진이 하독을 했는지 스무 명 남짓한 무인이 쓰러져 있었다.

제갈현중은 그곳을 주시하며 말했다.

"약선 어르신이 뭔가 조치를 취하신 것 같아요. 그러니 내가 나가도 안전할 겁니다."

제갈현중이 자신의 팔을 붙잡은 혜월의 손을 천천히 떼며 말했다.

혜월의 손은 힘없이 스르르 풀려갔다. 꼭 독 때문에 놓아준 것만은 아니었다.

그녀는 스스로의 의지로 제갈현중을 놓아주었다.

제갈현중은 쓸쓸한 얼굴로 그녀를 흘끔 바라보며 말했다.

"…다녀올게요."

혜월은 대꾸없이 제갈현중을 바라보기만 했다. 그녀가 아무런 대꾸를 하지 않은 것 역시 독 때문만은 아니었다.

그녀는 조금씩 제갈현중을 의지하기 시작했던 것이다.

이시진은 멍한 눈으로 자신의 손을 바라보았다.

검붉은 피가 손에 배어났다. 비린 냄새가 코를 찔렀고, 끈적한 감각이 느껴졌다.

하지만 이시진은 자신의 손에 아무것도 묻지 않았다는 것을 알고 있었다. 장침으로 백회를 찔렀을 뿐, 그 이상도 이하도 아니다. 그러니 피가 묻었을 리가 없다.

이시진은 저도 모르게 멍하니 중얼거렸다.

“피가, 피가 묻어 있을 리가 없어. 아니야, 이건 정당한 복수였어…….”

하지만 손에는 여전히 검붉은 피가 묻어 있었다.

그것은 끔찍한 환영이었다, 다시 보기 싫을 정도로 끔찍한.

“내가 의원이기 때문에 죄책감에 환상을… 그래, 환상을 보는 거야…….”

눈을 질끈 감은 이시진은 부들부들 떨리는 손으로 얼굴을 감싸 안았다.

얼굴에 끈적한 액체가 닿자 피비린내가 한층 더 심해졌다.

“나, 난 의원 따위 하지 않아도…….”

극심한 좌절감이 이시진을 휘감았다. 아무것도 보이지 않는 컴컴한 암흑이 자신을 사로잡고 있었다.

“하지 않아도 돼…….”

그렇게 혼잣말을 멈춘 이시진은 마음속 깊숙한 곳을 파고

드는 심마(心魔)를 느꼈다. 그것은 가벼운 현기증과 함께 찾
아왔다.

이시진은 시간이 정지한 듯한 착각을 느꼈다.

복수를 완료했건만 어찌 심마가 찾아드는가. 수십 년 동안
그토록 열망해 왔던 복수를 자신의 손으로 직접 했건만 어째
서 세상은 이토록 어두운가.

세상은 답해주지 않았다.

아무런 소음도 없는 얼음장 같은 정적이 이시진의 가슴 한
켠을 서늘하게 할 뿐이었다.

하지만 정적은 이내 깨어졌다. 어디선가 환청이 들려왔던
것이다.

그게 나의 진심인가?

그것은 다른 누구의 목소리가 아닌 자신의 목소리였다. 그
것이 자신의 마음에서 들려오는 소리라는 것을 이시진은 잘
알고 있었다.

"…그래, 진심이다."

모두가 정신을 잃은 가운데 홀로 얼굴을 싸매고 앉아 있던
이시진이 억눌린 목소리로 대답했다.

정말로 그것이 나의 진심인가?

환청이 다시 들려왔다.

"그래! 그렇다고 했잖느냐! 내 아들 의진! 의진을 죽인 자
다! 나는, 난 그마저도 살려야 한다면 의원이 되지 않겠다!"

그렇게 말한 이시진이 아랫입술을 깨물었다.

그것이 나의 진심이라면 묻겠다. 왜 그는 살아나서는 안 되지?

얼굴을 감싸고 있던 이시진의 손이 풀렸다. 그는 어딘지 모를 허공을 바라보며 분노로 가득한 외침을 토해냈다.

"살인자였어! 내 아들을 죽였던, 죽어도 싼 놈이었단 말이다! 살아봤자 악(惡)밖에 저지르지 않았을 거다!"

자신의 목소리가 반문했다.

그걸 어찌 알지?

"뭐……?"

이시진이 눈을 둥그렇게 떴다. 그의 전신이 딱딱하게 굳었다.

이시진이 대답하지 않자, 질문이 또다시 그의 마음속을 파고들었다.

살아봤자 악밖에 저지르지 않을 거라는 걸 내가 어찌 알지?

이시진은 눈을 부릅떴다.

"후회하지 않는다고 했으니까! 후회한다면, 그가 후회한다면 나는 인간을 믿어볼 참이었어! 그런데 후회하지 않는다고 대답했단 말이다! 후회하지 않는다고, 허허, 후회하지 않는다고……"

그게 아닐지도 모르잖은가. 만약 그가 나중에라도 후회한다면, 그때는 어찌할 것인가. 나는 그에게 참회할 기회조차 빼앗은 것이 아닌가.

이시진의 몸이 얼어붙었다.

그는 얼굴을 감싸 쥐었던 손을 떼고 혼란스러운 시선으로 고개를 들었다.

"아니야, 그게 아니야. 그, 그렇다 하더라도 과거의 죄가 없어지는 것은 아니야… 아니란 말이다……."

또다시 함부로 선과 악을 재단하는구나. 나는 악을 행한 적이 없었나? 따지고 보면 나 역시 그와 마찬가지가 아닌가.

이시진은 손을 들어 머리카락을 움켜쥐었다.

인간은 하늘이 아니며, 때문에 감히 선과 악을 심판할 수 없다. 복잡한 인과(因果)에서 어찌 악이 악으로만 존재하고 선이 선으로만 존재하겠는가! 그 누가 있어 미래를 장담할 수 있을 것이며, 그 누가 있어 생명의 존엄마저 치죄할 수 있을 것인가!

사형을 앞둔 사형수에게도 의술은 펼쳐지는 법, 생명의 존엄함에 있어서 선과 악은 뒤의 문제일 뿐이다.

의원은 감히 생명의 존엄을 넘어 누군가를 심판할 수 없다.

그는 의원이었고, 그 사실을 잘 알고 있었다.

이시진은 눈을 질끈 감고 괴로운 듯 외쳤다.

"그러면 내 아들은?"

말문이 막힌 것일까? 환청은 대답하지 않았다.

이시진은 그에게 들으라는 듯 크게 외쳤다.

"내 아들의 억울한 죽음은! 이 아비의 허명에, 이 아비의 보잘것없는 의술을 탐하는 자들의 손에 억울하게 죽은 내 아들은 어떻게 되는 거지? 이대로 묻을 수는 없어! 내 목숨보다도 소중한 아들이었다! 그 녀석을, 의진을……."

알고 있지 않은가. 내 아들은 과연 이런 것을 바랐을까?

이시진은 고개를 점점 더 빠르게 저었다.

그의 마음속에서 극심한 다툼이 일어났다. 그의 혼란스러운 마음이 감당해 낼 수 없는 것이었다.

이시진은 격렬히 부정했다.

"아니야! 아니다! 내 아들이, 의진이……."

하지만 이시진은 그것이 사실이 아님을 알고 있었다.

그처럼 아들도 의원이었다. 의원됨으로 따지면 자신보다 나은 아들이었다. 생명의 존엄을 뒤로하고 감히 복수를 하기를 바랄 리가 없었다.

세상 사람들 모두가 그렇게 해도 진정한 의원인 아버지가 그럴 리 없다고, 아들은 그렇게 생각하지 않을까.

"아니야! 그럴 리가 없어!"

이시진이 마지막으로 부정하려 했다. 하지만 목소리는 다름 아닌 자신의 것, 속이려 해도 속일 수가 없었다.

이시진은 머리를 쥐어뜯었다.

"그럴 리가 없다! 이건 정당한 복수였어! 정당한 복수였다고! 그렇지 않느냐? 그렇다고 대답해다오, 의진아!"

머리를 쥐어뜯던 이시진은 몸을 뒤틀며 통곡했다. 눈물이 홍수를 이뤘다.

"그렇다고 말해다오……. 의진아, 내 아들아. 그렇다고 대답해다오……."

숨조차 쉴 수 없을 정도로 가슴에 메어와 이시진은 꺽꺽거리며 한을 토해냈다. 가슴을 움켜쥐고 허리를 굽힌 채 이시진은 바닥에 얼굴을 비비며 통곡했다.

그렇게 얼마를 울었을까.

한 호흡도 안 되었던 것도 같고 영원보다 긴 시간을 울음으로 채웠던 것도 같았다.

하지만 그렇게 울었는데도 울음은 그치지 않았다.

답은 이미 내려져 있었다.

"…원하지 않았더냐?"

아주 조그마한 목소리였다. 목이 메어 목소리가 제대로 나오지 않았다.

"너는 원하지 않았더냐? 이 아비 때문에 목숨을 잃었으면서도 이 아비가 복수하는 것은 싫었더냐? 이 아비를 용서했더냐. 의진아……."

울음의 한가운데에서 이시진은 힘겹게 말을 토해냈다.

마음속에 또 다른 질문이 떠올랐다.

아들을 너무 오래 붙잡고 있었구나.

"의진아, 내 아들아……!"

이제 보내주어야 하지 않겠는가.

아들의 죽음에 얽매여 그의 추억으로 살아가지 말고 이제 보내주어야 하는가.

이시진은 아들의 얼굴을 되새겼다.

기억은 점점 오롯해졌다. 하지만 기억이 오롯해질수록 이시진은 아들을 보내야 할 때가 가까이 왔다는 것을 깨달을 수 있었다.

그러자 마음속에 마지막 질문이 떠올랐다.

나는 누구인가?

"나는…….."

이시진이 바닥에 묻다시피 했던 얼굴을 들어 올렸다. 그리고는 눈물로 인해 축축해진 주름진 눈가로 아들을 죽인 적면무인을 바라보았다.

인간의 선과 악, 분노와 슬픔, 아들의 삶과 죽음, 후회하지 않는다던 살인자의 추악한 미소.

그 모든 것이 이시진의 머릿속을 휩쓸었다.

하지만 그중 가장 큰 비중을 차지하는 것은 단 하나였다.

"나는… 의원이다."

의원 이시진은 생명의 존엄을 감히 무시할 수 없었다.

이시진은 잠시 적면무인의 시체와 같은 몰골을 노려보았다.

아들의 원수였다. 생명이 존엄하다지만 아들의 원수였다. 아들이 원치 않을 죽음을 맞게 될 원수였다.

그러나 그는 의원이었다.

순간 마음에 격렬한 갈등이 일어났지만, 이시진은 그것을 이겨내었다.

"그래, 나는 의원이지……."

이시진은 천천히 적면무인에게로 다가갔다. 그리고 그의 머리로 손을 가져가 백회에 꽂힌 장침을 뽑아 들었다. 자칫하다가는 적면무인의 생명을 앗아갈 수 있으므로 천천히 뽑아낸다.

백회에 꽂혀 있던 장침이 빠지자 적면무인이 호흡을 들이마셨다. 너무도 미약한 호흡이라 숨을 내쉰 건지도 알아채기 어려웠지만 이시진은 용케 그것을 알아차렸다.

"살아 있군……."

이시진은 이번에는 옆에 떨어진 망태기를 주워 들고 안에서 새하얀 가루와 검은빛 환을 꺼내 들었다. 그리고 검은빛 환을 반으로 쪼개어 새하얀 가루에 섞었다.

그리고 그것을 적면무인의 입에 억지로 넣고 목울대를 자극해 강제로 삼키게 했다.

적면무인의 피부색이 조금이나마 바뀌기 시작했다.

이시진은 물끄러미 그 반응을 바라보며 그의 손목을 잡고 진맥을 하더니, 침통에서 세침과 장침을 꺼내 들었다.

그리고 적면무인의 인중으로 세침을 가져가 제일 시침했다.

한 가닥 미망(未忘)이 그의 손을 붙잡았다. 그는 아들을 살해한 자를 살려야 하는 것이다.

그는 의원이기도 하지만 인간이기도 했다.

"이 시술을 평생 후회할지도 모르지……."

이시진이 혼란스러운 표정으로 중얼거렸다.

이자를 죽여도 후회할 것이고 살려도 후회할 것이다.

마지막의 마지막까지, 이시진은 인간으로서의 자신과 의원으로서의 자신 사이에서 갈등했다.

"그래도 해야 하는구나."

잠시 머뭇거리던 이시진은 지그시 손을 눌러 인중에 침을 꽂았다. 시침을 하면서도 이시진은 용서할 수 없다는 듯 적면무인의 얼굴을 흘끔 바라보았다.

적면무인의 얼굴은 마치 잠을 자는 듯이 평화로웠다.

그 모습을 보고 있자니 참으로 원통했다.

이시진은 또다시 살심이 일어날까 두려워 아무렇게나 입을 열었다.

"…아는가?"

그의 목소리는 잔뜩 쉬어 있었다.

"나는 자네를 한시도 잊어본 적이 없다네. 자네는 내 아들을 죽였지."

이번에는 쇄골 사이에 장침을 꽂아 넣는다. 울분이 가라앉지 않는지 이시진은 부들부들 떨리는 손으로 시침했다.

"평생 자네를 찾아다녔다네. 자네의 죽음을 얼마나 상상했고 얼마나 원했는지, 아마 자네는 모를 걸세."

다음은 심장 부근에 장침과 세침을 각각 세 개씩 시침해야 할 차례였다.

이시진은 조심스럽게 적면무인의 상의를 벌렸다.

"후회하지 않는다고 했었지? 내 아들을 죽여놓고도 자네는 후회하지 않는다고 했어. 그러니까, 그러니까 자네는 살아야 하네."

잘못 꽂았다가는 생명이 위험한 자리였지만 이시진은 대수로울 것 없다는 듯 빠르게 침들을 꽂아 넣었다.

가볍게 손을 놀리는 데도 깊이와 위치는 마치 자로 잰 듯 정확했다.

"살게. 살아서 후회하게. 참회하고 내 아들에게 용서를 빌게. 그렇게 되길 빌겠네. 자네도 인간이길 빌겠어."

그것을 마지막으로 응급조치는 끝났다.

이시진은 다시 그의 맥을 쥐어갔다.

"내가 죽지 못하게 할 걸세. 내가 자네를 용서할 수 있도록, 내 아들이 자네를 용서할 수 있도록……."

"크하하! 파천제와 떨어진 일행이 있었던가!"

채 말이 끝나기도 전에 살기 어린 웃음소리가 들려왔다.

이시진은 천천히 고개를 돌렸다.

숨어 있던 진을 탈출했을 때부터 예상했던 일이었다.

장내에는 고작 스무 명 남짓한 무인이 있었지만, 자신의 기운이 노출되면 기감이 높은 선계의 무인들은 그 기척을 읽고 자신을 찾아올 것이 분명했다.

아니나 다를까.

백여 명은 족히 되어 보이는 무인이 공중을 가로질러 자신에게로 날아오고 있었다.

"백미에 허름한 마의, 망태기! 그대는 약선이렷다!"

가장 선두에 선 검인(劍人)이 웃음 섞인 목소리로 외쳤다.

이시진은 흘끔 적면무인을 내려다보았다.

적면무인의 안색은 한층 더 나아져 있었다. 경각에 달했던 숨이 돌아왔는지, 호흡도 한층 평화로워져 있다.

그것으로 끝났다. 아들의 원수를 살려냄으로써 심마를 이겨냈다. 끔찍한 고통이었지만 그것을 견뎌냈다.

"허어—"

이시진은 안도의 한숨을 내쉬었다.

그사이, 선두에 섰던 검인이 바닥에 착지했다. 그리고는 파천제의 일행 중 한 명을 잡게 된 자신의 행운에 감탄하며 희열에 젖은 얼굴로 물었다.

"대답하라! 그대가 바로 약선의제 이시진인가?"

가공할 살기에도 이시진은 뒤로 물러나지 않았다.

어차피 각오했던 일, 무릎을 꿇지는 않으리라.

그는 지치고 피로한 얼굴로 대답했다.

"그렇다네. 내가 이시진이지."

"과연."

검인은 바닥에 쓰러진 스무 명 남짓한 무인을 보고는 고개를 끄덕였다.

선계의 무인들의 무위는 이미 구파일방의 일대제자의 수준을 뛰어넘었다. 무공을 모르는 한낱 의원이 이들을 제압하려면 경지에 달한 의술이 아니고서는 불가능하리라.

이시진도 스무 명 남짓한 무인들 쪽으로 시선을 돌렸다.

그리고 혼란스러운 듯 머뭇거리다 눈을 질끈 감았다.

'저들 역시……'

잠시 무엇인가를 생각하던 이시진은 차분한 표정으로 눈을 떴다. 그리고 손가락으로 스무 명 남짓한 무인을 가리켰다.

"아직 죽지는 않았네. 아들의 원수와 독대하기 위해 저자들에게 독을 풀었으나 복수가 완료, 그래, 완료되었으니 이제 저자들을 해독해 주겠네."

"그럴 필요는 없다, 약선의제 이시진."

"뭐……?"

이시진의 얼굴이 당황으로 굳었다.

검인이 싸늘하게 웃는 얼굴로 고개를 돌려 뒤에 있는 자신의 수하를 불렀다.

"우선(羽仙)."

"우선이 고선(孤仙)의 부름을 받습니다."

비쩍 말라 장대처럼 보이는 사내가 나타나 머리를 조아렸다.

고선이라 불린 검인이 싸늘한 목소리로 명을 내렸다.

"약선의 독(毒)을 알 수 있게 되었으니 마의께서 기뻐하실 터. 이자들을 모두 수습해라."

이시진이 이해할 수 없다는 듯 고선을 바라보며 외쳤다.

"이보게! 지금 해독하지 않으면 저들의 생명은 장담할 수 없게 되네!"

"마의께서는 죽은 자에게서도 모든 것을 알아낼 수 있으시니 저자들의 목숨은 쓸모가 없지. 그리고 어깨의 그 망태기."

고선이라 불린 검인이 이시진에게 검을 겨누었다.

이시진은 자신의 목숨이 경각에 달했는데도 개의치 않았다.

그저 동료인데도 불구하고 구하지 않으려는 선계의 무인들 덕택에 충격에 휩싸여 있을 뿐이었다.

"어떻게, 어떻게 이럴 수가 있나! 저자들은 나의 적일지는 몰라도 자네들의 동료잖나!"

"그 망태기를 벗어라. 그 안에 있는 약과 독 역시 마의께서 취하실 것이다."

검인이 이시진의 망태기를 가리키며 말했다. 이시진이 언제 하독할지 모르므로 가까이는 가지 않은 상태였다.

마의께서 말씀하시길, 약선은 자신과 필적하거나 어쩌면 자신보다 뛰어날 수 있다고 했다. 마의의 실력은 익히 아는 바, 그렇다면 약선에게 접근해 봐야 손해만 보게 되리라.

"망태기를 내려놓아라. 그렇게 된다면 편히 죽게 해주마."

"아니, 죽기 전에 난 저자들을 치료해야겠네! 부하들로 하여금 길을 비키게 하게! 내게는 적을 치료하는 일이지만 그들에게는 동료를 치료하는 것일 터, 반발하진 않을 걸세."

이시진의 얼굴은 딱딱하게 굳어 있었다.

아들의 원수를 살리는 끔찍한 경험을 한 끝에 생명의 존엄에 대해 다시 깨달은 이시진이다. 하지만 깨달음을 얻자마자 생명을 경시하는 자들을 만나고 말았다.

그러니 어찌 분노가 치밀지 않으랴!

하지만 검인은 여전히 망태기에 관해서만 이야기할 뿐이었다.

"망태기를 내려놓으라고 하지 않았나. 지금 당장 내려놓지 않는다면 팔을 자르겠다."

"이놈의 망태기가 무슨 소용이라고! 마의라고 했던가? 그 자가 무엇이기에, 그를 위한답시고 동료까지 버린단 말인가!"

이시진이 버럭 고함을 질렀다.

검인은 피식 웃으며 이시진을 바라보았다.

"의술로 천하를 노리는 분이시지. 그분에게 천하에 산재한 모든 인간은 한낱 실험을 위한 재료일 뿐이다. 그건 우리 선계의 신선들도 다르지 않아. 어차피 하계에서의 육신은 선계에서의 그것과 비교가 되지 않는 법. 그러니 독에 중독된 이 자들도 후회하진 않을 것이다."

"닥쳐! 그 입 다물란 말이다! 어찌 인간이 한낱 재료가 된단 말이냐! 차라리 나를 데려가라! 의술이라면 그런 식으로 익히지 않아도 돼! 내 다 알려주겠으니 마의라는 자에게 나를 안내해!"

"망태기를 내려놓지 않으면 팔을 자르겠다고 했었다, 약선."

고선이 그렇게 말하며 허공으로 검을 휘둘렀다.

분명히 검은 닿지도 않았거늘, 이시진의 어깨에서 피가 튀어 올랐다.

"크흑!"

이시진이 본능적으로 상처를 부여잡고 뒤로 한 걸음 물러났다. 그리고 당황한 눈으로 손을 떼고는 상처를 바라보았다.

진득하게 배어난 피 사이로 긴 검상이 보인다.

이시진은 이를 악물며 고통을 참아내고는 자유로운 한 손으로 망태기에 손을 가져갔다.

"하독할 수 있을 것 같나!"

고선이 고함을 지르며 또다시 검을 휘둘렀다.

이시진의 다른 쪽 어깨에서 또 피가 튀었다.

"크… 으윽……."

이시진은 끔찍한 고통을 참아내려 이를 악물었다. 잇새로 신음이 저절로 배어 나왔다.

"망태기를 내려놓아라!"

고선은 여전히 가까이 다가오지 않는 상태였다.

"크으음……."

이시진은 신음을 내뱉으며 상처로 시선을 가져갔다.

섬뜩한 살기가 몸을 감싸자 목숨이 경각에 달했다는 것이 새삼 느껴졌다. 자신은 언제 죽을지 모르는 것이다.

하지만 지금 이대로 목숨을 잃는다면 후회뿐인 죽음이 되리라.

'어떻게든…….'

천만다행히 상처는 얕았다. 근육이 베이긴 했으나 인대나 신경은 끊어지지 않았다. 그저 피륙의 상처일 뿐인 것이다.

허공에 칼질을 한 것만으로 자신에게 상처를 입혔으니 그의 무공 수위는 결코 낮지 않을 터.

그런데 왜 단번에 자신의 목숨을 가져가지 않는 것일까.

"왜지……?"

이시진은 고통 속에서 나직하게 속삭였다.

고선은 무언가를 두려워하고 있는 듯 보였다. 가까이 오지 않는 것에는 틀림없이 그만한 이유가 있을 것이다.

'그게 살아날 수 있는 유일한 길일 것이다. 무엇인가? 왜 가까이 오지 않는 거지?'

이시진은 필사적으로 머리를 굴렸다.

'하독할까 두려워 가까이 오지 않는 것인가? 아니면 피가 튀는 것이 두려워서? 하나 피가 독이 아닌 바에야 두려워할 이유가……'

피가 독이 아닌 바에야?

이시진의 머릿속에 한줄기 빛살이 스쳐 지나갔다.

'나를 독인으로 여기는 겐가?'

만약 그렇다면 모든 것이 설명된다. 독인의 혈액은 그 어떤 극독보다도 강하니까.

저자가 말했던 마의라는 자가 만약 독인이라면, 그와 비슷한 수준의 의술을 가진 자신 역시 독인으로 보일지도 모른다.

이시진은 억지로 웃음을 지어보였다. 일종의 허장성세였다.

"가까이 오지 못하는 걸 보니 자네도 좀스럽구먼. 내 피에 어린 독이 두려운가보지?"

"닥쳐라!"

다리에서 핏줄기가 튀면서 이시진이 털썩 무릎을 꿇었다.

왼쪽 허벅지에 얇은 검상이 생겼다.

그것으로 이시진은 확신할 수 있었다.

고선이라는 저자는 자신을 두려워하고 있었다. 가까이 접근하지도 못할뿐더러 함부로 살수를 쓰지도 못하고 있다.

혹여 마지막 한 수가 있을지도 모른다고 생각하는 듯했다.

'하지만 그걸 알아봐야 무슨 소용이 있나. 그것을 어찌 이용하지?'

이시진은 이를 악물었다.

생각을 해야 한다, 생각을.

저자가 자신을 독인으로 착각하고 있다면 그것을 이용해야 한다. 그것을 이용해 이 위기에서 탈출하고 자신의 헛된 복수심으로 죽게 될 자들을 구해야 한다. 그들이 비록 악인일지라도 말이다.

'하지만 어떻게?'

이시진의 눈이 혼란스럽게 흔들렸다.

"더 기다리지 않겠다, 약선. 이번엔 목을 벨 것이다. 망태기를 내려놓아라."

고선이 싸늘하게 말했다.

이시진의 추측대로, 고선은 내심 약선이 독인일지도 모른다고 생각하고 있었다. 하지만 이시진이 아무런 반항도 하지 않자 그 생각은 곧 깨어졌다.

만약 약선이 독인이 아니라면, 지금 당장 목을 떼어도 문제가 없으리라.

고선은 내심 미소를 지으며 검을 높이 들어 올렸다.

"이제 끝이다, 약선."

그때였다.

어디선가 공포에 질린, 하지만 결의에 찬 고함이 들려왔다.

"우아아악!"

"제갈 소협?!"

이시진이 놀란 목소리로 외쳤다.

허공에서 갑자기 제갈현중이 나타나더니 짧은 단도를 들고 막무가내로 달려오는 것이다. 무공을 익힌 무인들이 보기엔 비웃음이 날 정도로 느리고 둔한 몸짓이었다.

이시진이 다급히 고함을 질렀다.

"피하게, 제갈 소협! 오지 말게! 오지 마!"

"큭큭……."

고선은 웃음을 터뜨리며 그쪽을 바라보았다.

갑자기 나타나서 놀라긴 했으나 그뿐, 상대는 무공을 모르는 한낱 애송이일 뿐이다.

그런데 이상한 일이 일어났다.

"어디에 숨어 있었는지는 몰라도……."

툭—

고선이 말을 맺기도 전에 무엇인가가 바닥에 떨어져 데구루루 굴러갔다.

그것은 고선의 목이었다. 단면이 매끄러워 뒤늦게 피가 뭉클뭉클 배어 나오는 기이한 머리가 바닥을 구르고 있었다.

목을 잃은 고선의 몸은 검을 계속 휘두르다가, 균형을 잃고 털썩 바닥에 쓰러졌다.

장내의 모든 인간들은 경악에 휩싸여 멍하니 입을 벌렸다. 고선의 목이 잘렸건만 어떻게 잘렸는지는 보지도 못했다.

그렇게 침묵이 내려앉은 사이로 살기 어린 목소리가 울려 퍼졌다.

"감히 누구를……."

"의, 의현?"

이시진은 그 목소리를 잘 알고 있었다.

감정이라고는 배어나지 않는, 퉁명스러운 목소리. 이 강호행의 시작부터 자신과 함께했던 목소리였다.

이시진은 목소리가 들린 쪽으로 고개를 돌렸다.

그곳에 의현이 도를 든 채로 서 있었다.

"……."

의현은 이를 꽉 다문 채 이시진을 바라보았다.

이시진의 팔과 다리에서 피가 배어 나오고 있다. 피부는 창백해져 있었고, 얼굴은 부들부들 떨리고 있었다.

의현의 눈이 차갑게 가라앉았다. 하마터면 자신의 눈앞에서 이시진이 죽을 뻔했다. 월영신을 펼쳐 최대한의 속도로 달려왔으나 이시진은 벌써 많은 상처를 입은 것이다.

의현의 고개가 다시 선계의 무인들을 향해 돌아갔다.

"감히……."

의현이 그들을 바라보며 한 걸음을 내딛었다.

한 걸음을 내딛었을 뿐인데도 바닥이 울리는 듯했다.

아니, 실제로 울린 것이 아닐까.

"크, 크윽……."

무공이 약한 누군가가 무릎을 털썩 꿇었다. 평소에는 느끼지도 못했던 공기가 천근만근의 무게로 어깨를 짓눌렀다.

"내 앞에서 내 벗을……."

의현이 다시 한 걸음을 내딛었다.

살기가 천하를 뒤덮을 듯 강렬해졌다. 무공이 약한 자들은 온 천하가 자신을 죽이려 한다는 착각을 느꼈다.

울창한 나무는 천계의 신장이 되어 자신을 노렸고, 단단한 땅은 물컹거려 자신을 빨아들이려는 듯했다. 무심한 하늘조차 준엄히 그들을 꾸짖으며 번개를 내리치려 하는 것 같았다.

의현은 마기(魔氣)가 어린 붉은 눈으로 선계의 무인들의 앞에 멈춰 섰다.

살기가 극도로 치솟자 세상이 정적에 잠겼다. 천하만물이 정적에 잠기자 시간마저도 멈춰 버린 듯했다.

차가운 정적 속에서 의현이 싸늘하게 중얼거렸다.

"…죽어라."

그의 손에 들린 도가 천천히 공중으로 솟구쳐 올라갔다. 마도의 끝에 매달린 영롱한 광채도 점점 커졌다.

"영체……!"

광채를 알아본 자들이 신음처럼 낮게 외쳤다.

팔선의 무위에 근접한 자들은 억눌린 상태에서나마 경공을 펼치려 내공을 끌어올렸다.

의현의 도가 공중 높이 솟구쳐 멈추었다.

바로 그 순간, 예상외의 인물이 의현을 가로막았다.

"크, 크윽… 의, 의현! 그만… 두어라……!"

이시진이 신음과 함께 의현에게 외쳤다.

살기가 집중된 방향에 있는 것은 아니었으나 이시진 역시 살기를 느끼고 있었다. 그러다 보니 외친다고 외친 것이 작기만 했다.

하지만 의현의 살기는 조금도 줄어들지 않았다.

"그만… 두라고… 하지 않았느냐!"

이시진은 있는 힘을 모조리 끌어내었다.

팔과 다리의 상처에서 피가 배어 나왔고 살기에 눌려 말하기도 힘들었지만, 이시진은 억지로 몸을 일으켰다.

다리가 부들부들 떨렸다.

"그만, 그만둬!"

이시진이 힘겹게 한두 걸음을 걸어갔다. 의현에게로 접근하면 할수록 숨을 쉬기가 어려웠다.

"물러나."

의현은 무심한 얼굴로 이시진을 흘끔 바라보고는 싸늘하게 말했다. 하지만 이시진을 생각해서인지 살기를 조금이나

마 거두었다.

“그만둬라, 의현아. 그만!”

살기가 사라진 틈을 타서 이시진은 재빨리 의현에게로 다가갔다. 육신의 힘은 사라졌을지 몰라도 정신의 힘은 고스란히 남아 있었다.

이시진은 다가가자마자 의현의 팔을 붙잡았다.

“물러나라고 했을 텐데.”

의현이 섬뜩한 눈으로 이시진을 바라보았다.

이시진의 몸에 공포가 깃들었다.

굳이 살기를 품지 않더라도 의현의 위압감은 대단하다. 이번엔 거기에 살기까지 깃들었으니 두렵다 아니 할 수 없었다.

하지만 이시진은 억지로나마 마음을 추슬렀다.

“저들을 죽여서는 아니 된다, 의현아. 나는 그럴 수 없어!”

“너를 죽이려 했던 자들이다, 시진.”

의현이 이시진의 눈을 똑바로 바라보며 말했다.

“그렇더라도 상관없어!”

의현이 의아한 눈으로 이시진을 바라보았다.

이시진은 의현의 시선을 피해 눈을 질끈 감으며 중얼거렸다.

“네 말대로 저자들은 나를 죽이려 했었지. 그뿐만이 아니다. 이중엔 내 아들의 원수도 있어. 하지만 이건 아니야. 이래서는 아니 된다.”

"네 아들을 죽인 자가 이곳에 있나?"

의현이 싸늘하게 웃어 보였다. 그는 다시 선계의 무인들에게 시선을 돌렸다.

"저놈들이 죽어야 할 이유가 하나 더 늘었군."

"그러지 말라고 했잖느냐!"

이시진이 격렬하게 고개를 저었다. 의현이 도를 내려치려 하자 이시진은 그의 팔을 잡은 손에 힘을 주었다.

마음만 먹으면 의현은 능히 자신을 뿌리칠 수 있으리라.

그 이전에 그를 설득해야만 했다.

"그러지 마라, 의현아. 나는 의원이다. 그러니, 그러니 저들을 용서할 테다. 용서할 거야. 죽이면 아니 된다."

"거절한다, 시진."

의현이 차가운 목소리로 말을 이어나갔다.

"너는 의원일지 모르지만 나는 아니다. 난 내 앞에서 내 벗을 죽이려 한 자를 용서하지 않는다. 그리고 그것은 네 복수이기도 하다, 시진. 네가 갚지 못할 복수를 내가 대신 해주겠다. 네 손을 더럽힐 필요는 없어. 그러니 물러나라, 시진."

이시진의 팔에서 힘이 주욱 빠졌다. 그는 혼란스러운 눈으로 의현을 바라보았다.

다른 누구도 아닌 의현이 바로 그의 심마(心魔)였다. 물론 그에게 악의가 조금도 없다는 것은 잘 알고 있었다. 그는 그저 호의로, 자신을 생각하는 마음으로 말할 뿐이다.

또다시 유혹이 밀려들었다.

자신이 관여하지 않는다면 의현은 틀림없이 저자들을 모두 도륙하고 말리라.

내가 내 손으로 사람을 죽이려는 것이 아니다. 의현의 손으로 죽이는 것이다.

그렇다면 가만히 내버려 두어도 되지 않을까?

여기서 한 발자국만 물러나면 된다. 한 발자국만.

"아니야……!"

이시진은 고개를 격렬히 저었다. 그리고 부들부들 떨리는 손에 힘을 주어 의현의 팔을 거세게 움켜쥐었다.

"그게 아니다, 의현아. 그건 자기기만일 뿐이야. 난 기회가 있었는데도 내 손으로 복수하지 않았어. 네 손을 빌려서 한다는 건 어불성설이다."

"아들을 잃었다고 했잖은가. 원수를 찾아달라고 내게 부탁했잖은가. 여기서 그 모든 것을 포기하려는 건가?"

이시진이 말문이 막힌 듯 머뭇거렸다.

의현은 그런 그에게 한 번 더 질문을 던졌다.

"아들을 죽인 자를 살린다면, 다른 이들은? 이전에 내 손에 목숨을 잃은 자는 많았고, 앞으로도 많을 것이다. 원시천존의 목숨을 가져갈 것이다. 날 말릴 텐가, 시진?"

"……."

이시진은 이번에도 대답하지 못했다.

의현의 눈은 불타오르고 있었다.

"네가 말려도 나는 그렇게 할 것이다. 네가 복수하지 않겠다면 관계하지 마라. 이것은 내 벗을 죽이려는 자의 목을 베는 일일 뿐, 네 일이 아니다. 물러나라."

그는 이시진의 위험에 분노하고 있었고, 그 순수한 분노만으로도 적을 죽일 이유는 충분하다. 이시진이 거기에 복수를 보태든 아니든 관계가 없다.

이시진은 말문이 막힌 듯 머뭇거렸다.

"너는… 아니, 나는……!"

"물러나라고 했다!"

의현은 짜증이 난다는 듯 고함을 질렀다.

이시진이 멍한 눈으로 의현을 바라보며 고개를 젓다가 눈을 질끈 감아버렸다.

아직 유혹을 이겨내지 못한 이시진은 의현에게, 아니, 그 스스로를 설득하기 위해 목청껏 외쳤다.

"원시천존의 목숨을 가져가는 것도 나는 말리고 싶다! 할 수 있다면 그러고 싶어. 단순히 네 복수였다면 말렸을지도 모르지. 하지만 그는 천하를 피로 물들이려 하고 있고, 우리는 그것을 막아야 해. 그것을 위해서!"

이시진의 목소리는 조금씩 격앙되어 갔다.

"그것을 위해서 원시천존의 죽음을 지켜봐야 한다면, 그래, 나는 방관하겠다! 하지만 그것은 결코 그의 죽음을 원해

서가 아니다! 천하를 위해서 죄를 범하는 것일 뿐! 내가 아니
면 누가 지옥에 가랴, 그 말대로!"

의현은 말없이 이시진을 바라보고 있었다.

이시진은 의현은 신경도 쓰지 않은 채 말을 계속 이어나갔
다.

"하지만 저자들은 달라! 저자들은 원시천존을 따르고 있는
것일 뿐, 원시천존이 아니야! 저자들은 원시천존만큼 천하의
안위를 위협하지 않아! 그러니 살려야 하고, 나는 그렇게 할
테다!"

의현은 대답하지 않았다.

이시진은 눈을 번쩍 뜨고는 의현을 노려보았다.

"내가 온 천하를 구할 수는 없겠지! 하지만 나는 내 손에 닿
는 일을 하겠다! 살릴 수 있는 목숨이라면 살리겠어! 그게 내
아들이 원하는 일이니까! 나는 의원이니까! 내 아들처럼… 나
도 의원이니까……."

이시진은 천천히 고개를 숙이고는 나직한 목소리로 중얼
거렸다.

"그러니… 그만두어라, 의현아."

"……."

하지만 의현의 마음은 조금도 바뀌지 않았다.

의현은 냉혹한 얼굴로 강제로 이시진을 떼어내기 위해 팔
을 움직였다.

고개를 숙인 이시진은 움직이는 의현의 팔을 부여잡은 채 나직하게 속삭였다.

"내가 네 벗이라면… 내 말을 들어다오… 부탁하마……."

의현의 몸짓이 멈추었다.

그는 기이한 감정이 담긴 시선으로 이시진을 물끄러미 바라보았다. 무슨 생각을 하는 건지 모를 기이한 시선이었다.

전신의 기운이 다 빠졌는지, 이시진은 의현의 팔을 붙잡고 몸을 지탱하고 있었다.

"……."

잠시 멈추었던 의현은 무심한 얼굴로 그에게서 시선을 떼었다.

그리고 도를 횡으로 그어나갔다.

"의현아……."

이시진이 절망감 가득한 목소리로 무릎을 털썩 꿇었다.

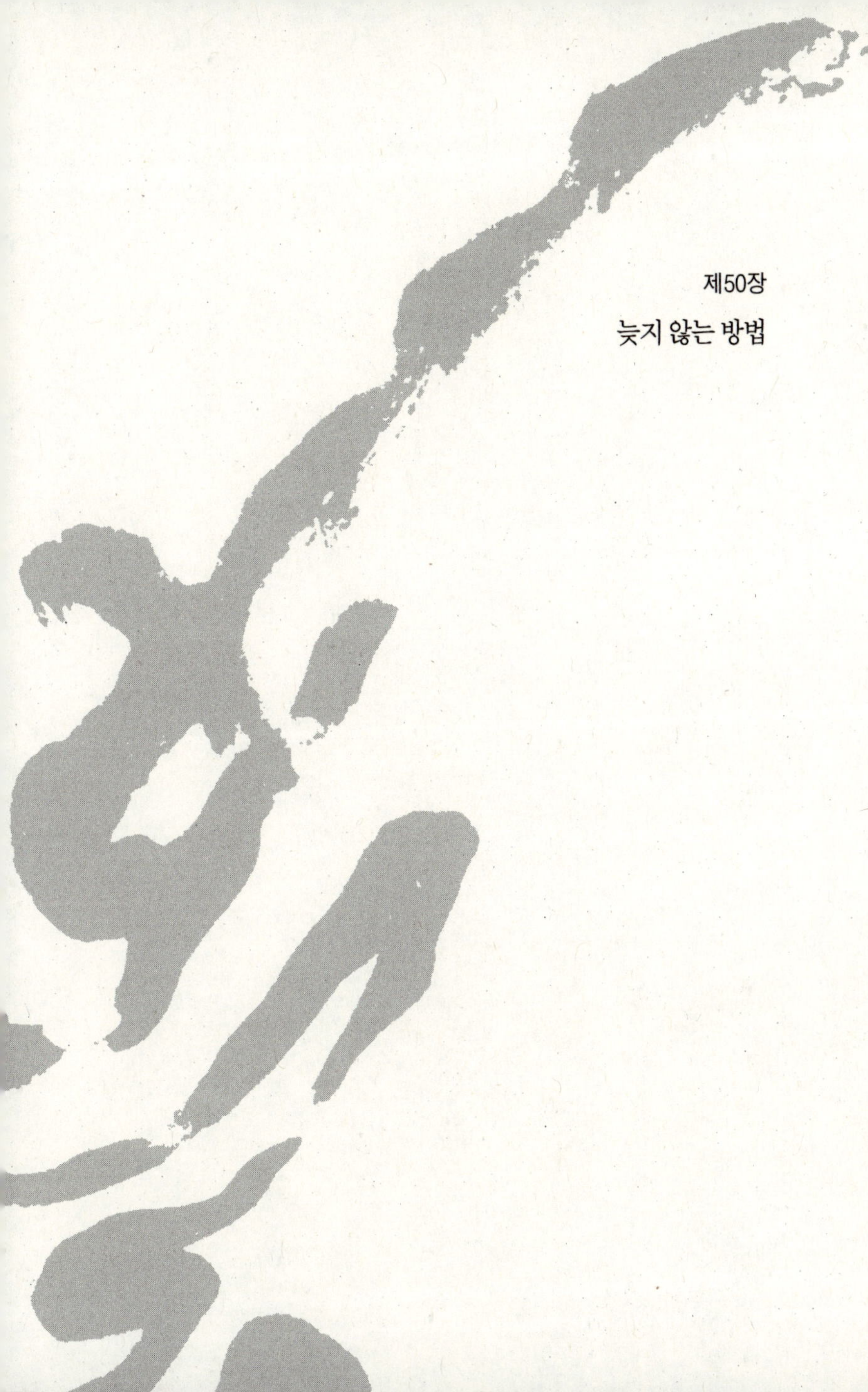

제50장

늦지 않는 방법

의현의 도는 그저 공중에서 아래로 휘둘러졌을 뿐이었다. 이시진이 보기엔 분명히 그러했다. 마치 도법을 연마하는 것처럼 간단한 일수였다.

하지만 그것이 의미하는 바는 결코 작지 아니하리라.

이시진은 바닥에 주저앉아 절망한 얼굴로 땅을 바라보았다.

"아니 된다, 의현아……."

하지만 이시진의 속삭임은 비명에 묻혀 사라지고 말았다.

"크허억!"

누군가가 비명을 지르며 바닥에 쓰러졌다.

그 비명을 시작으로 수많은 비명들이 터져 나오기 시작했다.

의현의 도가 휘둘러지자마자 노란빛 광채가 선계의 무인들 사이로 파고들었던 것이다.

영체는 공중을 가로질러 날아가 살기에 짓눌린 자들의 단전에 깃들었다.

"다, 단전이……! 내공이……!"

누군가가 비명처럼 한탄했다. 그는 전신에 가득했던 내공이 물밀듯이 빠져나가자 무릎을 털썩 꿇으며 몸을 부들부들 떨었다.

이시진은 쓰러진 자들이 비교적 멀쩡한 것을 보고는 눈을 둥그렇게 떴다.

"허어……?"

절명한 것은 아닌지 바닥에 쓰러진 자들은 아직까지도 움직임을 보이고 있었다. 부들부들 떨거나 바닥을 기는 자도 있었다.

이시진이 의현 쪽으로 혼란스러운 시선을 돌렸다.

"의현아……?"

의현은 무심한 얼굴로 도를 수습하고는 흘끔 이시진을 바라보았다.

이시진은 그 시선에서 무언가를 발견하고는 서서히 미소를 지었다.

“너는… 죽이지 않은 게로구나?”

“죽이지는 않았다.”

의현은 그렇게 말하고는 천천히 이시진에게로 걸어와 그의 팔을 붙잡았다.

이시진은 그런 의현을 넋 나간 듯 바라보기만 했다.

“그래, 역시 죽이지 않았어…….”

의현은 이시진의 팔을 잡아 비틀 듯이 돌려보고는 상처가 깊지 않다는 것을 확인했다.

한 군데의 상처가 별로 크지 않은 것을 보면 나머지 상처도 크게 다르지 아니하리라.

의현은 이시진의 팔을 놓고는 몸을 돌려 버렸다.

“고맙구나…….”

이시진은 허탈한 표정으로 웃으며 그런 의현을 바라보았다.

의현이 무심한 목소리로 말했다.

“상처를 치료해라, 시진.”

“아…….”

이시진은 그제야 깨달은 듯 자신의 팔과 다리를 바라보았다. 그리고 상처를 유심히 보는가 싶더니, 부들부들 떨리는 손을 망태기 속으로 집어넣어 붕대와 금창약을 꺼내었다.

“그래, 상처를 치료해야지.”

이시진은 금창약을 오른쪽 팔의 상처에 뿌린 후, 붕대를 감

아갔다. 오른쪽 팔을 붕대로 질끈 동여맨 다음엔 왼팔 차례였
다.

　의현은 그런 이시진을 물끄러미 바라보며 천천히 입을 열
었다.

　"이해할 수가 없군."

　"…무얼 말이냐?"

　왼팔에 금창약을 뿌리던 이시진이 의아하다는 듯 의현을
바라보았다.

　무심한 의현의 얼굴에서 조금의 혼란이 보였다.

　"너를 이해할 수가 없다, 시진."

　"…그럴지도 모르겠구나."

　이시진이 씁쓸하게 웃어 보였다.

　애초에 가는 길이 달랐다. 의현이 무도의 길을 걷는다면 그
는 의원의 길을 걷고 있었다.

　"하지만 나는 이제야 너를 이해할 수 있겠다."

　왼쪽 팔을 모두 수습한 이시진이 다리를 수습하며 말했다.
그는 다리에 금창약을 뿌리다 말고 깊은 눈으로 땅을 바라보
았다.

　의현의 복수심, 무도를 걷는 의현이 사람을 살리려 하는 이
유.

　그 모든 것을 이제야 이해할 수 있었다.

　잠시 뭔가를 생각하던 이시진이 다시 손을 놀렸다.

"너도 언젠간 나를 이해하게 될 게다."

다리에 붕대를 다 감은 후에, 이시진은 자리에서 일어나 상처를 한번 어루만져 보고는 팔을 휘저어보았다.

신경이 다치지는 않았는지 움직임이 부자연스러울 뿐, 다른 이상 징후는 없었다.

이시진은 망태기를 주워 들고는, 바닥에 쓰러져 있는 제갈현중에게로 다가갔다.

제갈현중은 의현의 살기에 짓눌려 정신을 잃은 상태였다.

하지만 무슨 이유에서일까. 항거할 수 없는 힘에 눌려 정신을 잃었으면서도 그는 꾸준히 누군가를 부르고 있었다. 정신력으로 의현의 살기를 이겨내려는 듯이.

"단주님… 혜월 단주님……."

이시진은 아무 말 없이 제갈현중의 손목을 잡고 진맥을 시작했다.

잠시 그를 진맥하던 이시진은 심력이 소모되었을 뿐 육신에 큰 이상이 없다는 것을 깨닫고는 제갈현중의 관자놀이와 화개혈을 자극했다.

"정신 차리게, 제갈 소협. 미안허이. 나 때문에……."

"으음… 단주님… 단주님이……."

제갈현중이 식은땀을 흘리며 서서히 눈을 떴다.

악몽에서 깨어나는 것처럼 힘겹게 눈을 뜬 제갈현중은 이시진의 얼굴을 바라보고는 나직하게 중얼거렸다.

"약선 어르신?"

"그래, 날세."

이시진이 씁쓸하게 미소 짓는 것을 본 제갈현중은 이번에는 시선을 돌려 장내를 바라보았다.

바닥에 널브러진 선계의 무인들과 무심히 서 있는 의현을 보자, 정신을 잃기 직전의 상황이 제갈현중의 머리를 스치고 지나갔다.

제갈현중은 다시 이시진을 바라보고 그가 멀쩡하다는 것을 확인했다. 하지만 결코 기쁘지는 않았다.

제갈현중은 원망이 가득한 얼굴로 협박하듯 말했다.

"…혜월 단주님을 봐주십시오. 지금 당장."

약 일다경 전.

이시진이 적면무인의 백회혈에 장침을 꽂을 때쯤, 제갈현중은 두 알의 환약을 집어 들 수 있었다.

제갈현중은 재빨리 한 알을 입에 털어 넣고는 혜월에게 달려갔다.

하지만 해독약을 가지러 다녀온 그 짧은 순간에, 혜월은 거의 정신을 잃어가고 있었다.

"혜월 단주님! 여기, 여기 해독약이 있어요!"

"으으음……."

신열이 들끓는 것을 애써 참으며 혜월이 눈을 떴다. 그녀의 입술은 새하얗게 말라붙어 있었다.

제갈현중은 이를 질끈 깨물고는 그녀를 안아 들듯 들어 올렸다. 그리고는 기운이 없어 목도 제대로 가누지 못하는 그녀의 입에 해독약을 밀어 넣었다.

“약을 먹어요. 그럼 해독이 될 거예요.”

해독약이 입 안에 들어왔는데도 혜월은 그것을 씹어 삼키지 못했다. 그녀의 상태는 예상보다 훨씬 심각해져 있었던 것이다.

제갈현중이 그녀를 붙잡고 고개를 절레절레 저었다.

“이러면 안 돼요. 약을 먹어야 해요. 해독이 되어야 한단 말이에요.”

하지만 혜월은 여전히 멍하니 누워 있을 뿐이었다.

제갈현중은 알고 있는 의학적 상식을 동원해 혜월의 목울대를 자극해 보고, 또 그녀의 턱을 강제로 움직이려고도 시도해 보았다.

“젠장……!”

그러한 시도들이 모두 수포로 돌아가자, 제갈현중은 혜월에게서 시선을 떼어 허공을 바라보았다. 그의 시선이 불안한 듯 흔들렸다.

“어떻게 해야 하지? 어떻게 해야…….”

혼잣말을 주워섬기던 제갈현중이 문득 행동을 멈추었다.

방법이라면 있다.

조금 꺼림칙한 방법이지만 지금은 그것을 신경 쓸 때가 아니다.

제갈현중은 다시 혜월에게로 시선을 내렸다.

"…미안해요."

제갈현중은 잠시 난감한 듯 혜월을 바라보다가, 눈을 질끈 감고는 그녀에게 입을 맞췄다.

부드러운 혜월의 입이 벌어지고, 그녀의 입 안이 느껴졌다. 제갈현중은 혀를 움직여 약을 그녀의 목구멍으로 밀어 넣었다.

잠시 뒤, 제갈현중이 고개를 들어 올렸다.

혜월의 입 안에 있던 환약은 남김없이 식도 너머로 사라져 있었다.

"……"

제갈현중은 말없이 혜월의 안색을 살펴보았다. 이전과 조금도 다를 바가 없는 창백한 안색이 제갈현중의 마음을 아프게 했다.

"이제 괜찮을 거야."

제갈현중은 그녀를 꼬옥 안은 채 차분한 눈으로 진 밖을 바라보았다. 마음속에 불안이 남아 있었지만, 제갈현중은 그것을 억지로 지웠다.

해독약을 먹였으니 이제 곧 나아지리라.

"이제 단주님은 괜찮을 거예요. 해독약을 먹었으니 내공이 돌아올 테니까 운기조식만 하면 금방 나을 거예요.”

혼잣말을 주워섬기는 제갈현중이었다.

그동안 진 밖의 상황은 점점 더 복잡해져만 갔다.

이시진이 적면무인을 다시 치료하기 시작했을 때, 장내에 수많은 무인들이 나타났던 것이다.

제갈현중의 전신이 딱딱하게 굳었다.

“이런…….”

새로이 나타난 무인들은 이시진을 위협했다. 잠시 이시진에게 뭔가 말을 걸던 무인들의 수장이 곧 허공에 검을 휘둘렀다. 그러자 이시진의 팔에서 피가 배어났다.

“안 돼! 약선 어르신!”

제갈현중이 자리에서 벌떡 일어났다. 하지만 품에 안겨 있던 혜월이 걸림돌이 되었다.

제갈현중은 이시진과 혜월을 번갈아 바라보고는 아랫입술을 질끈 깨물었다.

“혜월… 단주님…….”

제갈현중은 혜월의 얼굴을 기억하려는 듯 세세히 바라보았다. 울음이 터져 나올 것 같은 기분이 들었다.

잠시 혜월을 바라보던 제갈현중은 울음 대신 혜월의 품에 손을 넣어 비도를 한 자루 꺼내 들었다.

진 밖에서는 이시진이 또 다른 팔에 상처를 입고 있었다.

혜월을 편안히 뉘인 제갈현중이 비도를 들고 자리에서 일어났다.

"……"

일어나기 직전, 혜월의 파리한, 하지만 조금 전보다는 훨씬 나아진 얼굴을 본 제갈현중이 안쓰러운 미소를 지으며 그녀의 볼을 쓰다듬었다.

그녀의 볼을 한차례 어루만진 제갈현중은 곧 그녀에게서 시선을 떼고 진 밖을 바라보았다.

그리고 긴 한숨을 내쉬었다.

"후우—"

두려움이 물밀듯이 밀고 들어왔다. 필시 약선 어르신을 구하지 못하고 죽음을 맞게 될 것이 분명했다.

하지만 아무것도 하지 않을 수는 없다. 어떻게든 약선 어르신을 구해야 한다. 혜월 단주님을 다시 볼 수 없을지도 모른다는 생각이 마음을 괴롭혔지만, 가만히 앉아 있을 수만은 없었다.

제갈현중은 긴장된 마음을 추슬렀다.

이시진을 노리고 검을 휘두르던 자가 마지막 일격을 준비할 때쯤, 제갈현중은 눈을 질끈 감고 비명인지, 기합인지 알 수 없는 소리를 지르며 진 밖으로 달려나갔다.

"우아아악!"

"제갈 소협?"

약선 어르신의 경악 어린 목소리가 마지막이었다. 제갈현중은 그 이후는 명확히 기억하지 못했다.

약선 어르신의 목을 베어버리려던 자가 도리어 목을 잃었던 것 같고, 그 이후에는 끔찍한 공포심이 들었던 것 같다.

혜월 단주님이 어떻게 될지 모르는 상황에서 정신을 잃을 수는 없었기에 억지로라도 버텨보려 했지만 역부족이었다.

기억이 드문드문 끊긴 것을 보면 필시 정신을 잃었던 것이리라.

정신을 차린 직후에 보인 것은 이시진이었다.

"약선 어르신?"

"그래, 날세."

제갈현중은 씁쓸하게 웃음 짓는 이시진에게서 시선을 떼어 주위를 둘러보고는, 상황이 어느 정도 정리되었다는 것을 깨달았다.

그렇다면 더 거리낄 것이 없었다.

"…혜월 단주님을 봐주십시오. 지금 당장."

제갈현중은 자리에서 벌떡 일어나 이시진을 붙잡고 진 쪽으로 걸어갔다.

그리고 진의 앞에서 허리를 굽혀 바닥에 꽂혀 있던 비도를 확 뽑아버렸다.

그나마 남아 있던 진의 잔재마저 사라지고 혜월이 모습을 드러내자 제갈현중은 그제야 이시진을 놓아주었다.

혜월은 아직도 정신을 잃은 채 노송 아래에 누워 있었다.

“혜월 단주님이 많이 아파요.”

제갈현중은 원망 어린 시선으로 이시진에게 말했다.

“어떤 독을 하독한 것인지는 모르오나, 상태가 심상치 않습니다. 죽을지도 모른다는 생각이 들 정도였어요. 해독약을 먹였는데도 아직도 저래요. 도대체 무슨 이유로 이런 악독한……..”

“그럴 리가……..”

제갈현중의 말을 끊고 이시진이 터덜터덜 걸어가 혜월의 앞에 무릎을 꿇었다.

“내가 하독한 것은 결코 극독이 아니었어! 어떻게 이런…….”

이시진은 혜월의 손목을 쥐고는 눈을 질끈 감았다. 그리고는 잠시 뒤에 한탄을 내뱉었다.

“허, 허어…….”

기맥이 막혀 있다. 심지어 기맥이 뒤틀리려 하고 있었다. 심력이 소모된데다 내공이 빼앗긴 것이 심각한 상황을 야기했던 것이다.

이시진은 재빨리 침통을 꺼내 들었다.

하지만 그보다 의현이 더 빨랐다.

“비켜라, 시진.”

의현의 손에는 노란색 광채가 떠올라 있었다. 그는 다짜고짜 이시진을 밀치고 쓰러진 혜월의 앞에 앉았다.

예전 의현이 도제의 심각한 내상을 치유했던 때를 떠올린 이시진이 황급히 뒤로 물러났다.

"……."

의현은 혜월의 몸속을 오가는 기운들을 관(觀)했다.

기맥이 꼬이고 엉켜 막힌 곳을 확인한 의현은 그녀의 몸속에 영체를 집어넣어 풀어나가기 시작했다.

가뭄에 바싹 마른 논처럼, 내공이 사라지자 그녀의 혈은 형편없이 좁아져 있었다.

영체는 기맥을 부드럽게 쓰다듬으며 지나갔다.

잠시 뒤, 의현이 몸을 일으켰다.

"어떻게 됐습니까, 의현 소협? 혜월 단주님은……."

"시진."

제갈현중이 불안한 듯 물었지만, 의현은 그의 말을 끊고 고개를 돌려 이시진을 바라보았다.

"네 차례다."

천지간의 기운을 돋우는 일은 의현이 할 수 있지만, 그것으로 완벽히 치유할 수는 없었다. 그녀의 기맥은 풀어냈으니 이제 이시진이 필요했다.

이시진은 재빨리 달려들어 혜월을 진맥하고는 다행이라는 듯 한숨을 내쉬었다. 그리고는 능숙한 몸짓으로 침을 이곳저곳에 꽂았다.

이시진은 손을 분주히 놀리며 침울한 어조로 말했다.

“미안하네, 혜월 소저.”

이시진은 혜월의 몸 상태를 겪어보기라도 한 것처럼 명확히 알 수 있었다. 육신은 피로에 찌들어 있었다. 제갈현중과 자신을 보호하기 위해 늘 긴장 속에 살았던 혜월이었다.

이시진은 그런 그녀에게 도리어 독을 먹여 버렸다.

“모든 게 내 헛된 미망 때문이었네.”

그런데도 그녀는 자신을 원망하지 않았다. 심장의 혈류량이 많아지고 또 빨라진 흔적을 보면 그녀가 얼마나 노심초사했는지를 알 수 있다. 그녀는 단련된 무인의 정기가 손상될 정도로 누군가를 걱정했다.

다름 아닌 자신을 말이다.

“차라리… 그냥 내가 죽든 말든 관여치 말지 그랬나.”

침을 모두 꽂은 후에는, 역순으로 다시 침을 회수할 차례였다. 이시진은 손을 분주히 놀려 침을 뽑아내고는 어깨를 늘어뜨리며 씁쓸하게 중얼거렸다.

“내 생사가 무에 그렇게 중요하다고 그렇듯 심기를 다쳐가며 걱정을 한 겐가. 다른 누구도 아니고 자신에게 독을 먹인 사람을.”

이시진은 죄책감에 휩싸여 얼굴을 감싸 쥐었다.

“괜찮은 겁니까? 다른 문제가 생기거나 한 것은 아닐 테지요?”

제갈현중이 원망스러운 눈길로 이시진을 바라보며 말했다.

이시진이 고개를 절레절레 저었다.

"이제 괜찮네. 의현이 기운을 바로잡아 주었고 내가 혈도를 치유했어. 이제 곧 깨어날 걸세."

제갈현중은 대답 대신 혜월에게로 시선을 가져갔다. 제갈현중의 표정이 애틋하게 변했다.

잠시 혜월을 바라보던 제갈현중이 그 상태 그대로 입을 열었다.

"……왜 저희들에게 독을 먹인 겁니까?"

표정은 애틋했으나 목소리는 냉랭했다.

"내 아들을……."

이시진이 기운이라고는 하나도 없는 얼굴로 중얼거렸다.

제갈현중이 고개를 돌려 원망하는 얼굴로 이시진을 바라보았다.

"알아요! 그건 저도 압니다! 저도 들었다고요! 이해할 수는 없겠지만 짐작할 수는 있어요! 하지만……!"

제갈현중이 고개를 저으며 외쳤다. 진 밖에서 이시진이 나누는 대화를 듣기는 했다. 비록 단편적이었으나 그 고통만은 오롯이 느낄 수 있었다.

"하지만 그럴 거라면 저희들에게 알리고 그 이후에 행동하셨어야 했어요! 독을 먹여서는 안 됐다고요! 그것도 저런 극독을!"

“난 결코 극독을 하독하지 않았네.”

이시진이 죄책감 어린 얼굴로 혜월을 바라보았다.

“하지만 극독보다 더한 것을 하독한 것이나 다름없는 결과를 낳았네. 내가 무슨 짓을 한 걸까…….”

“저희에게 알리셨어야 했어요! 알리셨어야 했다고요! 그래서 같이 움직이고, 같이 생각했어야 했어요!”

제갈현중이 이시진에게 목청껏 고함을 질렀다. 혜월의 위기를 보고 견뎌야 했던 괴로움을 고스란히 풀어내는 제갈현중이었다.

“저희가 도왔다면 이야기가 달랐을 거예요! 제 진도 있었고 혜월 단주님의…….”

“그만 해…….”

제갈현중이 이시진을 잡아먹을 듯이 노려보며 말할 때, 누군가의 목소리가 들려왔다. 제갈현중의 고개가 휙 돌아갔다.

“혜월 단주님!”

“으음…….”

목소리의 주인공은 혜월이었다. 침이 회수된 지 몇 호흡이 지나지 않아 정신을 차릴 수 있었던 혜월은 이시진에게 원망을 풀어내는 것을 듣고는 나직하게 입을 연 것이다.

제갈현중은 재빨리 그녀에게 다가갔다.

“괜찮아요? 정신이 들어요?”

그녀는 기운이라고는 하나도 없는 어조로 제갈현중에게

말했다.

"그만 해, 제갈현중. 만약 우리에게 말씀하셨더라면, 우리는 반드시 나가지 못하도록 말렸을 거야."

"괜찮냐고 물었잖아요. 다른 이상 징후는 없어요?"

"의현 소협도 없고 약선 어르신이 위험할지도 모르니… 틀림없이 말렸겠지……."

혜월이 지친 얼굴로 웃어 보였다.

"그러니 나는 약선 어르신을 이해할 수 있어……."

잠시간 혜월의 이곳저곳을 살피던 제갈현중의 얼굴이 일그러졌다. 그는 무어라고 반박하려다가, 잠시 뒤에는 고개를 숙였다.

"하지만……."

"그리고 너도 알잖아."

혜월은 그렇게 말하며 천천히 몸을 일으켰다. 그녀가 몸을 일으키자 제갈현중의 얼굴이 코앞으로 다가왔다.

제갈현중은 저도 모르게 몸을 약간 뒤로 뺐었다.

"만약 우리가 약선 어르신께 암수를 가했다 해도 약선 어르신은 용서하셨을 거야. 나도 그것은 마찬가지야. 너는 아니니?"

제갈현중은 대답하지 않았다. 기운없는 표정으로 혜월의 시선을 피할 뿐이었다.

그 모습을 본 혜월은 흐릿한 미소를 지어 보이고는, 이시진에게 말했다.

"얽힌 것은 푸셨는지요."

"…미안하네."

이시진이 씁쓸한 얼굴로 중얼거렸다.

혜월이 고개를 저었다.

"제게 자손이 없으니 완전히 이해할 수는 없습니다만, 짐작은 할 수 있습니다. 그 고통은 상상할 수 없을 정도로 컸겠지요. 그 응어리를 푸셨습니까?"

"간단한 독이 그런 효과를 낳을 줄은 미처 몰랐네."

"사과하지 않으셔도 됩니다."

혜월은 그렇게 의현을 흘끔 바라보았다. 쓰러지기 전보다 몸이 개운하다. 기운의 유통도 이전과 다르게 활발해진 느낌이다.

아마도 의현의 덕분이리라.

"저는 아무렇지도 않으니까요."

"하지만 하마터면 혜월 단주님이 죽을 뻔했다고요."

잔뜩 골이 난 아이처럼 제갈현중이 말했다.

혜월이 그런 제갈현중에게 다시 말했다.

"아까도 말했지만 틀림없이 우리는 약선 어르신을 말렸을 거야, 의현 소협이 오실 때까지. 만약 그랬다면 약선 어르신의 아들을 죽인 흉수는 자리를 떠나고 말겠지. 황궁으로 가야 하는 다급함 속에서 그를 찾아다닐 여유는 없었을 테니, 약선 어르신으로서도 별수없었을 거다."

"……."

제갈현중은 입을 다물었다. 혜월이 말을 이어나갔다.

"그리고 내게 하독한 것도 결코 극독이 아니었어. 그 독에는 너도 중독되었었지. 그것이 극독이었니?"

제갈현중은 아무런 말없이 고개를 절레절레 저었다.

"그렇다면 이건 사고일 뿐이야. 사실 아무것도 원망할 것이 없는 거야. 다른 사람은 화를 낼지 모르지만, 나는 아니야. 너 역시 마찬가지잖니, 제갈현중."

사고라고 말했지만 어찌 그것이 사고이겠는가! 만약 사고라고 쳐도 이시진이 그 원인을 제공했다는 것은 분명한 사실이리라.

하지만 혜월은 그것이 사고라고 생각했다. 약선과의 오랜 강호행으로 인해 그를 알게 되었고 그를 이해하게 되었으니까.

"그러니 약선 어르신이 사과하실 일도 아니고, 제갈현중 네가 화를 낼 일도 아니야."

제갈현중은 혜월의 말에 공감했다. 사실 혜월이 그토록 위험하지 않았다면, 아마 이시진에 대한 원망도 이처럼 크지 않았을 것이다.

제갈현중은 저도 모르게 이시진을 바라보았다.

이시진 역시 제갈현중 쪽을 돌아보고 있었다.

잠시 둘은 서로의 시선을 마주하고는 많은 것을 주고받았
다.

혜월은 그것으로 되었다는 듯이 시선을 돌리고는 의현을
바라보았다.

"심려를 끼쳐 드려 죄송합니다."

"응."

의현은 평소처럼 무덤덤하게 고개를 끄덕였다.

혜월은 잠시 그 모습을 바라보다가, 천천히 자리에서 일으
켰다.

"그러면 이제 서둘러 출발하는 일만 남았군요."

능숙하게 화제를 돌리는 혜월이었다.

제갈현중은 마지막으로 그녀를 보고는, 그녀에게 큰 이상
이 없다는 걸 다시 한 번 확인했다.

그는 한숨을 내쉬고는 천천히 입을 열었다.

"에휴― 조금 시간이 지체되긴 했지만, 큰 이상이 있을 정
도는 아닙니다. 본래 계획에서 심하게 늦진 않았어요. 만약
늦게 되더라도 그것은 계획 자체가 늦은 거지, 이 일 때문에
지장이 생긴 것은 아닐 겁니다."

"나 때문에 괜히……."

이시진이 씁쓸하게 중얼거렸다.

제갈현중은 자기도 멋쩍은지 이시진의 시선을 피하며 조
그맣게 속삭였다.

“혜월 단주님에게 큰 이상이 없다면, 단주님 말대로 아무 일도 아닌걸요. 단주님 말씀이 맞아요. 사과하실 일이 아닙니다. 제가 그런 일을 저질렀더라도 약선 어르신 역시 용서하셨을 거고요.”

제갈현중은 그렇게 말하며 웃어 보였다.

약선은 천천히 고개를 끄덕였다.

“그렇게 말해주니 고맙구먼.”

“뭘요. 어쨌든 우리는 한참을 더 달려야 하고, 그러다 보면 시간이 없을 것이 분명합니다.”

제갈현중이 그렇게 말할 때였다.

어디선가 바람이 일어나는 듯하더니 누군가가 쿵, 소리를 내며 바닥에 착지했다.

의현보다 한참이나 뒤늦게 도착한 도제였다. 최대한도로 내공을 끌어올렸는데도 의현의 속도만큼은 따라잡을 수 없었다.

강호오제 중 일인인 도제가 따라잡을 수 없을 정도였으니 의현이 얼마나 빨리 움직였는지 능히 짐작할 수 있으리라.

도제는 착지하자마자 일행의 얼굴을 훑어보았다.

“모두 괜찮소이까?”

도제는 곧 약선의 팔과 다리에 붕대가 묶여져 있다는 것을 발견하고는 눈살을 찌푸렸다.

“다치신 게요?”

"아아."

이시진은 양팔에 매달린 붕대를 바라보고는 고개를 끄덕였다.

도제는 이번에는 제갈현중과 혜월을 보고는 그들의 안색도 그다지 좋지 못하다는 걸 발견했다.

처음에 숨어 있던 진도 무슨 이유에서인지 사라져 있다.

"진에서는 왜 나온 건가, 혜월 소저?"

"거기엔 사정이 조금 있었어요, 도제 어르신."

제갈현중이 끼어들어 혜월 대신 말했다.

도제는 설명해 보라는 듯 제갈현중을 바라보았다.

"그러니까—"

제갈현중은 잠시 머뭇거리더니, 이내 빠르게 설명해 나가기 시작했다.

"처음에는 진 안에 잘 숨어 있었어요. 천존화, 지심수를 이용해서 상대의 시각을 미혹시키는 진이었고, 진은 엄청나게 잘 작동하고 있었어요. 우리는—그러니까 여기서 우리라는 것은 약선 어르신과 혜월 단주님, 그리고 저를 말하는 겁니다—진 안에서 도제 어르신과 의현 소협께서 적들을 제압하는 것을 보면서 이런저런 대화를 나누었어요. 두 분께는 죄송하지만 오랜만에 생긴 휴식이나 다름없었지요. 그런데 갑자기……."

"혜월 소저, 자네가 설명하는 것이 낫겠군."

설명이라기보다는 수다에 더 가까운 주절거림이 이어지자

도제의 안색이 불편해졌다. 그는 제갈현중에게 말을 시킨 것을 후회하며, 혜월 쪽으로 시선을 돌렸다.

제갈현중은 꿀 먹은 벙어리가 되어 입을 꾸욱 다물었다.

혜월이 미소를 지으며 그런 제갈현중을 바라보고는 입을 열었다.

"약선 어르신께서 아들을 죽였던 흉수를 만나셨습니다. 하여 단신으로 적들 앞에 나서셨고, 위기에 처했습니다만 의현소협께서 구출하셨습니다."

"그랬군."

도제는 고개를 끄덕이고는 약선을 바라본 후에 나직하게 질문했다.

"하면 원한은 갚았소이까?"

"허허헛, 엄밀히 말하면 아니외다만 갚았다고 봐도 무방하지요."

"으음."

도제는 고개를 끄덕이고는 다시 혜월 쪽으로 시선을 돌렸다.

"그런데 약선뿐만이 아니라 자네의 안색도 좋지 않군, 혜월 소저."

"약선 어르신께서 저희를 떼어놓으려 간단한 독을 하독하셨습니다만, 제 몸 상태가 좋지 않아 독의 효과가 증폭되었습니다."

"지금은 괜찮은 겐가?"

혜월이 고개를 끄덕였다.

"예. 해독약을 먹고 약선 어르신께 또 다른 치료를 받았습니다. 의현 소협께도 도움을 받았지요."

'해독약을 먹고' 부분에서 제갈현중의 얼굴이 발그레해졌다. 그는 갑자기 몸을 비비 꼬며 어쩔 줄을 몰라 했다.

때마침 이시진이 혜월을 바라보며 이상하다는 듯 미간을 좁혔다.

"그러고 보니 이상하군. 혜월 소저는 육신이 마비되었기 때문에 해독약을 먹기가 힘들었을 텐데, 어떻게 약을 복용시킨 겐가?"

이시진은 그렇게 말하며 제갈현중을 바라보았다.

제갈현중의 얼굴이 폭발할 듯이 달아올랐다. 그는 빨개진 얼굴로 일행을 번갈아 돌아보며 더듬거렸다.

"어, 저기… 그게요, 그러니까……."

"오호? 설마……."

이시진의 표정이 더욱 은근해졌다.

반면, 혜월의 표정은 딱딱히 굳어갔다. 그녀는 저도 모르게 자신의 입술로 손가락을 가져갔다.

"너, 설마……?"

혜월이 놀라움과 분노가 섞인 얼굴로 제갈현중을 노려보았다.

제갈현중은 파랗게 질린 얼굴로 고개만 저어댔다.

"그게 아니라니까요, 그게… 그러니까… 아우, 이건요……."

제갈현중을 구해준 것은 그 사실에 별 관심이 없었던 도제였다.

"그럼 다 끝났으니 이제 출발해야겠군."

제갈현중이 탈출구를 찾았다는 듯 반색했다.

"맞아요! 우리는 이미 충분히 늦었습니다. 숭산을 떠난 지 이미 오래되었고, 게다가 지금 여기서도 이렇게 시간을 지체했으니 큰일이 난 셈이에요. 이제부터라도 빠르게 달려가야 합니다. 하지만 약선 어르신은 물론 혜월 소저도 몸이 좋지 않으니 걱정이에요. 우리는 모두 함께 이동해야 하니까요. 그러니까……."

"그 입 좀 다물어라, 이 빌어먹을 놈."

도제가 싸늘하게 중얼거렸다.

제갈현중은 그마저도 다행이라는 듯이 배시시 웃으며 손을 들어 입을 꾸욱 틀어막았다.

도제는 제갈현중에게서 시선을 떼었다. 말을 막긴 했지만, 사실 제갈현중의 말이 옳았다.

저 말 많은 놈은 일단 데리고 가야 한다. 황궁에 어떤 진이 펼쳐져 있는지는 아직 아무도 모르므로.

약선의제 이시진 역시 마찬가지다. 황제가 만약 어떤 독에라도 중독되어 있다면 그를 치유할 사람이 필요하다.

하지만 그들의 몸 상태가 좋지 않으니, 북경까지 무사히 데려가는 것은 틀림없이 어려운 일이 될 것이었다.

"으음……."

난국을 만난 도제가 걱정스러운 표정을 지었다.

그러나 하늘은 그들을 버리지 않았다. 어디선가 낯익은 기척이 느껴진 것이다.

도제는 확인의 의미로 의현을 바라보았다.

의현 역시 그것을 느끼고 기척이 느껴지는 방향을 바라보고 있었다.

비로소 확신을 가진 도제가 씨익 웃으며 말했다.

"소림의 인물인데?"

"그렇군."

의현이 무심한 얼굴로 대답했다.

도제는 웃음을 터뜨릴 것 같은 기분이 되었다. 정말로 하늘이 도운 것이 맞았다. 그 기척은 말로 짐작되는 몇 마리의 짐승과 함께 있었다.

"말이나, 아니면 마차겠구만."

"음? 누가 오는데 그러시오, 도제?"

이시진이 의아한 목소리로 질문했다.

도제가 이시진을 바라보며 말했다.

"소림의 승려가 오고 있소, 약선. 공미라고 했던가?"

"아아! 무당으로 갔던 그 스님이요?"

입을 틀어막고 있던 제갈현중이 재빨리 손을 떼고는 얼굴 가득 반가운 기색을 띠며 외쳤다.

혜월의 얼굴에도 반가운 기색이 떠올라 있었다. 같은 정도 사절의 후예니 그들은 남이 아닌 셈이다. 게다가 그가 무사하다는 뜻은 곧 무당의 폭발을 무사히 막아냈다는 뜻이 아닌가!

"구하러 가야겠군."

멀찍이서 느껴지는 공미의 기세가 흔들리는 것을 느낀 도제가 말했다. 아마 추적자들을 상대하는데 어려움을 느끼고 있는 모양이다.

의현은 행동으로 대답을 대신했다. 가볍게 바닥을 한 번 디딘 것만으로 공중으로 치솟아오른 것이다.

공미는 마차를 몰고 있었다. 아무런 문양과 장식도 없는 수수한 마차였다. 하지만 마차의 빛은 온통 검은빛이었다.

마차는 철로 만들어져 있는데도 그 무게가 결코 무겁지 않은지 번개처럼 앞으로 달리고 있었다.

하지만 공미의 상황은 그렇게 좋지 않았다. 그는 한 손으로 말을 몰고 나머지 한 손으로 금강대력장의 웅혼한 기운을 뿜어대고 있었다.

"아미타불……!"

계속 이렇게 수세에 몰린다면 마차를 버려야 할 것 같다.

황궁까지의 거리가 아직도 먼데 중요한 이동 수단을 잃어버리게 생겼으니 마음이 쓰리다.

공미는 이를 악물고는 장을 펼쳐 마차 꽁무니에 매달려 있다가 슬금슬금 기어서 자신의 뒤를 후려치는 무인의 봉을 막아냈다.

그리고는 손을 뒤집어 손등으로 무인의 가슴을 격타하고는 다시 금강대력장으로 그의 단전을 후려쳤다.

"크헉!"

공미의 장에 얻어맞은 무인이 피를 뿜으며 마차 밖으로 튕겨 나갔다. 바닥에 떨어져 흙먼지를 피우며 떨어진 무인은 금세 시야에서 사라져 갔다.

마차는 여전히 쾌속하게 달리고 있었다.

"멈추어라!"

"더 이상은 앞으로 가지 못한다!"

두 명의 무인이 다시 마차에 달라붙었다. 표흘한 신법으로 공중에서 몸을 뒤집으며 나타난 두 명의 무인은 마차 지붕에 착지해서는 마차의 끈을 잡고 말을 몰고 있는 공미의 뒤통수를 바라보았다.

공미 역시 섬뜩한 살기를 느끼고는 전신의 근육을 긴장시켰다.

마차를 버려야 할 때가 온 것 같다. 더는 적들의 공격을 견뎌낼 수가 없게 되었다.

“관세음보살이여…….”

공미는 마차의 끈을 놓아버렸다. 그리고는 흔들리는 마차 위에서 균형을 잡으며 천천히 뒤를 돌아보았다.

그때, 우렁찬 목소리가 들려왔다.

“마차 끈 다시 잡아!”

공미가 멍하니 소리가 들려온 하늘을 바라보았다. 하늘을 가로지르며 나타난 사람의 얼굴이 낯익다.

“파천제!”

다급히 손을 놀린 공미가 마차의 끈을 잡아갔다. 나머지 한 손으로 옆에서 기어오는 무인의 얼굴을 가격한 공미는 이제는 아예 양손으로 마차의 끈을 잡고 말을 모는데 집중했다.

“이렇게 만나다니 다행입니다! 아미타불!”

의현은 대답하지 않았다. 그는 도를 높게 들어 올려 도강을 뿜어냈다. 도를 타고 뱅글뱅글 돌던 광채는 이번에는 도강을 타고 돌다가 이내 분리되어 마차를 둘러싼 무인들 틈으로 파고들었다.

“크, 크어억!”

자신이 무엇에 당했는지도 모르게 무인들이 픽픽 쓰러지기 시작했다. 의현은 광채를 흘끗 바라보고는 도강을 펼친 도로 마차의 뒤편 바닥을 강하게 긁었다.

그그극!

빠르게 달리는 마차 위에서 도강을 펼치자 바닥에 길게 선이 그어진다. 도강에 그어진 바닥은 흙먼지와 자갈들을 주변으로 흩뿌렸다.

빠르게 튕겨져 나간 자갈들은 마치 암기와 같은 속도로 날아갔다.

"어, 어떻게든 쫓아라!"

시야가 혼탁해지자 선계의 무인 하나가 비명처럼 고함을 질렀다. 하지만 흙먼지 사이로 언뜻언뜻 보이는 도강은 도저히 가까이 할 수 없는 벽을 만들고 있었다.

물론, 그들 사이를 맴도는 정체 모를 노란 광채도 문제였다. 그것은 검이나 도, 권각으로 막아낼 수 있는 것이 아니었다. 자연스레 스며들어 그저 내공만을 가져간 뒤 다시 몸밖으로 나갈 뿐이었다.

백여 명의 무인이 속수무책으로 쓰러지기 시작했다.

그사이 마차는 다그닥다그닥 소리를 내며 앞으로 달려가고 있었다.

의현은 마차의 지붕 위에 서서 날카로운 눈으로 주위를 훑어보았다. 뒤를 추적하던 무인들은 마차의 빠른 속도를 쫓지 못했다.

아니, 쫓을 수 있는 자는 의현 자신의 손으로 모두 제압한 후다.

주위에 적이 없다는 것을 확인한 의현은 고개를 돌려 공미를 바라보았다.

공미는 주변이 한층 고요해진 것을 느끼며 열심히 마차를 모는데 집중하고 있었다.

"무당은 어찌 됐나."

지붕에 굳건히 선 의현이 공미를 바라보며 차분한 목소리로 질문했다. 공미는 뒤도 돌아보지 않은 채 대꾸했다.

"폭발은 무사히 막아냈습니다! 아미타불. 시주의 일은 어찌 되셨는지요? 일행은 모두 무사합니까?"

의현은 대꾸하지 않았다. 마차는 이미 일행이 기다리고 있는 곳에 거의 다다른 것이다.

"일행에 혹여 문제가 생긴 것입니까?"

"아니."

공미의 질문에 의현이 무심히 답했다.

공미는 명확히 답해주지 않는 의현 때문에 조바심을 냈지만, 그리 오래 지나지 않아 나머지 일행을 확인하고는 얼굴 가득 반가운 빛을 떠올렸다.

"저, 저기 있군요! 오오, 불타의 가호가 있었음이니! 모두 무사하구나!"

"우와 공미 스님! 반갑습… 어라? 처, 철비마차?"

제갈현중이 반가운 얼굴로 껑충껑충 뛰며 양팔을 휘휘 젓다 말고 멈춰 서서 의아한 표정으로 낯익은 마차를 바라보았다.

"화산에서 회수하지 못했었는데! 다른 분들이 회수하셨었구나!"

낯익은 마차는 파천제가 남패천의 천주로 있을 때에 사용하던 마차로, 이름은 철비마차라고 한다.

과거 남패천에서 벗어나며 타본 적이 있는 마차였다.

"어서 타십시오! 황궁으로 하루 속히 달려가야 합니다!"

공미는 말의 속도를 줄이지 않은 채 외쳤다. 빠르게 달려가는 마차는 어느새 일행 근처에 쇄도해 있었지만, 공미는 마차를 멈출 생각이 없어 보였다.

나머지 일행도 공미가 마차를 세우지 않는 데에 의아함을 느끼지 않았다. 혜월은 몸이 좋지 않은데도 불구하고 자연스럽게 제갈현중과 이시진을 옆구리에 끼고 경공을 펼쳐 마차 위로 뛰어들었다.

도제는 말할 것도 없었다. 만약 그가 달리는 마차 위에도 올라가지 못할 경공을 가졌다면 강호오제 중 일좌를 차지하지는 못했을 것이다.

빠르게 달리는 와중에 마차의 문이 열리고, 그 안으로 일행들이 모습을 감췄다.

마차 안에 들어선 제갈현중은 간만에 느끼는 편안함에 나른한 표정을 지었다. 그는 푹신한 좌석에 몸을 깊이 묻고는 한숨을 길게 내쉬었다.

"하아, 하늘이 우리를 외면하지는 않았구나."

"그러게 말일세. 마차를 다시 타게 되는 날이 올 줄은 몰랐
는데."

이시진이 망태기를 마차 바닥에 내려놓으며 대답했다.

조금 전에 벌어졌던 일은 의식적으로 꺼내지 않는 그들이
었다.

아니, 사실 의식 속에도 무의식 속에도 섭섭함이 남아 있지
않았다. 자칫 모두가 죽을 수도 있었던 위기를 초래했는데도
불구하고 제갈현중은 이시진을 미워하지 않았다.

그동안 쌓인 정이 두터웠기 때문일 것이다.

대신, 그들은 그 이전, 즉 무공을 몰랐기에 다른 누구보다
고초를 겪었던 때에 집중했다.

제갈현중은 도제의 품에 안겨 죽도록 달려야 했던 며칠 동
안을 떠올리며 감격했다.

"앞으로 난 걸어다니지 않을 거야. 열 걸음 이상 걸어야 할
거리라면 반드시 마차를 탈 테다."

제갈현중은 마차를 황홀한 듯 어루만지며 혼잣말을 중얼
거렸다.

이시진은 그 말에 동감한다는 듯 마주 고개를 끄덕이고 있
었다.

혜월은 그런 둘의 모습을 보고는 살포시 웃었다.

도제는 묵룡월도를 무릎에 올려놓은 채 창밖을 바라보았
고, 의현은 아예 마차 안으로 들어오지도 않았다.

그는 지붕에 앉아 주변에 기감을 펼쳐 혹시 모를 선계의 무인들의 접근을 막아내고 있었다.

모두가 마차 안에 편안히 자리를 잡은 것을 확인한 혜월이 마부석으로 연결된 작은 창을 활짝 열고는 열심히 마차를 모는 공미에게 질문했다.

"무당의 일은 어떻게 되었지요?"

공미는 마차의 끈을 튕겨 말들의 등허리를 내려치고는 뒤를 흘끗 바라보았다.

"무당의 일은 무사히 끝났습니다. 무당 내부에서도 선계에 포섭된 배신자가 있었지만, 무당의 장로들이 나서 그들을 제압했지요. 장로 분들 몇이 목숨을 잃었으나 폭발만큼은 막아낼 수 있었습니다."

무당으로 달려간 취선과 천뢰비도, 현천자와 공미는 소림에 잠입한 의현의 일행과 비교하면 거의 아무런 방해도 받지 않고 무당산에 들어설 수 있었다.

그들은 제일 먼저 무당산 칠십이 봉 굽이굽이에 펼쳐진 도관 중, 무학을 배운 계파가 아닌 연단을 주로 하는 계파가 머무는 도관으로 들어섰다.

그곳에서는 이미 선계의 음모에 대해 짐작하고 있던 무당파의 장로들이 기다리고 있었다. 청 자 배는 물론이거니와 취선과 같은 항렬인 황 자 배 장로들까지 도사들의 면모는 다양했다.

은거한 후 우화등선했다 알려진 명 자 배 장로까지 무당의 폭발과 선계의 준동을 듣고 친히 나올 정도였으니 말 다한 셈이다.

제갈협고가 미리 알려준 정확한 정보를 가진 그들은 폭발 위치를 정확히 파악해 그곳으로 달려갔다. 하지만 그곳에서 그들은 고전을 면치 못했다.

천하군웅대회가 열리는 소림의 폭발을 유도하러 장과로나 종리권, 이철괴 등 팔선이 하남에 가 있었지만, 팔선에 준하는 무인들이 무당에 여럿 남아 있었던 것이다.

"몇 분이나… 귀천하셨나요?"

혜월의 질문에 공미가 무거운 음성으로 대답했다.

"일곱 분이 귀천하셨지요."

장로들 중 일곱 명의 목숨을 대가로 삼아 무당의 폭발을 막아냈다. 소림의 경우엔 대웅전을 잃었지만, 무당파의 장로들이 힘을 쓴 끝에 무당은 아무런 소실 없이 폭발을 막아냈다.

하지만 그것은 물질적인 것일 뿐, 무학의 문제로 넘어가면 이야기가 달라진다. 일곱 명의 장로 중 네 명이 가진 무공이 다음 대로 이어지지 못한 채 실전되었다.

무당의 피해는 어쩌면 소림보다도 클지도 모른다.

공미는 잠시 우울한 얼굴로 세상을 뜬 무당파의 일곱 장로를 생각하다가 고개를 절레절레 젓고는 혜월 쪽을 돌아보았다.

"그리고 무당파의 장로와 남은 제자들은 선계의 간세들을 찾아내 제압하고 무당파를 장악해 재정비하는데 총력을 기울였습니다. 현천자와 취선, 천뢰비도께서는 무당파의 일이 끝나자마자 황궁으로 향하셨지요. 저는 홀로 떨어져 소림에서 황궁으로 향하실 파천제 시주를 만나기 위해 길을 돌아왔습니다. 이 마차를 가지고 말입니다."

공미는 취선과 천뢰비도, 현천자와 함께 화산을 벗어나면서 철비마차를 회수했다.

취선은 철비마차가 파천제 의현과 그 일행의 이동을 도울 수 있을 것이라 판단하고 그와의 연락책을 맡은 공미에게 철비마차를 몰고 떠날 것을 명했다.

그렇게 공미는 뒤늦게나마 의현과 그 일행의 뒤를 쫓아 이렇게 만날 수 있었던 것이다.

"그렇게 무당의 폭발은 끝이 났습니다, 아미타불."

공미의 말은 왠지 모를 무게를 가지고 있었다. 일곱 명의 죽음이 가지는 무게였을 것이다.

마차 안에서 조용히 공미의 말에 귀를 기울이던 일행은 모두 입을 다물었다.

"한데, 소림에서의 일은 어찌 되었는지요? 이곳까지 달려오면서 간간이 소식을 듣기는 했습니다만, 자세히 듣지는 못했습니다."

공미는 누가 뭐래도 소림의 승려였다. 그러니 그가 소림사

의 일이 어찌 되었는지 궁금해 몸이 달아 있다고 해서 탓할
수는 없을 것이다.

"무해 선사께서 선계의 음모를 막고 대신 군웅을 장악하는
데 성공하셨지요. 화산파의 방해가 있긴 했습니다만, 대웅전
이 폭발한 것이 도리어 증거가 되었습니다. 군웅들을 설득하
자마자 선계의 군대가 찾아와 하마터면 위기에 처할 뻔했습
니다만, 다행히 무림맹주 신무제께서 군사를 일으켜 구사일
생할 수 있었습니다. 그렇게 소림은 대웅전만 잃었을 뿐, 장
경각을 비롯해 다른 모든 전각을 보호할 수 있었습니다."

"아미타불… 대웅전이……."

공미의 얼굴이 씁쓸하게 변해갔다. 대웅전이 폭발했다는
소식이 가슴 아프게 들려왔다. 하지만 대웅전 외의 다른 전각
이 안전하다니, 그것은 그것 나름대로 다행인 일일 것이다.

"소림의… 불타의 도량에서…생명을 잃은 자는 많았는지
요?"

"……."

공미가 질문하자 일행이 모두 입을 다물었다. 사상자는 많
았다. 그 수를 가히 짐작할 수 없을 정도의 희생자가 나왔으
리라.

침묵을 긍정으로 받아들인 공미가 그들을 따라 침묵했다.

잠시 침묵하던 공미는 씁쓸한 어조로 말했다.

"나무아미타불, 나무아미타불… 그들의 내세가 평안하

기를.”

　공미는 한숨처럼 불호를 외며 마음을 가다듬었다.

　뒤에서 제갈현중이 조심스럽게 물었다. 죽은 이들을 생각하면 속이 쓰린 것은 제갈현중 역시 마찬가지지만, 그것만 생각하고 있을 수는 없는 노릇인 것이다.

　“저, 혹시 저희 숙부께서 황궁에 관한 정보를 남기진 않으셨습니까? 최대한 빨리 황궁으로 가야 한다는 것은 알고 있습니다만 혹여 이미 늦지나 않았는지 걱정이 돼서요.”

　“하아—”

　공미가 갑작스레 한숨을 내쉬었다. 그는 씁쓸한 얼굴로 마차를 몰며 중얼거렸다.

　“서신이 오기는 했습니다. 하지만…….”

　“하지만?”

　제갈현중이 초조하다는 듯 침을 꿀꺽 삼키며 반문했다. 공미가 씁쓸한 어조로 말을 이어나갔다.

　“신지 제갈협고 시주께서도 황궁에 펼쳐진 진을 명확히 알아보지는 못했다고 합니다. 황궁은 너무나 넓고 또한 그곳에 감춰진 진은 더욱 복잡하게 꼬여 있었기 때문이지요. 그렇기 때문에 그를 계산하기가 쉽지 않았던 모양입니다. 대략이나마 가늠할 수 있었던 것만으로도 운이 좋다 하시더군요.”

　공미가 말고삐를 세게 움켜쥐었다.

　마음이 다급하다 보니 빠르게 달리는 말조차도 느리게 느꺼진다.

"그렇게 대략이나마 가늠한 결과 최악의 경우엔 내일, 그 반대라면 지금으로부터 이틀 후 황궁이 폭발합니다."

"…최악의 경우, 내일이라고요?"

제갈현중이 반문했다.

"예, 그렇습니다. 아미타불."

일행이 모두 침묵했다. 최악의 경우 내일이라면, 만약 내일까지 황궁에 도착하지 못한다면 모든 것이 끝장난다는 소리가 아니던가!

자칫하면 달려온 보람도 없이 모든 것이 파국으로 치닫게 생겼다.

"아시다시피 하남이 호북보다 황궁과 가깝습니다. 하여 취선과 천뢰비도께서는 출발하시면서도 파천제의 일행 분들께서 자신들보다 먼저 도착하실 거라는 희망을 버리지 않으셨지요. 하지만 여러분이 이런 함정에 걸려 버리고 말았으니……."

"혹여 숙부께서 다른 안배를 준비하지는 않으셨습니까? 숙부께서 우리가 늦을 수도 있음을 예상치 못했을 리는 없는데……."

제갈현중이 고개를 절레절레 저으며 말했다.

공미는 쓸쓸한 표정을 지었다.

"그분으로서도 방법이 없으셨소. 그저 최악의 경우를 상정하셨을 뿐. 시주 분들께서 늦으실 경우에는 모자라나마 자신들의 힘으로 해결할 수밖에 없다고 말씀하셨습니다.”

혜월의 안색이 파랗게 질렸다. 팔선이니, 원시천존이니 하는 자들을 정도사절의 힘만으로 제압한다는 것은 말도 안 되는 일이었다.

만약 그게 가능했다면 일찌감치 그리했을 터, 예전에 불가능했던 일이 지금 와서 가능할 것이라고는 생각되지 않는다.

“진정, 진정 다른 안배가 없단 뜻입니까?”

혜월의 불안한 듯 되물었다.

제갈현중은 그런 혜월을 걱정스럽게 바라보며 생각에 잠겼다.

일행 중 유일한 지자는 오직 그 하나뿐. 어떻게든 방법을 생각해야 한다.

“그렇소이다. 지금으로서는 그분들께서 성공하기를 기도하거나, 최악의 경우가 찾아오지 않기를 바라는 수밖에 없소. 내일까지 황궁에 도착할 수 없으니, 불타의 가호가 있기를 바라는 수밖에.”

“아니요.”

조용히 무언가를 생각하던 제갈현중이 입을 열었다. 그는 긴장된 얼굴로 일행을 둘러보았다.

“최악의 경우를 상정할 수밖에 없어요. 내일 폭발할 수도 있고, 정도사절께서 그것을 막아내지 못할 수도 있지요. 그러니 우리는 어떻게든 내일 안에 황궁에 도착해야 합니다.”

“하지만 방법이 없잖소이까, 제갈 시주.”

말을 몰던 공미가 우울하게 말했다.

하지만 제갈현중은 자신감있는 얼굴로 눈을 빛냈다. 일행이 권위에 눌려 간과한 것을 그는 잊지 않고 있었다.

“우리 모두가 내일까지 도착할 방법이라면 있습니다.”

“그게 무엇이오?”

공미가 얼굴을 돌려 제갈현중을 바라보았다.

자신감 넘치던 제갈현중의 얼굴이 살짝 붉어졌다. 방법이라면 있지만 상당히 민망한 방법이다.

“말을 버리면 되는데…….”

제51장

서신(書信)

영락제는 권좌에 오른 지 사 년째 되던 해, 수도를 옮기고 만리장성 이후 중원 최대의 역사라 불리는 황궁을 건축했다.

십사 년이라는 긴 시간 동안 백만 명의 인부가 동원된 대역사였다. 벽돌은 몇 개가 쓰였는지 셀 수도 없고 황궁의 지붕에 얹은 기왓장 역시 셀 수 없을 정도로 많았다.

기둥에 쓰일 나무를 사천에서 조달하느라 운송에만 사 년이 걸릴 정도였으니 얼마나 큰 역사였는지 짐작할 수 있으리라.

하늘은 완전하므로 인간이 감히 하늘의 숫자인 만(萬)을 누릴 수는 없지만, 천자는 하늘의 아들이자 하늘 아래 가장 완벽한 인간이므로 황궁에는 구천구백구십구 개의 방이 지어져 있다.

그곳에 천자가 머무르고 있다.

그들을 위한 구천 명의 시녀와 천 명의 내시와 황궁을 지키는 수많은 호위무사와 금의위와 함께.

밤의 황궁은 요요롭게 빛나고 있었다.

달빛이 자색벽(紫色壁)을 물들이자 어지간한 도시만 한 황궁은 마치 제 스스로 빛을 발하는 살아 있는 생명체같이 느껴졌다.

그런 황궁이 멀찍이 보이는 산야에 한 대의 마차가 모습을 드러냈다.

하지만 이 마차라는 것이 참 이상했다.

보통 마차라 하면 말이나 소가 끌게 마련인데, 두 사람이 말 대신 마차를 끌고 있었다.

엄밀히 말하면 마차를 끈 것도 아니었다. 한 명의 청년과 중년의 무인이 마차를 들고 마구 달려오고 있는 것이다.

그 둘의 무공이 결코 작지 않은 모양인지, 마차는 빠른 속도에도 불구하고 전혀 흔들리지 않았다.

마차의 뒤를 들고 열심히 달리던 중년인, 도제가 처참한 목소리로 중얼거렸다.

"이런 빌어먹을 일이 있나."

도제의 음색은 처연했다.

천하에 거리낄 것이 없는 그는 그동안 그 누구의 눈치도 보지 않고 살아왔다. 무인의 자존심이라면 그야말로 하늘을 찌르는 도제였다.

그런 도제가 무인의 자존심을 접고 이런 취급을 자처할 줄은 아무도 몰랐으리라.

"이제는 저 말 많은 놈에게 마소 취급까지 당하는구나……."

저 말 많은 놈에게 당한 수모가 결코 작지 않다. 종남산에서는 끔찍하게도 자신의 아들로 삼아야 했고 숭산에서는 망할 놈을 상전으로 모시고 명령을 받기도 했다.

그리고 이번에는 마소 취급마저 당하고 있다.

'말 많은 놈을 만난 것 자체가 실수로다.'

도제는 새삼 회한에 잠겨들었다.

한편, 마차 안은 가시방석이 되어 있었다.

소림승려 공미는 거의 안달복달하고 있었다. 배분을 중시하는 구파일방의 제자답게 공미의 얼굴은 새파랗게 질려 있었다.

도제라는 이름값은 결코 가볍지 않다. 강호오제의 일좌를 차지하는 무공 때문이기도 했지만 그 배분 역시 하늘을 찌를 만큼 높은 것이다.

하물며, 파천제라는 이름은 어떠한가!

천하제일마(天下第一魔)라는 이름을 가졌던, 그리고 천하무림을 양분한다는 남패천의 천주였던 이름이다.

그런 그들이 마소처럼 마차를 끌고 있고 자신은 마차 안에서 놀고 있었다.

"아미타불, 이제라도 제가 마차를 모는 편이 낫지 않겠습니까."

안절부절못하던 공미가 조심스럽게 말했다.

하지만 이시진이 고개를 저어 거부했다.

"저 둘이 아니면 이 속도로 달려갈 수 없을 걸세. 도제와 의현에게 미안한 일이긴 하나, 별수없는 일이잖은가. 그보다, 이것참 편안한걸."

이시진이 푹신한 등받이에 몸을 묻으며 흡족한 얼굴로 말했다.

제갈현중이 만족스러운 얼굴로 동의했다.

"그러게요. 흔들림도 없고. 속도감만은 강렬하지만."

마차의 속도가 빠르다 보니 내부가 편안하기만 한 것은 아니었다. 하지만 어찌 예전 짐짝처럼 실려갈 때와 비교하랴!

그때와 지금을 비교하는 것은 황제와 거지를 비교하는 것과 다름이 없다.

"으음, 속도감쯤은 감수할 만하지. 짐짝처럼 실려갈 때에도 그랬으니까. 어제는 잠도 늘어지게 잘 수 있었다네."

"그렇지요? 꿈도 안 꾸고 푹 잤지 뭐예요."

사이좋은 조손처럼 마음이 잘 맞는 두 사람이었다.

공미만큼 마음이 불편했던 혜월이 꺼림칙한 어조로 말했다.

"하지만 영 마음이 불편합니다. 황궁까지의 거리가 결코 멀지 않으니, 이제부터는 제가 대신 마차를 몰아도 될 듯합니다."

"자네는 어제만 해도 환자였네. 그러니 운신은 최대한 피하는 것이 좋아. 여기 있게나."

이시진이 고개를 저었다.

혜월은 할 말이 없어 머뭇거리다가 결국 입을 다물었다.

그때, 마차가 덜컹, 멈추었다.

"어이쿠!"

"으아앗!"

편안히 휴식을 즐기던 제갈현중과 이시진의 몸이 앞으로 쏠렸다. 그들과 마주 보고 앉아 있던 혜월과 공미가 재빨리 그들을 받아 들었다.

공미는 이시진을 받아 들고는 걱정스럽게 물었다.

"괜찮으십니까, 약선 어르신?"

"물론일세. 고맙구먼."

이시진이 공미의 품에서 벗어나며 말했다.

한편 제갈현중을 받아 든 혜월의 얼굴은 붉어져 있었다. 다른 곳에 부딪치지 않도록 받아 든다는 게 묘하게 안듯이 받아

버렸던 것이다.

제갈현중은 왠지 모르게 만족스러워했고 혜월은 민망함을 느꼈다.

"비켜!"

혜월은 제갈현중을 확 밀쳐 버렸다.

제갈현중은 뭐가 그렇게 좋은지 헤죽헤죽 웃으며 뒤로 밀려났다.

혜월은 그런 제갈현중을 못마땅하게 바라본 다음, 마차의 문을 열었다.

찬연한 달빛이 먼저 눈에 들어왔다. 그리고 달빛에 은은하게 빛나는 나무들과 수풀들이 보였다.

그 너머로 황궁이 있었다. 끝이 보이지 않는 거대한 황궁과 고관대작들이 머무르는 화려한 도시가 한눈에 들어왔다.

"우와―"

그녀의 뒤를 이어 제갈현중이 마차에서 내렸다. 그리고는 황궁을 바라보며 감탄한 듯 중얼거렸다.

"상상을 초월하는군요."

황궁의 규모를 처음 본 사람은 누구나 그 거대함에 놀라 위압감을 느끼고 만다.

제갈현중이 느끼고 있는 감정이 바로 그것이었다.

"굉장해……."

하지만 다른 이들은 다른 감정을 느끼고 있었다.

“이 빌어먹을 놈…….”

마차 뒤편에서 도제가 불쾌한 눈으로 제갈현중을 바라보고 있었다.

제갈현중은 화들짝 놀라 도제를 바라보고는 배시시 웃으며 머리를 숙였다.

“아하하… 죄, 죄송합니다. 하지만 다른 방법이 없었거든요.”

도제 역시도 다른 방법이 없었다는 것은 잘 알고 있다. 그는 불쾌한 얼굴로 제갈현중을 노려보다가 고개를 돌려 버렸다.

제갈현중의 뒤를 따라 마차에서 내린 공미가 반장하며 도제에게 머리를 숙였다.

“아미타불, 소승의 무능으로 인해 많은 고역을 치르셨으니 이 일을 어찌하면 좋겠습니까.”

“어쩔 수 없는 일이었으니 괘념치 말게.”

도제는 공미의 사과를 받아들이고는 손사래를 쳤다.

공미 다음으로 이시진이 마차에서 내리는 것을 물끄러미 바라보던 혜월이 의현 쪽을 돌아보았다.

“드디어 도착했습니다, 의현 소협.”

의현은 대답 대신 고개를 끄덕였다.

혜월이 침울한 어조로 속삭이듯 말했다.

“무사히 도착하긴 했으나, 이제부터가 문제입니다. 황궁에 금의위사가 몇 명이나 있는지는 짐작도 할 수 없습니다. 군사나 호위무사 역시 상상을 초월할 정도로 많을 것이고, 시녀나 환관들이 돌아다니고 있을 테니 그들의 눈까지도 피해야 합니다. 황궁에 무사히 잠입하는 것은 어려운 일일 듯합니다."

말을 하면 할수록 혜월의 안색이 어두워졌다.

황궁 쪽을 둘러보던 이시진의 안색도 마찬가지였다. 그는 잠시 혀를 끌끌 차더니 고개를 절레절레 저었다.

"그렇다면 우리의 일은 한층 더 어려워지게 생겼군. 황궁의 어디가 폭발하게 될지도 모르는데 말이야. 이 넓은 곳을 다 뒤질 수도 없는 노릇인데 감시하는 눈까지 많다니……. 쯧쯧."

"우선 정도사절 어르신들과 만나야 합니다."

혜월이 그렇게 말하며 공미 쪽으로 시선을 가져갔다.

공미는 무거운 눈으로 황궁을 주시하고 있었다.

"정도사절께서는 승운객잔이라는 곳에 머무시고 계십니다. 만약 그 자리를 떠나게 된다면 밀마를 남기겠다 하셨지요. 우둔한 저로서는 알 수 없지만, 신지 제갈 시주의 조카인 신산자 시주를 그곳으로 모시고 가면 그 밀마가 어디에 있는지, 어떻게 해독해야 하는지 알 수 있을 것이라 하셨지요."

공미의 표정 역시 밝지 않았다. 거사를 앞둔 긴장감 탓도 있지만, 정도사절의 안위가 걱정되는 탓이었다.

"밀마?"

황궁을 구경하던 제갈현중이 고개를 돌려 공미를 바라보았다. 공미는 조그만 목소리로 대답했다.

"예, 밀마를 남긴다 하셨습니다. 승운객잔으로 가면 알 수 있을 겁니다."

황궁으로 오가는 물류량은 결코 적지 않다. 때문에 북경에는 많은 객잔이나 상점이 있다. 지방에서 올라오는 하급 관리들이나 상인들이 머무는 곳이었다.

"그렇다면 그곳부터 들러야겠군요. 마차는 버려야겠습니다."

혜월이 그렇게 말하며 마차를 돌아보았다.

그녀의 시선을 따라 제갈현중과 이시진도 고개를 돌렸다.

"아쉽구먼. 덕택에 어제 하루는 편하게 왔는데."

"그러게요. 참 편하고 좋았는데."

"이 빌어먹을 놈."

마지막에 들린 목소리는 도제의 것이었다.

이시진이 편하게 왔다는 것에는 크게 반발이 생기지 않는데 제갈현중이 그 말을 하자 마음 한구석이 뒤틀린다.

제갈현중이 흘끔 도제를 보고는 재빨리 시선을 피해 시내 쪽으로 향했다.

"서, 서두릅시다! 이러다가 늦겠어요!"

제갈현중이 앞장을 서자 혜월이 고개를 절레절레 젓고는 그 뒤를 따랐다.

곧 약선이 망태기를 추스르며 걸어갔고, 공미가 연신 불호를 외치며 걸음을 옮겼다.

산야에는 검은색 마차 한 대만이 덩그러니 남아 있었다.

북경의 모습은 그야말로 휘황찬란했다. 물론 불야성을 이룬다는 말은 오히려 소주나 항주에 더 어울릴지도 모른다. 고관대작들이 머무는 북경의 밤은 고요하기 짝이 없었으니까.

하지만 그럼에도 불구하고 북경은 다른 어떤 곳에도 없는 매력을 발산하고 있었다. 고급스러운 장원들이 가득한 북경은 다른 어떤 도시보다도 위풍당당한 위용을 자랑했다.

다른 것은 차치하더라도 황궁이 존재한다는 하나만으로도 북경을 우습게볼 사람은 없으리라.

황궁이 자리한 곳답게, 북경의 사람들은 점잖고 고요했다. 밤이 깊었으나 술집에서조차 큰 소리는 오가지 않았다. 저마다 조용히 담소를 나누고 술잔을 기울이는 고즈넉한 분위기를 연출하고 있었다.

승운객잔 역시 마찬가지였다. 승운객잔의 자리에 앉은 사람들은 조용하고 차분한, 누가 보았다면 고급 다루라고 생각할 만한 분위기 속에서 대화를 나누고 있었다.

조금 경직되어 있긴 하지만 말이다.

"여봐라, 서일아!"

"예, 주인 어르신!"

주인이 부르자 점소이가 쪼르르 달려가 머리를 조아렸다.

승운객잔의 주인은 어딘가 불안해 보였다. 손가락으로 수염을 비비 꼬고 있던 주인은 점소이가 달려오자 턱짓으로 이층을 가리켰다.

"그, 빈 방 있지? 거기 좀 다녀오너라."

"예? 거, 거기 말씀입니까요? 저, 저는 싫습니다요."

점소이가 겁에 질린 얼굴로 고개를 저었다.

주인이 눈을 부라렸다.

"어허, 감히 네가 내 말을 거역하는 게냐? 점소이답게 시키면 시키는 대로 해야 할 것이 아니냐! 당장 이층으로 올라가지 못해?"

주인의 목소리는 승운객잔 전체에 울려 퍼졌다.

이층으로 올라가라는 말 때문일까?

승운객잔에 가득했던 손님들이 굳은 표정으로 주인장과 점소이를 바라보았다.

손님의 시선이 쏠린 것을 본 점소이가 머뭇거리더니, 고개를 끄덕였다.

"아, 알겠습니다요. 제가 갑지요."

하지만 가겠다고 말해놓고도 점소이는 한참을 우물쭈물거렸다.

그렇게 서성이던 점소이는 어쩔 수 없다는 듯 짧게 한탄을 했다. 그리고 이층으로 걸어 올라가 조심스럽게 고개를 내밀었다.

"으으……."

요괴가 숨어 있기라도 한 것처럼 점소이는 두려워하고 있었다.

이층의 객실 문들을 살짝 열고 내부를 살펴보던 점소이는 아무도 없다는 것을 확인하고는 몸을 부르르 떨고는 도망치듯 자리를 떠나 버렸다.

객잔의 이층 복도에 선 공미는 빠르게 계단 아래로 사라지는 점소이를 물끄러미 바라보았다.

"아미타불."

점소이는 뭔가를 두려워하고 있었다. 이층에 뭔가가 있기라도 한 것처럼.

그 이유가 무엇일까.

공미는 잠시 생각에 잠겼다가 고개를 절레절레 저었다. 지금 당면한 문제가 크니 한낱 점소이이게 신경 쓸 여유가 없다.

공미는 짧게 불호를 읊조리고 조금 전에 점소이가 둘러봤던 이층의 객실로 다가가 문을 열었다.

조금 전만 해도 아무도 없었는데 이게 어쩐 일일까!

방 안에는 몇 명의 사람들이 마치 귀신처럼 나타나 물끄러미 서 있었다.

망태기를 든 이시진은 미간을 찌푸리며 방을 바라보고 있었고, 혜월은 벽지를 쓰다듬고 있었다.

의현과 도제는 방의 가운데에서 조용히 서 있을 뿐이었다.

이시진이 방을 바라보며 고개를 절레절레 저었다.

"흐음. 이거, 영 이상하구먼. 마치 새 방과 같아."

객실 안에 들어온 공미가 방의 풍경을 바라보며 고개를 갸웃했다.

"청소를 잘해두긴 했습니다만. 아미타불."

"청소를 잘해서가 아니오. 가구나 침상이나 모두 새것이나 다름없소이다. 게다가 벽지도 새로 발라두었나 보오."

이시진이 가구를 쓸어 만지며 말했다.

공미는 그제야 탄성을 내뱉으며 방 안을 훑어보았다. 과연 그 말이 옳았다. 방 안의 모든 것은 새것이나 다름없었다.

벽지를 어루만지던 혜월이 말을 이어나갔다.

"약선 어르신의 말씀이 옳습니다."

그녀는 그렇게 말하며 벽지를 부욱 찢어버렸다. 찢겨진 벽지 뒤로 검붉은 얼룩이 드러났다.

혜월이 나직하게 중얼거렸다.

"피……."

잠시 얼룩을 어루만져 보던 그녀가 고개를 돌리더니, 나머지 벽지도 부욱 찢어버렸다.

그녀는 조금씩 옆으로 움직이며 벽지를 찢어나갔다.

핏자국은 이곳저곳에 튀어 있었다.

잠시 뒤, 한쪽 벽면의 벽지를 대부분 찢어버린 혜월이 핏자국을 쓸어 만지며 속삭였다.

"그분들과 만나기로 한 장소에 그분들은 없고 대신 핏자국만 남아 있다니……."

"아미타불. 정도사절께서 위험에 처하신 것일까요?"

공미가 조심스럽게 물었다.

혜월은 미간을 찌푸린 채 대답하지 않았다. 찢어낸 벽지 뒤로 비도가 꽂혀 있었음직한 흔적을 발견한 것이다.

그녀는 그것을 손으로 어루만졌다.

"사부……."

천뢰비도 막천길의 흔적이었다. 비도가 날아온 궤적이 눈에 보일 듯이 그려졌다.

도대체 이곳에서 무슨 일이 있었던 것인가!

"어?"

조용히 벽면을 바라보고만 있던 제갈현중이 탄성을 내지르더니, 혜월의 근처로 다가왔다. 그리고 그녀를 옆으로 살짝 밀었다.

혜월이 자리를 비켜주자 제갈현중은 벽면을 어루만졌다.

"이거, 밀마인데요?"

"밀마라고?"

벽면에 기묘한 선이 그어져 있었다. 짧은 궤적들을 그리는 선 네 개와 긴 궤적을 그리며 소용돌이치는 나선이 복잡하게 꿰어 있었다.

"그러니까, 이쪽 변을 이쪽에 연결하면 '밀마는' 이라는 뜻이 되어요. 그리고 이쪽 점부터 시작하는 선이 원을 벗어나가지 못했으니까, 이건 '중궁 쪽', 그러니까 방향을 뜻하고, 선의 길이를 비교했을 때 길고 짧은 정도를 따지는 건 거리를 뜻해요. 이 정도면 오 리쯤 되겠군요. 합쳐 보면 밀마는 중궁 쪽 방향으로 오 리쯤 더 가면 있다는 뜻이에요."

제갈현중이 그렇게 말하며 소용돌이치는 나선의 중심을 손가락으로 쿡 찍었다.

"그리고 이건 '이곳은' 이라는 뜻이고요, 소용돌이의 중심이 한 점으로 좁아진다는 건 위험을 뜻하는 거예요. 그리고 중심에서 선이 나갔다는 건 함정이란 뜻……."

제갈현중은 그렇게 말하자마자 몸을 휙 돌렸다.

"합쳐 보면 '이곳은 위험하다. 함정이 있다' 는 뜻이 됩니다! 의현 소협, 근처에 적이 있습니까?"

의현은 무심한 얼굴로 고개를 저었다. 아무런 위험도 느껴지지 않았다. 살기도 인기척도 없었다.

도제 역시 이상한 것은 느끼지 못했다. 그는 기감을 높여 주변을 살펴보고는 인상을 찌푸리며 말했다.

"아무것도 느껴지지 않는다."

"아무것도 느껴지지 않는다니요? 숙부께서 함정이라는 표식을 남길 정도면 틀림없이 무언가가 있을 터인데?"

제갈현중이 인상을 찌푸리며 도제를 바라보았다.

"이상한 점이라면 있군."

도제가 그렇게 말하며 천천히 방문 쪽으로 걸어갔다.

"무언데요?"

제갈현중도 문가로 다가가 문틈으로 고개를 들이밀었다.

문틈 밖으로, 조금 전까지 꽉 차 있던 사람들이 자리를 비우는 것이 보인다.

"어? 손님이 왜 다 나가지?"

"뭔가가 있긴 있나 보군. 객은 물론, 주인장이나 점소이나 숙수 같은 객잔 내부인들마저도 자리를 비우고 있다."

"내부인들마저도 여기서 나가고 있다고요?"

제갈현중이 의아한 얼굴로 도제와 객잔의 풍경을 번갈아 바라보다가, 뭔가를 깨달은 듯 화들짝 놀라더니 창문으로 달려갔다.

그리고 창문을 활짝 열어젖혔다.

"이런……."

창문 밖으로 객잔에서 도망치듯 달려나오는 사람들이 보였다. 그들은 두려운 시선으로 객잔을 흘끔흘끔 바라보며 사력을 다해 달리고 있었다. 손님은 물론, 객잔 주인과 점소이들까지도.

"그러고 보니 옆집에서도 기척이 느껴지지 않아."

도제 역시 뭔가가 이상하다는 것을 깨달았다.

반경 오 장 정도에 인기척이라고는 없이 싹 비어 있는 것이
다.

그때였다.

틱!

어디선가 조그마한 소리가 들려왔다.

무공을 모르는 이시진이나 제갈현중은 듣지 못했지만, 혜
월과 공미, 의현과 도제는 그 소리를 똑똑히 들을 수 있었다.

혜월은 전신에 소름이 돋는 것을 느꼈다.

이 소리를 언젠가 들어본 적이 있다.

"소림에서 들어봤던 소리다……."

소림에서 향로가 무너질 때 들었던 틱, 소리와 똑같은 소리
였다. 그리고 오래 지나지 않아 화르륵 소리가 들려왔다. 무
언가가 불타는 소리였다.

멍하니 서 있는 그녀와 달리, 의현과 도제는 재빨랐다.

의현은 재빨리 이시진에게로 달려가 그를 옆구리에 끼고
는 창가 밖으로 뛰어나갔다. 도제 역시 제갈현중을 들쳐업고
는 의현의 뒤를 따랐다.

영문을 모르긴 하지만 공미 역시 경공을 펼쳤고, 혜월은 전
신에 위기감이 드는 것을 느끼며 재빨리 땅을 박찼다.

상황을 아직 파악하지 못한 이시진이 의현의 옆구리에 매
달린 채 비명을 질렀다.

"뭐야! 어떻게 된 게냐, 의현아!"

“폭발한다.”

창문 밖으로 높이 뛰어올라 옆 건물의 지붕에 올라선 의현이 빠르게 말했다.

“뭐?”

이시진이 의아하게 반문할 무렵이었다.

콰아아앙—!

의현의 대답 대신 귀가 먹먹해질 듯한 폭음이 들려왔다.

이시진은 비명을 지르며 눈을 부릅떴다. 객잔의 기와 파편이 자신을 향해 날아오고 있었던 것이다.

의현은 지붕을 빠르게 박차고 달려나갔다. 그의 신형이 길게 늘어선 건물들의 지붕에서 지붕 위로, 기와에서 기와 위로 번개처럼 쏘아져 나갔다.

그 뒤로 제갈현중을 든 도제가 뒤따랐다.

“우아아악! 우아악!”

“조용히 하지 못할까!”

제갈현중이 붉은빛 화염을 보고 비명을 지르자, 도제가 고함을 지르며 제갈현중의 아혈을 쿡 찔렀다.

제갈현중은 입만 뻥끗거리는 안타까운 신세가 되었다.

도제는 제갈현중의 아혈을 짚자마자 묵룡월도를 꺼내 들고는, 자신을 향해 날아오는 파편들을 후려쳐 갔다.

그 뒤로는 공미와 혜월이 달려오고 있었다.

사실, 일행 중 가장 불운한 것은 그들이었으리라.

“서두르시오, 혜월 시주! 뒤에 불길이!”

“스님이야말로 서두르셔야 합니다! 스님의 뒤가 더 문제입니다!”

비슷한 무공 수위를 가지고 있던 둘은 서로의 뒤를 흘끔흘끔 바라보며 서로에게 경고하고 있었다.

그도 그럴 법한 것이, 거대한 화염이 빠르게 솟구쳐 그들의 바로 뒤를 잡아먹고 있었던 것이다. 경공을 펼쳤는데도 떨쳐내지 못할 만큼 빠른 속도였다.

화염이 이렇게 빠르게 이동할 수 있는 이유를, 공미는 몰라도 혜월은 너무 잘 알고 있었다.

“화진?”

“오오, 불타여! 저걸 보시오!”

한창 달려나가던 공미가 무심코 뒤를 돌아보고는 눈을 둥그렇게 떴다.

그들에게 달려들고 있던 거대한 화염이 어딘가로 빠르게 삼켜져 가고 있었다.

마치 불길이 피어오르는 과정을 거꾸로 보는 것만 같았다.

혜월은 그 모습을 보고는 눈을 둥그렇게 떴다. 저것이 어떤 현상의 조짐인지 잘 알고 있었던 것이다.

혜월이 조그맣게 속삭였다.

“뛰어……”

“예? 뭐라 하셨소이까, 혜월 시주?”

달려가던 공미가 의아한 듯 물었다.

"뛰라고!"

혜월은 대답과 동시에 공미의 팔을 붙잡고 최대한의 내공을 끌어올려 공중으로 솟구쳐 올랐다.

콰아앙—!

혜월과 공미가 공중으로 솟구쳐 오르자마자 거대한 폭음이 일어났다. 건물 속으로 삼켜졌던 불길은 화약을 머금고 힘을 응축해 단 한순간에 폭발해 버린 것이다.

폭발은 공기를 빠르게 밀어버렸고, 밀려난 공기는 공중으로 높이 뛰어올라 있는 혜월과 공미를 튕겼다.

"꺄아아악!"

"석가모니여어어!"

혜월과 공미는 비명을 내지르며 빠르게 앞으로 쏘아져 나갔다.

그 속도가 얼마나 쾌속했는지, 제일 앞서 있던 의현을 따라잡을 정도였다.

이시진을 든 채 지붕 위에서 위로 달려가고 있는 의현의 옆으로 유성이 떨어지듯 혜월이 떨어졌다. 그녀보다 조금 뒤쪽의 건물에서는 공미가 마찬가지로 유성처럼 내리꽂혔다.

쾅—!

혜월이 건물에 처참하게 내리박히자 폭음과 함께 흙먼지가 피어올랐다.

“혜월 소저! 괜찮은가!”

의현의 옆구리에 매달려 있던 이시진이 혜월이 내리꽂히는 것을 보고 비명을 질렀다.

하지만 의현은 그녀에게 신경도 쓰지 않은 채 여전히 앞으로만 달려나가고 있었다. 혜월이 멀쩡하다는 것을 알고 있었던 것이다.

과연, 건물의 파편 틈으로 혜월이 솟구쳐 올랐다. 흙먼지를 뒤집어쓴 그녀는 모습을 드러내자마자 이시진에게 외쳤다.

“저는 괜찮습니다!”

나름대로 호신강기를 운용해 피해를 최소화한 혜월이었다. 큰 충격을 받았으나 당장 운신을 못할 정도는 아니었다.

그녀와 비슷한 사정이었던 공미도 건물의 잔해를 뚫고 뛰어올랐다.

하지만 쉴 틈은 없었다.

둘은 촌각의 여유도 갖지 못하고 미친 듯이 앞으로 달려나가야 했다.

옆구리에 이시진을 낀 의현이 가장 앞에서 달리고 있었고, 폭발 덕택에 도제보다 앞서게 된 공미와 혜월이 전신에 흙먼지를 가득 묻힌 채 그 뒤를 따르고 있었다.

가장 뒤쳐진 도제는 제갈현중을 품에 안은 채 빠르게 달려나갔다. 도제는 곧 혜월과 공미를 따라잡았다.

“공미, 혜월 소저! 괜찮은가?”

혜월과 공미의 지근거리에 도착한 도제가 우렁차게 외쳤
다.

"아미타불, 소승은 괜찮습니다!"

"저 역시 큰 이상은 없습니다, 도제 어르신!"

혜월과 공미가 저마다 대답했다.

그때, 의현이 달려가던 걸음을 멈추었다. 달그락, 하고 기
왓장이 흔들리는 소리가 들렸다.

뒤에서 따라오던 혜월과 공미, 도제도 어느 건물의 지붕 위
에서 걸음을 멈추었다.

옆구리에 매달려 있던 이시진이 의아한 듯 물으며 고개를
들었다.

"의현아, 왜 그러느냐?"

"머리 숙여, 시진."

고개를 들어보니 마차 넉 대는 능히 지나갈 만한 대로가 보
였다. 대로 위에는 수많은 군인들이 서서 불화살을 장전하고
있었다.

이시진이 절망한 표정으로 중얼거렸다.

"이런 망할……."

선두에 선 지휘사가 검을 높이 들어 올렸다.

지휘사는 불화살을 장전한 수하들에게 준엄하게 외치며
검을 아래로 그었다.

"황제 폐하를 시해하려는 악적들이다! 모두 발사하라!"

검이 아래로 그어지는 것을 신호 삼아 불화살이 발사되기 시작했다.

"쳇!"

의현이 혀를 차고는 마도를 꺼내 들어 날아드는 불화살들을 쳐내며 몸을 뒤로 튕겼다.

혜월 역시 비도를 꺼내어 불화살들을 쳐냈고 공미는 맨손으로 불화살의 화살대를 잡아갔다.

도제의 경우에는 약간의 문제가 있었다. 묵룡월도로 불화살들을 쳐내고 있는데 아혈이 짚인 제갈현중이 도제의 옆구리를 자꾸 찔러내는 것이다.

쿡쿡 찌르는 것이 점점 심해지자, 불화살을 쳐내던 도제가 분노로 불타는 눈으로 제갈현중을 노려보았다.

"너 이 말 많은 놈, 정녕 끝까지……!"

제갈현중은 도제가 마침내 자신을 바라봐 주자 팔다리를 버둥거리며 뭔가를 말하려 애를 썼다.

제갈현중이 뭔가를 전하려는 듯하자, 도제는 인상을 찌푸리고 제갈현중을 가볍게 공중으로 집어 던지더니 손가락으로 쿡 찍어 아혈을 풀어주고는 다시 받아 들었다.

나머지 한 손은 여전히 불화살을 쳐내는 중이었다.

아혈이 풀리자마자 제갈현중은 목청껏 외쳤다.

"중궁!"

"아!"

도제는 그 한마디를 듣자마자 무언가를 상기한 듯 고개를 끄덕였다. 나머지 일행도 그 말의 의미를 알았는지 서로 눈짓을 교환했다.

밀마는 중궁 쪽으로 오 리를 달려가면 있다고 했다.

도제가 제일 먼저 뒤로 방향을 돌렸고, 혜월과 공미가 그 뒤를 따랐다.

불화살들이 계속 뒤를 노리고 쏘아져 왔지만, 그것은 아무런 방해도 되지 못했다.

일행은 아무런 말도 없이 제갈현중의 말을 기준 삼아 앞으로 쏘아져 나갔다. 객잔에서 중궁 방향으로 가늠해 오 리, 밀마가 숨겨져 있는 곳까지 일행은 빠르게 경공을 펼치기만 했다.

뒤에서 군대가 달려오는 소리가 들렸다.

"쫓아라! 황제 폐하를 시해하려는 악적들이다!"

"찾아야 한다! 찾는 자에게는 황상께서 직접 치하하실 것이다!"

승운객잔의 주위에는 불화살을 쏘던 군대만 있는 것이 아니었다. 군대는 사방에서 우르르 쏟아져 나오고 있었다. 그들은 가까이 접근하지 않고 멀리서 포위하고 있었던 것이다.

제갈현중은 도제의 옆구리에 매달린 채로 좌우상하를 모두 살렸다.

만약 제갈협고 숙부께서 밀마를 숨겨놓았다면, 그 장소에 반드시라고 해도 좋을 만큼 진이 설치되어 있을 것이다.

"앗!"

잠시 주위를 두리번거리던 제갈현중이 탄성을 내뱉었다. 그리고 뭔가를 외치려다가, 주변에 있는 군대가 들을까 저어되는지 입을 다물고는 도제의 옆구리를 찌르며 손가락으로 한 방향을 가리켰다.

도제는 제갈현중이 가리킨 곳을 확인하자마자 전음을 보내었다.

"우측으로 사십 보!"

가장 먼저 혜월에게, 그다음에게는 공미에게 전음을 보낸다.

혜월과 공미가 차례대로 방향을 바꾸었다.

의현 역시도 방향을 바꾸었다. 의현은 도제가 미처 전음을 보내기 전에 혜월에게 보내는 전음을 들었던 것이다.

일행은 곧 제갈현중이 가리킨 방향에 착지했다.

도제는 바닥에 착지하자마자 제갈현중을 내려놓았다.

"어우, 어지러워라."

균형 감각이 엉망이 된 제갈현중이 잠시 비틀거리다가 고개를 화화 젓고는 정신을 차리기 위해 애썼다.

그리고 품에 손을 집어넣어 나경을 꺼내 들었다.

"그러니까……"

고개를 화화 저은 제갈현중이 나경을 흘끔 바라보고는, 잠시 주위를 두리번거리더니 좌측으로 두어 걸음을 걸었다.

그리고 쪼그려 앉아 땅을 한번 어루만져 보더니, 벌떡 자리에서 일어났다.

"이쪽인가……?"

제갈현중은 담벼락이 있는 곳으로 뚜벅뚜벅 걸어가더니, 벽면을 한차례 어루만졌다. 그리고 담벼락 사이에 돌멩이 하나가 이상하게 꽂혀 있는 것을 발견했다.

너무 자연스러워 아무도 알아채지 못할 만한 돌멩이였다.

"으잇차!"

제갈현중은 손에 힘을 주어 그 돌멩이를 뽑아 들었다. 그러자 벽면이 일그러지기 시작했다. 공간이 비틀어지고 한군데에 웅결되어 있던 천지간의 기운이 풀려났다.

제갈현중이 진이 파훼되는 것을 바라보며 말했다.

"며칠 전 제가 만들었던 진과 같은 진입니다."

담벼락이 왜곡되는가 싶더니, 곧 담벼락이 사라지고 버드나무 한 그루가 모습을 드러냈다.

제갈현중은 버드나무를 물끄러미 바라보며 말했다.

"모두 버드나무 쪽으로 가세요. 의현 소협, 돌멩이가 꽂혀 있던 자리에 다시 돌을 꽂아주세요."

제갈현중이 의현에게 돌멩이를 건네주고는 버드나무 쪽으로 총총총 걸어갔다.

나머지 일행은 모두 버드나무 쪽에 다가가 있었다.

의현이 돌멩이를 담벼락 틈에 꽂아 넣자, 일행과 버드나무가 공기 중으로 녹아들 듯 스르르 사라졌다.

수많은 진을 봤더니 이제는 익숙할 지경이다.

"으음……."

혜월은 진 밖과 안이 유리된 것을 보고는 고개를 한차례 절레절레 저었다. 이해하려 해도 쉽게 이해할 수가 없다.

진법이란 것은 무공만큼이나 오묘한가 보다.

혜월은 진에서 관심을 끊고는 제갈현중을 바라보았다.

"이곳에 정도사절의 밀서가 있는 거니, 제갈현중?"

"예. 아마 이 버드나무 뿌리쯤에 있을 거예요. 표식이 있거든요."

제갈현중이 버드나무에 그려진 삼각형을 물끄러미 바라보다가, 등치에 쪼그려 앉아 바닥을 마구 파헤쳤다.

일행이 물끄러미 바라보는 가운데서 잠시 동안 바닥을 파던 제갈현중은 곧 서신을 발견할 수 있었다.

"있다, 있어! 있어요!"

제갈현중은 서신을 높이 들어 올리며 함박웃음을 지었다.

이시진과 혜월, 공미가 제갈현중을 둘러쌌다.

"얼른 읽어보게, 어서. 황궁의 일이 어찌 돌아가는지 알아야지."

"아미타불. 서두르시오, 제갈 소협."

이시진과 공미가 재촉했다.

제갈현중은 조심스럽게 서신을 펼쳐 들었다.

서신은 모두 일곱 장이었는데, 가장 첫 장은 다급한 필체로 빠르게 적어 내려간 듯했다.

제갈현중이 소리를 내어 서신의 머리 부분을 읽었다.

"신지 제갈협고가 남긴다… 우리 숙부님이 쓰신 거예요."

그렇게 말한 제갈현중이 고개를 들고 다행이라는 듯한 시선으로 일행을 한번 주욱 훑어보고는 다시 서신으로 고개를 내렸다.

"…만나기로 약조했던 승운객잔의 위치가 들통나고 그곳에 함정이 설치되었다. 다급히 표식을 남겨 위험을 경고하긴 했으나 일이 어찌 되었을지는 모르겠구나. 이 서신을 읽고 있다는 것은 그 위기에서 벗어났다는 뜻일 터, 하늘의 도움이 있어 부디 이 서신이 무사히 발견되길 바란다. 우리는 이 서신을 마지막으로 황궁에 잠입한다. 사정이 복잡하게 되어 파천제와 그 일행을 기다릴 여유가 없게 되었다. 그간의 사정을 동봉해 황궁에서 알게 된 모든 진실을 기록해 두었으니 도움이 되리라. 만약 우리가 실패하거든 남은 희망은 파천제와 그 일행뿐이다. 하늘이 무심치 않기를 바란다……."

제갈현중은 거기까지 읽고는 씁쓸하게 중얼거렸다.

"첫 장은 여기가 끝이에요. 다급하게 쓰인 것을 보니 상황이 급박했던 것 같습니다. 모두 무사하셔야 될 텐데."

제갈현중은 그렇게 말하며 두 번째 장을 펼쳐 들었다.

그리고 조그마한 목소리로 그것을 읽어나가기 시작했다.

"이틀 전, 취선 황선자와 현천자, 천뢰비도 막천길과 합류
했다. 우리는……."

이틀 전, 취선 황선자와 현천자, 천뢰비도 막천길과 합류했
다. 우리는 현재 승운객잔에 머무르고 있으며, 그간 알아낸 모
든 정보를 이 서신에 남긴다. 황궁에 펼쳐진 진은…….

＊　　　＊　　　＊

신지 제갈협고의 붓은 날아갈 듯했다. 그는 진중한 얼굴로
그간 알아낸 모든 정보를 적어 내려가기 시작했다.

용사비등한 필체로 쉼없이 서신을 써 내려가는 제갈협고 뒤
에는 광불과 취선이 호로병에 담긴 술을 나눠 마시고 있었다.

"술 좀 남겨라, 이 주정뱅이 도사 놈아!"

취선이 남은 술을 모조리 마셔 버릴 듯하자 불안해진 광불
이 취선의 옆구리를 찔러댔다.

취선은 흘끔 광불을 바라보고는 술을 마시는 속도를 더해
가기 시작했다. 모두 마셔 버리겠다는 뜻을 노골적으로 표시
하는 것이다.

"아니, 이 빌어먹을 도사 놈이!"

광불이 취선의 볼을 후려쳤다. 취선의 고개가 홱 돌아가며

술이 분수처럼 뿜어져 나왔다.

"푸하악!"

"클클, 부처님의 가호가 있었음이니!"

취선이 쓰러지든 말든 그의 손에서 술병을 낚아챈 광불은 희희낙락했다.

"이런 망할 땡중 놈을 보았나!"

부지불식간에 술병을 빼앗던 취선이 광불의 입에서 술병을 떼어내기 위해 손을 놀렸다.

"……."

옆에는 현천자가 그 모습을 바라보며 가련하게 서 있었다. 그는 무림 최고의 배분을 가진 두 명의 기인이 치매 걸린 늙은이처럼 노는 것을 불안하게 바라보고만 있었다.

말리고 싶지만 어떻게 말려야 할지를 모르겠다.

천뢰비도 막천길이 그런 현천자에게 말을 걸었다.

"참 긴장감이 없는 친구들이지 않나? 한심해 보이기도 하고."

"예? 아, 그렇습니… 아니, 아닙니다! 무량수불."

현천자가 울적한 얼굴로 동의하다가 그것이 기사멸조의 죄에 해당한다는 것을 깨닫고는 황급히 부정했다.

천뢰비도 막천길은 그 모습을 재미있다는 듯 바라보고는 피식 웃었다.

"낄낄, 사실 한심하지 무얼. 자네도 마음을 놓고 편히 쉬게. 그렇게 긴장하지 않아도 된다네."

"하오나, 긴장이 아니 될 수는 없는 노릇입니다. 황궁에서의 일에는 천하가 달렸으니. 무량수불."

"흐음, 그래. 그렇긴 하지."

고개를 끄덕이며 동의한 막천길이 어깨를 으쓱해 보였다. 그리고는 은근한 목소리로 물었다.

"그래서 이상한가?"

"무엇을 말씀이옵니까?"

현천자가 의아한 얼굴로 막천길을 바라보았다. 막천길은 턱끝으로 취선과 광불을 가리켰다.

"저 친구들 말이야. 자네가 보기엔 너무 긴장감이 없어 보일 것 같은데."

"으음……."

현천자는 막천길을 바라보며 잠시 주저주저했다. 잠시 말을 꺼낼까, 말까 하던 현천자가 곧 조심스럽게 고개를 끄덕였다.

"조금은 그렇습니다."

막천길은 더 이야기해 보라는 듯 현천자를 바라보기만 했다.

현천자는 잠시 고개를 숙이고 무언가를 생각하더니 나직하게 말했다.

"광불과 신지 제갈협고께서 미리 황궁에 오셔서 많은 정보를 알아내셨지요. 그 정보들이 하나같이 가볍지 않습니다. 그것이 어깨를 무겁게 하옵니다.”

“그래, 저 친구들이 많은 것을 알아냈지.”

정도사절이 신선의 이름을 달고 선계에 잠입했던 과거의 때보다 많은 것들이 바뀌어 있었다.

우선 선계의 위치 자체가 바뀌었다.

선계는 황궁에 자리해 있었다.

선계는 동창과 금의위를 포섭했다. 물론 하급 관리까지 포섭할 필요는 없었다. 수뇌부를 포섭하는 것만으로도 하급 관리들과 무사들을 움직일 수 있었으니까.

동창과 금의위는 반란에 대해서는 아무것도 모르고 있었지만, 정말 반란이 벌어진다면 필시 선계의 손을 들어줄 것이었다.

그 이후에는 동창과 금의위에 선계의 무인들을 배치했다. 선계의 무인들이 강호에서 종적을 감출 수 있었던 것은 다름 아닌 황궁의 그림자에 숨었기 때문이었다.

또한, 팔선 중 대부분은 황궁에 잠입해 있었다.

파천제 의현을 막기 위해 나섰다가 목숨을 잃은 팔선을 제외한 나머지 세 명의 팔선은 아직도 황궁에 있었다.

“선계의 음모가 그토록 치밀할 줄은 나도 몰랐네. 며칠 전, 동창과 금의위의 일부가 임무를 맡고 하북으로 떠났네. 근처에 있던 군대들도 몇몇 차출되었지. 그들은 필시 선계의 무인들일 게야.”

소림으로 떠났던 것은 황궁 밖에 있던 선계의 무인들이었
다. 그들은 무림맹의 무인들과 일전을 치렀다. 하지만 동창과
금의위의 이름으로 황궁에 남아 있던 자들이나 선계의 영향
력으로 조직된 근처의 군대는 고스란히 남아 있었다.

그들은 파천제를 막기 위해 하북으로 건너가 천라지망을
펼쳤다.

"그렇다면 파천제와 그 일행은 필시 제때에 황궁에 도착하
지 못할 겁니다. 그들 각각의 무위는 결코 낮지 않아 보였으
니 그들이 파천제를 막아선다면 능히 그 발목을 잡을 수 있겠
지요."

현천자가 우울하게 말했다.

"또한, 신지께서 파악하신 바에 의하면 황궁에 설치된 진
은 그 어느 때보다도 무섭습니다. 드넓은 황궁의 절반을 날려
버릴 수 있는 위력을 가지고 있다고 하니까요."

"그래. 이름조차 없는 진이지만 파괴력만큼은 섬뜩할 정도
라 하더군. 게다가 팔선 중 남은 세 명은 아직까지도 황궁에
있고, 심지어 원시천존까지 황궁에 있지. 어디 그뿐인가? 마
의라는 자가 만든 독에 황상 폐하께서는 이지를 잃고 실혼인
이 되어 계시지. 원시천존의 뜻대로 모든 것을 행하는 꼭두각
시 말일세. 그러니 우리의 적은 황궁 그 자체라 볼 수 있을 게
야."

"그렇습니다. 무량수불. 그러니 어찌 긴장이 되지 않겠는

지요.”

현천자의 안색이 더 어두워졌다.

미리 황궁에 와 있던 광불과 신지 제갈협고가 알아낸 것들 중 가벼이 볼 것은 하나도 없었다.

모두가 하나같이 무서운 사실들뿐이다.

그런데 취선과 광불은 저렇듯 한가롭게 장난을 치고 있으니 어찌 근심이 되지 않을쏜가!

“우리도 이 일이 중함을 잘 알고 있네. 긴장하지 않는 것처럼 보이나 사실은 모두들 긴장하고 있지.”

“…긴장한 것처럼 보이지는 않습니다만.”

현천자가 침울한 얼굴로 취선과 광불을 바라보았다.

둘은 술병을 마주 쥐고 뭐라고 칭얼대며 힘 겨루기를 하고 있었다. 잠시 동안 이어지던 힘 겨루기의 승리는 광불의 것이었다.

광불은 한 손을 떼어 취선의 눈두덩이를 꼬집었던 것이다.

막천길은 그 추잡한 모습에서 시선을 떼었다.

“그럼, 긴장하고 있지. 편히 쉬고 있다는 말과 긴장을 하고 있다는 말은 일견하기에 어울리지 않는 말일세마는, 사실 알고 보면 몹시 어울리는 말일세. 우리는 곧 죽을지도 모르는 곳에 잠입해야 하네. 그 이전에 쉬어두는 것이야 당연하지 않나.”

“……”

현천자는 납득하지 못한다는 얼굴로 막천길을 바라보았다.

막천길이 계속 말을 이어나갔다.

"사실 마음이란 참으로 오묘한 것이어서, 그것을 다잡기만 하면 천길 낭떠러지에서도 평안할 수 있는 법이지. 저들은 마음을 다잡을 줄 알고. 그러니 지금 이 상황에서 저렇듯 여유롭게 보일 수 있는 거라네. 하지만 상황이 닥치면 능히 자신의 몫을 해낼 테니 걱정하지 말게."

"무량수불."

대답 대신 현천자가 도호를 읊조렸다.

막천길은 침상에 길게 누웠다. 그리고 한숨처럼 무어라고 중얼거렸다.

"내 제자가 보고 싶구만."

현천자가 의아한 듯 물었다.

"혜월 도우 말입니까?"

"그래. 내 제자 혜월."

막천길은 눈을 감고 혜월을 생각했다. 그녀는 제자라기보다는 딸에 더 어울리는 아이였다. 어린 시절부터 자신과 함께했던, 마음으로 낳은 딸.

"처음에는 내 무공을 전수할 사람이 필요했을 뿐, 제자가 필요하지는 않았어. 그래서 혜월을 받아들이고도 냉혹하게 굴었지. 무인이 될 터이니 혼인 같은 여자의 삶은 포기하라고 했지. 아니, 어찌 보면 사람처럼 사는 것도 포기하게끔 만들었네."

막천길은 눈을 지그시 감았다.

"하지만 그 아이는 점점 내 딸이 되어가더군. 내 마음속을 차지하는 비중이 점점 커졌어. 몇 년 후에, 그 아이는 내 모든 것이 되었네."

막천길의 입가에 미소가 머물렀다. 그는 혜월을 떠올리며 행복한 듯 웃어 보였다.

"허허헛, 내 무공을 익혀 천하에 오롯한 무인이 되기를 바랐으나, 이제는 그 아이가 행복하면 좋겠네. 괜찮은 놈 있으면 그냥 시집이나 보내 버릴까."

"내 조카는 어떤가?"

제갈협고의 냉막한 목소리가 들려왔다.

서신을 마무리 지은 그는 자리에서 일어나 취선과 광불을 한심한 듯 바라보고는 막천길 쪽으로 시선을 돌렸다.

막천길은 고개를 절레절레 저었다.

"그놈? 그놈은 안 돼. 너무 실없고 한심해 보이잖나. 절대로 안 되니 꿈 깨게, 이 친구야."

그런데 뭔가가 조금 이상했다. 둘의 대화는 분명히 평화롭건만 막천길의 행동에는 살기가 깃들어 있었다.

그는 품에서 한 자루의 비도를 꺼내어 들고는 날카로운 눈으로 밖을 바라보았다.

제갈협고 역시 품에서 단도를 한 자루 꺼내 들었다.

"이 일이 끝나거든 다시 생각해 보게."

"꺼으윽, 술 맛 더럽게 없구만."

제갈협고의 말이 끝나자마자 광불이 술병을 바닥에 내팽개치며 자리에서 일어났다. 그리고는 한 방향을 바라보며 투덜댔다.

"저딴 놈들이 보고 있는데 뭔들 맛있겠어."

"아냐, 그건 네가 혼자 처먹어서 그런 거야."

취선 역시 자리에서 일어나 투덜거렸다. 하지만 취선의 손짓 역시 방문 밖을 겨냥했다. 술에 취한 듯 비틀거리며 방문 앞으로 다가간 취선이 그것을 슬쩍 밀쳤다.

그러자 한 줄기 암경이 문을 통과해 문밖에 있던 한 명의 무인에게 파고들었다.

"큭!"

문밖에 숨어 있던 무인이 피를 튀기며 날아갔다.

그와 동시에, 이번엔 벽에서 누군가가 스르르 모습을 드러냈다.

은신해 있던 살수가 모습을 드러낸 것이다.

하지만 모습을 드러내자마자 천뢰비도 막천길의 비도에 맞아 뒤로 튕겨나고 만다.

벽에 새빨간 피가 튀었다.

"그놈, 오래도 숨어 있다 싶었다."

은신해 있던 것을 이미 오래전에 알아챘던 막천길이 혀를 차며 말했다. 그리고는 제갈협고를 바라보았다.

"그보다 어떻게 우리가 있는 곳을 알아낸 거지?"

"나도 모른다."

제갈협고가 그렇게 말하며 단도로 달려드는 무인의 허벅지를 베었다. 무인의 다리가 꺾이자 제갈협고는 그의 턱을 후려쳤다.

"얼씨구? 저것 봐라?"

방 안으로 달려드는 무인들을 처리하는가 싶었던 취선은 어느새 창문가로 다가가 있었다. 그는 손가락으로 창문 밖을 가리키며 참 신기한 것을 본다는 듯 감탄하다가 제갈협고를 불렀다.

"이보게, 제갈협고. 이거 내가 본 게 맞는 건가?"

"흡!"

앞에 선 무인의 단전을 걸어차고 그를 밟고 뛰어오른 제갈협고가 창문가에 다가섰다.

창문 밖으로 객잔 앞의 풍경이 보였다. 객잔 앞에는 황제의 군사들이 수레에 무언가를 싣고 다가와 있었다.

"화약……?"

수레의 정체를 파악한 제갈협고가 질린 듯한 목소리로 말했다.

몇 관일지도 모르는 수많은 화약이 수레에 실려 있었다.

“젠장, 공미 녀석에게 파천제와 그 일행을 데리고 이곳으로 오라고 했는데!”

“우리의 위치만 발각된 것이 아니었나 보군. 이곳에 화약을 가져온 걸 보면 우리 계획도 훔쳐 들은 모양이야.”

선계의 눈은 과연 무서웠다. 완벽하게 숨어 있었다 여겼거늘, 그들은 이미 모든 것을 파악하고 있었던 것이다.

제갈협고는 단도를 쥔 채 벽에 다가가 핏방울이 튄 벽에 단도를 그었다. 마치 혈전 중에 자연스럽게 생긴 검 자국처럼 둥글게 원을 그리고 빗선을 몇 개 그어 넣는다.

표식을 모두 남기자마자 제갈협고는 취선과 광불, 현천자와 막천길에게 짧게 외쳤다.

“모두 이곳을 벗어나서 나를 따라오게!”

그 말이 마지막으로 제갈협고는 경공을 펼쳐 객잔의 창문을 박차고 나섰다.

나머지 일행이 그 뒤를 따랐다.

*　　*　　*

잠시 뒤.

버드나무 앞에 선 제갈협고는 제갈현중과는 비교도 안 될 빠른 속도로 진을 설치하고 있었다.

제갈협고는 조카 제갈현중과는 달리 무공을 익히고 있었

고, 그 무공은 전광석화와 같은 손놀림을 가능케 해주었다.

단순히 비도를 던지는 것만으로 진의 구성점에 비도가 꽂혔고, 발을 살짝 퉁기는 것만으로 그 비도에 흙을 엎었다.

불길을 일으키는 것도 손끝을 가볍게 부비는 것만으로 충분했다. 단, 불을 계속 지필 수는 없으므로 진을 만들 때 지심수의 힘에 더 의존했다.

그렇게 진을 설치한 제갈협고는 바닥에서 돌멩이 하나를 툭 차올렸다. 돌멩이가 빠르게 쏘아져 나가 담벼락에 박히자, 세상이 왜곡되며 진이 구성되었다.

그렇게 진을 모두 설치한 제갈협고는 바닥에 무릎을 꿇고 앉아 품에서 미리 써두었던 종이뭉치와 세필, 한 손에 들어올 만한 작은 크기의 목갑을 꺼내 들었다.

제갈협고는 목갑을 펼치고는 취선을 바라보았다. 목갑 안은 새카맣게 굳은 덩어리가 자리해 있었다.

"술병을 이리 주게."

"응? 이걸?"

언제 또 한 병을 챙긴 것일까!

또 다른 호리병을 들고 벌컥벌컥 들이켜고 있던 취선 황선자가 찝찝한 얼굴로 제갈협고를 바라보다가, 미적거리며 그것을 건넸다.

제갈협고는 술을 목갑 안에 부었다.

"에이, 아깝게."

다시 건네주는 술병을 받은 취선이 중얼거렸다.

제갈협고는 그 말을 무시한 채 세필로 목갑 안에 들어 있는 새카만 덩어리와 술을 잘 섞었다.

덩어리가 술에 녹아 먹물로 바뀌자, 제갈협고는 세필에 그것을 적셔 종이에 무어라고 글을 적어나갔다. 다급히 적느라 필체가 엉망이었지만, 제갈협고는 개의치 않았다.

제일 첫 장에 현재 상황을 알리는 내용을 적은 제갈협고는, 지면이 모자라자 미리 작성해 두었던 서신의 뒤편으로 세필을 가져갔다.

그리고 빠르게 적어 내려가기 시작했다.

동봉된 서신을 모두 읽었다면 현재 상황이 어떻게 되었는지 알 것이다. 황궁에 펼쳐진 진의 정확한 폭발 시간은 알아내지 못했으나, 우리가 황궁 안에 잠입하면 알게 될 것, 후일을 대비해 황궁서고에 정확한 폭발 시간을 알려두겠다. 선계의 눈에 정체를 들킨 바, 우리에게는 파천제를 기다릴 시간이 없다. 우리는 황궁으로 간다. 만약 우리가 성공한다면 초사흘 자시에 이 버드나무 앞으로 찾아오리라. 만약 우리가 실패한다면……

"만약 우리가 실패한다면……."

서신을 모두 읽은 제갈현중은 허탈한 얼굴로 고개를 들었다. 그리고 일행의 얼굴을 주르르 훑어보며 마지막 문장을 불길한 듯 읊조렸다.

"…파천제가 마지막 희망이 되리라."

일행은 모조리 침묵했다. 제갈현중은 조용히 일행을 바라보다가 다시 서신으로 시선을 돌렸다.

"황궁서고. 우리는 황궁서고로 가야 합니다."

일행은 여전히 아무런 말이 없었다. 오늘이 바로 초사흘이었다. 자시는 이미 넘었고 말이다.

서신을 쥔 제갈현중의 손에 힘이 들어갔다. 서신이 형편없이 구겨졌다.

"그분들은… 실패한 걸까요?"

"아직 아무것도 모르네."

이시진이 천천히 제갈현중의 어깨를 다독였다.

혜월은 얼음장처럼 차가운 얼굴로 황궁 쪽을 노려보았다.

공미 역시 비슷한 표정이었다. 심장이 덜컹 내려앉은 기분을 맛본 것은 공미도 마찬가지였던 것이다.

"아미타불. 시간이 지났는데도 찾아오지 않고 계십니다. 어쩌면……."

"그래, 실패했을지도 모르지."

무뚝뚝하게 서 있던 도제가 입을 열었다.

"하지만 아직은 살아 있을 것이다."

혜월과 제갈현중, 공미가 의아한 얼굴로 도제 쪽으로 시선을 돌렸다.

"우리가 남아 있다는 것을 선계가 모르진 않을 터, 그렇다면 먼저 실패한 자들을 이용해 우리의 기세를 죽이려 했겠지."

도제가 싸늘한 눈으로 의현을 바라보았다. 의현 정도라면 능히 그들의 기도를 읽어낼 수 있다. 그들의 생사를 한눈에 알 수 있는 것이다.

하지만 의현의 표정은 무심한 표정이었다.

제갈현중이 희망의 빛이 어린 얼굴로 질문했다.

"그 말씀은……?"

"그래, 그들이 죽었다면 효수되었을 것이다."

도제는 의현의 표정에서 아무것도 읽어낼 수 없자 황궁 쪽으로 시선을 돌렸다.

"하지만 아직까지 황궁에 그들의 시체나 목이 보이지 않는군. 그것은 아직 황궁의 폭발을 막는 시도를 하지 않았거나, 실패했더라도 살아 있다는 뜻일 것이다."

그렇게 말한 도제가 혜월의 어깨를 툭툭 두드렸다.

"그러니 너무 우려치 말도록. 구하면 된다."

"…예."

혜월이 고개를 끄덕였다. 잠시 불안한 마음을 달래던 혜월은 문득 아직 정도사절이 황궁에 잠입하지 않았을 수도 있다는 것을 떠올리고는 고개를 번쩍 들었다.

"혹시 아직 시도하지 않으셨다면, 그분들은 이 근처에 있지 않겠습니까?"

일행은 대꾸 대신 어두운 안색으로 혜월을 바라보았다.

"아아."

잠시 생각을 굴려보던 혜월은 고개를 절레절레 저었다. 그것은 헛된 희망이었다. 만약 그랬다면 정도사절은 어떻게든 연락을 취해왔을 것이다.

하지만 이곳에 아무도 없으니, 역시 그들에게 변고가 생긴 것일 게다.

"원시천존과 남은 팔선이 저곳에 있다고 했나."

의현이 무심한 눈으로 일행에게 말했다.

제갈현중이 묵묵히 고개를 끄덕였다.

"예. 그리고 황제도 있겠지요. 서신에서는 그가 실혼인이 되어 있다고 했어요. 그가 우리를 방해하지 않는다면 좋을 텐데."

"그럼 출발한다."

의현이 한 걸음을 앞으로 내딛었다. 나머지 일행이 모두 놀란 듯 걸어가는 의현을 바라보았다.

혜월이 서둘러 의현의 정면으로 다가가 그 앞에 멈춰 섰다.

"아니 됩니다! 아직은……."

"아직 뭐."

의현이 걸음을 멈추고 혜월을 돌아보았다.

"아직은……."

혜월은 꿀 먹은 벙어리가 되었다.

"의현 소협의 말이 맞아요."

제갈현중이 끼어들어 말했다. 그는 진지한 표정을 짓고 있었다.

"여기서 더 지체할 시간은 없습니다. 천만다행히 황궁이 폭발하기 전에 도착했습니다만, 결코 빠른 시간 안에 도착했다고는 할 수 없어요. 지금 당장 황궁이 폭발해도 이상하지 않을 정도입니다. 게다가 정도사절께서도 저 안에 계십니다."

제갈현중의 안색이 어두워졌다.

"황궁의 일이 급하니 그것부터 처리해야겠지요. 그것을 정리한 후에 정도사절을 구출해야 합니다. 늦지 않게 구출하려면 지금 당장 움직여야 합니다. 시간이 없어요."

제갈현중의 말이 끝나자 이시진이 망태기를 추슬러 멨다. 그는 미간을 살짝 좁혔다.

"제갈 소협의 말이 맞는 듯하니, 이동하는 게 좋겠네."

이시진이 동의한 것을 확인한 의현이 앞을 가로막은 혜월을 스쳐 지나갔다.

공미는 의현이 움직이는 것을 보며 고개를 절레절레 저었다. 이곳에서 정도사절을 더 기다려 보는 게 어떻겠느냐고 말하고 싶지만, 헛된 희망에 사로잡혀 있을 수만은 없는 노릇이다.

그는 한숨을 길게 내쉬며 의현에게로 달려갔다.

"하아— 기다리십시오, 시주."

"……."

의현이 걸음을 멈추고는 왜 그러느냐는 듯한 얼굴로 돌아보자 공미가 씁쓸하게 미소를 지으며 말했다.

"아마 이곳의 지리를 아는 사람은 거의 없을 것입니다. 다름 아닌 황궁이니까요. 제가 황궁에 와본 적이 있으니 안내하지요."

의현이 고개를 끄덕였다. 원시천존을 죽이는 것만큼이나 중요한 일이 바로 황궁의 폭발을 막는 일이다.

공미는 잠시 황궁 쪽을 바라보며 속삭이듯 말했다.

"외궁을 벗어나 내궁으로 들어가서 자건(仔乾) 쪽 방향에 있는 전각이 서고입니다. 그곳까지 어떻게 남의 이목에 들키지 않고 접근해야 합니다. 그 방법을 생각한 후에야 우리는 이동할 수 있을 겁니다."

공미는 황궁의 높다란 벽을 바라보았다. 어지간한 무림문파와는 비교도 안 될, 아니, 그보다 훨씬 더 예리한 경계가 있을 저곳을 어찌 뚫어야 할지 가늠이 되지 않는다.

공미가 멈춰 서자 그를 물끄러미 바라보던 의현이 고개를 돌려 혜월을 바라보았다.

"여자."

"…예?"

공미를 따라 걱정스러운 얼굴로 황궁을 바라보던 혜월이 화들짝 놀라 의현 쪽으로 시선을 돌렸다.

의현이 덤덤한 어조로 질문했다.

"은신할 수 있는 것으로 알고 있다. 내 뒤를 쫓을 수 있나."

혜월이 의현과 시선을 마주한 채로 미간을 살짝 좁히더니, 잠시 뒤에야 대답했다.

"너무 빠르게 이동하시지 않는다면… 가능할 것 같습니다."

"야, 허약한 놈."

의현은 혜월의 대답을 듣자마자 도제 쪽으로 고개를 돌렸다. 도제는 묵룡월도를 매만지며 나직하게 대답했다.

"왜 부르나? 아니, 왜인지 말하기 전에 허약한 놈이라고 부른 것을 사과해라."

"저 말 많은 놈을 들고 안 들키게 이동할 수 있나?"

의현이 턱끝으로 제갈현중을 가리켰다. 도제는 이를 드러내며 제갈현중을 돌아보았다. 마지막까지 와서도 저놈은 자신의 몫인가 보다.

"저놈이 나불거리지만 않는다면 충분히."

가능하다는 소리다.

대답을 들은 의현은 고개를 한 번 끄덕이고는 이번엔 공미 쪽을 바라보았다. 다른 놈들의 무공과 그 특성은 어느 정도 짐작이 가능한데 이놈은 잘 모르겠다.

“너, 할 수 있어?”

“모르겠습니다. 하, 하나 해야 한다면 해야겠지요.”

어떻게든 해보겠다는 식의 대답이 마음에 안 들어 의현의 얼굴이 살짝 구겨졌다. 하지만 못하겠다는 소리보다는 낫다.

의현이 일행을 돌아보며 말했다.

“그렇다면 정공법으로 간다. 모두 기척을 지우고 잠입해 내 뒤를 따라와. 들키면 그놈을 제압하며 움직인다. 그 역할은 여자, 네가 맡아라.”

의현이 차분한 목소리로 말했다. 나머지 일행은 모두 고개를 끄덕였다. 하긴 이 상황에서는 변복을 하고 들어갈 수도 없고 신분을 속여 들어갈 수도 없다. 그저 도둑처럼 잠행하는 수밖에는 없다.

“가자.”

의현이 이시진에게로 성큼성큼 걸어가 그를 덥석 들어 올렸다.

“알았… 흡!”

이시진이 채 대답을 하기도 전에 의현의 신형이 사라졌다.

혜월이 불안한 듯 제갈현중을 한번 보고는, 그를 업게 될 도제에게 살짝 목례했다. 마치 잘 부탁한다는 듯한 태도였다.

그리고 그녀의 신형이 그림자 속으로 사라져 갔다.

도제는 짧게 콧바람을 내쉬었다.

“흥!”

“조, 조용히 할게요······.”

주눅이 든 제갈현중이 쭈뼛쭈뼛 도제의 뒤로 다가왔다. 도제는 잠시 자세를 낮춰 제갈현중을 등에 업고는 한 손으로 그의 등을 단단히 잡고 나머지 한 손으로 묵룡월도를 쥐었다.

그리고 공중으로 살짝 뛰어올랐다. 허공을 밟듯이 떠오른 도제는 바람결을 밟고 가듯 황궁 안으로 사라져 갔다.

모습은 보이되 기척은 느껴지지 않아 마치 귀신과도 같은 느낌을 주는 기이한 보법이었다.

홀로 남은 공미는 아쉬운 듯 뒤를 돌아보았다. 정도사절께서 지금이라도 찾아올 것만 같다.

하지만 그것이 부질없는 희망이라는 것을 잘 알고 있다.

“아미타불······.”

공미는 짧게 불호를 외치고는, 황궁 쪽으로 경공을 펼쳤다. 가능한한 최대한 기척을 지운 채였다.

*   *   *

원시천존은 황궁이 한눈에 보이는 대전의 앞에 오롯이 서서 현기 어린 눈으로 황궁의 밤을 바라보고 있었다.

그는 주름진 눈을 감았다.

“질기구나, 파천제.”

애초부터 싹을 끊어내려고 그토록 애를 썼거늘, 파천제는 끝까지 살아남아 이렇듯 마지막까지 방해를 하고 있다.

청성과 화산, 그리고 소림까지 거의 모든 곳에서 나타나 천하를 위한 대계를 엉망으로 만들어 버렸다.

"하지만 그것도 여기까지일 게다."

원시천존이 눈을 떴다.

강호에서는 정도사절로 불리는 네 명의 마선은 감히 대계를 방해하려 하다가 저지되어 지금은 마의에게 있다. 파천제가 그들을 먼저 구하려 한다면 그것도 좋겠지만, 그렇지 않더라도 나쁠 것은 없다.

파천제의 목은 자신이 직접 끊어놓을 참이다. 팔선에게 맡기려 했으나, 만약 그가 영체를 사용한다면 팔선으로서는 그를 감당할 수 없다.

때문에 팔선 중 남은 셋에게는 파천제 대신 그 일행을 맡겨두었다. 무공을 모르는 인원이 둘이나 끼어 있는데도 그들은 파천제 만큼이나 성가셨다. 약선의 의술과 신지의 귀계와 진법, 봉황비도로 난국을 헤쳐 나온 현무단주와 강호 오제 중 일인인 도제.

어쩌면 대계가 엉망이 된 것은 파천제보다도 그들의 탓일 것이다.

팔선은 그들이 힘을 합치지 못하도록 흩어놓고 그 목숨을 가져갈 것이다. 그들은 이미 파천제와 그 일행에게로 다가가고 있었다.

팔선 중 남은 셋의 기척을 읽은 원시천존은 미소를 지었다.

"그러니 자네는 오게나."

원시천존은 몸을 돌려 대전 안으로 향했다.

문을 끼이이, 열자 텅 빈 대전의 모습이 드러났다. 대전의 중앙에 놓인 보좌에는 약에 취해 이지를 잃은 황제가 앉아 있었다.

황제를 바라보며 원시천존이 싸늘하게 웃었다.

"죽으러 말이야. 허허허."

섬뜩한 웃음소리가 텅 빈 대전 안에 울려 퍼졌다.

제52장
가야만 하느니

　황궁의 서고는 소림의 장경각보다 책이 많다는 이야기가 있다. 하지만 장경각과는 달리, 전각이 네 개로 분리되어 있었으며 그 색도 묵빛과 자색이 섞인 어두운 색이다.

　야심한 밤에 촛불을 켜놓고 책을 읽던 하급 관리 한 명이 있을 뿐, 서고에는 아무도 없었다.

　서고를 관리하는 하급 관리는 관리는 뒷전에 놓고 촛불을 켜놓고 마음껏 책을 읽고 있었다.

　"만승지국살기군자(萬乘之國殺其君者)라… 만 대의 전차가 있는 강한 국가는 군자를 죽인다. 허어, 이처럼 시국에 맞는 말이 없구나."

하급 관리가 수염을 쓰다듬었다. 당금 명의 황제를 생각하면 강력한 권력으로 전횡을 일삼는 게 아닌가 싶을 정도로 폭정을 일삼고 있었다. 옆에 무공을 한다는 강호의 무사들이 들러붙어 황제께 바람을 넣고 있고, 충언과 직언을 해야 할 신하들은 모두 입을 다문 채 황제의 눈치만 살필 뿐이다.

충언을 했다가 귀양을 가거나 목을 잃어버린 충신들이 얼마나 많던가!

가히 살기군자라는 말이 심금을 울린다.

하급 관리가 상념에 빠져 있을 무렵이었다.

문이 튼튼히 닫혀 바람이 샐 리가 없건만 어디선가 한줄기 미풍이 들어와 촛불을 꺼버렸다.

"음?"

단숨에 서고가 어두워지자 하급 관리가 의아한 신음을 내뱉으며 고개를 들었다. 그리고 주위를 두리번거리며 왜 불이 꺼졌는지 그 원인을 찾아보다가, 이내 바람이 들어왔겠거니 하고 생각하고는 한숨을 내쉬었다.

"하아―"

그리고 소매춤에서 주섬주섬 부싯돌을 꺼내었다. 다시 촛불에 불을 붙이려는 것이다.

하지만 부싯돌을 몇 번 두드리기도 전에, 뒷목이 시큰해진다 싶더니 정신을 잃고 말았다.

털썩!

서고가 어찌나 고요한지 하급 관리가 무너지는 소리가 천둥 소리마냥 크게 들려왔다. 무너진 하급 관리 뒤로 누군가를 둘러멘 어두운 인영이 나타났다.

그 인영은 둘러멨던 사람을 내려놓았다.

"후우, 그야말로 간이 조마조마했다. 우리는 안 들킨 게냐? 속도가 워낙에 빠르고 어두우니 뭘 알 수가 있나."

인영이 내려놓은 사람은 이시진이었다. 그는 주위를 두리번거리며 주위를 관찰해 보았다. 하지만 늙어 시력이 좋지 못한 그는 아무것도 보지 못했다.

"아무에게도 들키지 않았다, 시진."

이시진을 내려놓은 의현이 쓰러진 하급 관리를 흘끔 바라보며 말했다. 그리고 눈을 지그시 감으며 기감을 펼쳐 주위를 돌아보았다. 혹시 모를 적이 있을지도 모르니 미리 방비를 해두어야 했다.

그의 기감에 누군가가 잡혔다.

끼이익―

서고의 문이 조심스럽게 열렸다. 그리고 잔뜩 긴장한 누군가가 머리를 들이밀었다. 계인이 찍혀 있는 민머리를 한 그는 공미였다.

"오오, 아미타불."

서고에 아무도 없고 의현과 이시진이 있자 공미는 안도의 한숨을 내쉬었다. 다행히 아무에게도 들키지 않고 온 것이다.

무사히 도착했다는 것을 깨닫게 되자 기운이 탁 풀리는 기분이다.

한데, 자신보다 빨리 도착하리라 예상했던 도제와 제갈 시주, 혜월 시주가 보이지 않는다.

"음? 나머지 분들은 어디에 계신지요?"

"아직."

의현이 나직한 목소리로 대꾸했다. 공미는 얼굴을 굳히고 걱정스럽게 주위를 돌아보았다. 혹여 황궁을 지키는 금의위나 호위무사에게 정체를 들키고 만 걸까. 그래서 늦어지는 거라면 큰일이 아닐 수 없다.

하지만 다행히 공미의 우려는 현실로 일어나지 않았다.

조금 전에 공미가 들어섰던 자리에 제갈현중을 업었던 도제가 나타난 것이다.

출발할 때는 분명히 제갈현중을 업고 있었는데, 이번에는 제갈현중의 뒷덜미를 들고 서고 안으로 들어오고 있다.

도제는 서고 안이 안전하다는 것을 확인하자마자 제갈현중을 바닥에 아무렇게나 던졌다.

"어이쿠!"

차마 크게 소리를 낼 수는 없지만 아프기는 아프다. 제갈현중은 바닥에서 천천히 일어나며 끙끙대기 시작했다.

도제가 이를 드러내며 말했다.

"조용히 하라고 했을 텐데 그 상황에서 재채기를 하다니,

이 망할 놈.”

한참 기척을 지우고 달려가고 있는데 제갈현중이 재채기를 했다. 근처를 지키던 호위무사 둘이 재채기 소리를 듣고 도제와 제갈현중을 발견했다.

“두 명은 아무도 부르지 못하고 혼혈을 짚었다. 내일까지는 깨지 않겠으나 교대 시간이 되면 문제가 되겠지.”

도제가 자신의 실책이 가슴 아픈 듯 씹어뱉듯 말하며 노려보자 제갈현중은 자라목이 되어 움츠러들었다.

“죄, 죄송해요…….”

제갈현중이 그렇게 말할 무렵이었다. 홀로 출발했던 혜월이 등에 누군가를 업고 들어왔다. 혜월은 조심스럽게 주위를 둘러보다가 모두가 안전히 잠입한 것을 보고는 안도의 한숨을 내쉬었다.

“하아―”

“음? 등에 업은 것은 누군가?”

혜월이 저벅저벅 걸어와 등에 업은 사람을 내려놓았다. 그 사람은 황제의 시침과 탕약을 책임지는 내의원의 의원 중 하나였다.

“무공을 모르는 약선 어르신이니만큼 만에 하나의 사태가 생기면 아니 됩니다.”

땅에 그 사람을 내려놓자마자 그의 옷을 벗기는 혜월이었다. 관포와 관모를 벗긴 후, 안에 있는 비단 옷까지 벗겨 고쟁이로 만들며 혜월이 계속 말했다.

"만에 하나 저희와 떨어지는 사태가 생기거든 내의원에서 숙직하던 의원이라 말씀하십시오. 실제로도 의원이시니 변복한다면 큰 의심은 사지 않을 것입니다."

옷을 다 벗긴 후 그것을 주섬주섬 챙겨 든 혜월이 이시진에게로 걸어와 옷을 내밀었다.

"폭발로 인해 황제를 죽이는 것이 실패하면 무공으로 황제를 암습하거나 혹은 독살하려 들 겁니다. 무공이라면 의현 소협께서 막아낼 수 있지만 독살을 당하면 방법이 없습니다. 그를 치료할 수 있는 사람이 필요합니다."

"그렇구먼. 신경 써주어 고맙네."

혜월은 미소를 지어 보였다. 단순히 필요에 의해서만 이시진을 살리려는 것은 아니었다. 만약에 이 일에 실패해 모두 죽음을 맞더라도 이시진은 살리고 싶었다. 그는 천하를 위해 봉사하는 의원이니까.

그래서 암행하는 도중에 내의원의 의원 하나를 잡아왔다.

이시진이 주섬주섬 옷을 입는 동안, 혜월이 제갈현중을 바라보았다.

"제갈현중. 이곳에 밀마가 있니?"

제갈현중은 혜월이 이시진에게 옷을 건넬 때쯤부터 자신의 임무를 자각하고는 근처를 두리번거려 밀마를 찾고 있었다.

하지만 너무 어두워 잘 보이지 않는다.

"너무… 어두워요. 빛이 조금이라도 있으면 좋겠는데."

제갈현중이 서고에 가득한 책장들을 바라보며 중얼거렸다. 의현은 그런 제갈현중을 바라보며 손바닥을 하늘로 펼쳤다.

"엇……!"

그러자 의현의 손에서 노란빛 광채가 새어 올랐다. 광채는 서고 안을 은은하게 밝혔다. 어두움에 익숙해 있던 사람들은 그 빛을 모두 놀란 듯이 바라보았다.

제갈현중 역시 놀란 눈으로 그 광채를 바라보다가, 의현 소협이니까 뭐든 가능하겠지, 하고 생각하고는 다시 서고 쪽으로 시선을 돌렸다.

빛이 없을 때와 달리 빛이 생기자 서고를 확인하는 것은 어렵지 않았다.

"아아, 알겠다. 정곽밀서(丁廓密書)로군요."

일행의 시선이 모두 제갈현중에게로 가 닿았다. 설명을 요구하는 듯한 시선을 느낀 제갈현중은 건성건성 대답하며 서고를 살펴보는 데 집중했다.

"정곽밀서는… 그러니까 책들 사이에 밀서를 숨겨놓는 방식… 인데요, 그게… 제갈세가에서 쓰이는… 밀마… 거든요. 으음, 저긴가?"

제갈현중이 유교 경전들이 가득 꽂혀 있는 곳으로 달려갔다. 하지만 설명은 계속하고 있었다.

"책들의 배치에 따라… 밀서를 숨겨놓는 곳이 달라지는
데… 으음, 이 경우엔… 도가 서적 쪽에 있겠군요."

이번엔 방향을 바꿔 도가 서적 쪽으로 달려가는 제갈현중
이었다. 제갈현중은 도가 서적이 꽂혀 있는 곳으로 가서 주위
를 두리번거리며 책을 찾았다.

일행은 모두 숨죽이고 제갈현중을 바라보았다.

잠시 뒤, 제갈현중이 탄성을 내지르며 한곳을 손가락으로
가리켰다.

"아! 저쪽! 태천도경(太天道經) 주해서(註解書)! 저것을 뽑아
야 해요!"

제갈현중의 키보다 높은 곳에 두꺼운 책자가 하나 꽂혀 있
었다. 의현이 성큼성큼 그리로 다가가 책을 뽑아 들었다.

일행은 모두 기대 어린 눈으로 그 모습을 바라보았다.

하지만 의현은 책을 뽑다 말고 움찔 멈추었다.

"젠장!"

그의 입에서 평소엔 드물었던 욕설이 배어 나왔다. 그는 잠
시 멈추었던 행동을 재개해 책을 뽑아 제갈현중에게 던졌다.

거칠게 날아온 책을 턱, 소리와 함께 가슴팍으로 안 듯이
받은 제갈현중이 의아한 표정을 지었다.

"왜 그래요?"

의현은 대답 대신 도를 뽑아 들었다. 도가 뽑히는 소리가

챙, 하고 낭랑하게 들려왔다. 도를 단단히 고쳐 든 의현이 서
고의 정문을 바라보며 속삭이듯 말했다.

"…인해."

"예?"

그 말을 알아듣지 못한 제갈현중이 의아한 표정을 짓자 의
현이 억눌린 목소리로 외치듯이 말했다.

"빨리 확인하라고 했다!"

"젠장!"

다음 순서로 도제가 묵룡월도를 뽑아 들었다. 그는 전신에
소름이 돋는 것을 느끼며 서고의 정문으로 도를 겨누었다. 그
리고는 정신없이 의현에게 질문하기 시작했다.

"고강하다! 누구지?"

"팔선 중 남은 셋."

의현이 싸늘한 목소리로 속삭이듯 말하자, 도제는 전신의
근육을 긴장시키며 내공을 뽑아 올렸다.

"장난이 아니군."

"조심해라."

의현이 긴장된 목소리로 말했다. 도제는 자신이 환청을 들
었나 싶어 화들짝 놀라 의현을 바라보았다. 장난이 아니라고
말하면 허약한 놈이라고 대꾸할 줄 알았거늘, 도리어 조심하
라고 경고를 남기지 않는가!

새삼 경각심이 든다. 의현이 저렇게 말할 정도라면 적의 무

공은 상상을 초월할 정도이리라.

의현으로서는 경고를 남길 만한 이유가 있었다. 자신은 팔선과 마주해 능히 살아남을 수 있다. 아니, 살아남을 수 있는 것뿐만이 아니라 능히 그들의 목을 벨 수도 있다. 하지만 나머지 일행의 생사는 장담할 수 없다.

"으, 으으……."

제갈현중은 주변의 상황이 급박하게 돌아가자 다급히 태천도경 주해서를 펼쳐 주르륵 책장을 넘기기 시작했다.

그러자 종이 한 장이 툭, 바닥에 떨어졌다.

제갈현중은 태천도경 주해서를 아무렇게나 바닥에 버린 다음, 재빨리 그 종이를 주워 들었다.

"이런, 복잡하잖아!"

그 종이에는 복잡한 밀마가 적혀 있었다. 해독하는 것이 불가능한 것은 아니나 시간이 좀 걸리게 생겼다.

"빠, 빨리 읽게! 빨리!"

"서둘러, 제갈현중!"

이시진과 혜월이 조바심을 내며 제갈현중을 독촉했다. 제갈현중은 주변의 소리도 듣지 못할 정도로 밀마를 읽는데 집중했다.

그때였다.

콰아앙—!

커다란 폭음이 들리며 서고의 문이 부서졌다. 그 뒤로 관인

한 명과 무인 한 명, 그리고 황제의 후궁인 듯한 여자 한 명이
들어섰다.

그 뒤로는 수많은 관군들이 달려오고 있었다. 그 셋의 쾌속
함을 쫓지 못해 뒤늦게야 달려오고 있는 것이다.

의현은 싸늘하게 웃었다.

"팔선 중 남은 것은 세 놈이지. 너희들인가?"

"호호홋, 궁금한가요?"

황제의 후궁인 듯한 여자가 한 걸음 앞으로 나섰다. 그리고
는 마치 정인에게 절하듯 곱게 절해 보였다.

"천녀는 하선고라고 하지요."

"못생긴 년."

의현이 싸늘하게 속삭였다. 얼굴에 살기를 품으면 제아무
리 천하절색이라도 단박에 박색이 되게 마련이다.

하선고는 그 말이 재미있다는 듯 깔깔깔 웃었다.

"호호홋! 그것참 재미있군요. 천녀를 보고 못생겼다 말하
는 이는 아무도 없었는데."

"……."

의현은 아무런 대답도 하지 않았다. 그저 조용히 하선고를
노려볼 뿐이었다.

하선고는 슬쩍 다리를 앞으로 내밀어 아름다운 허벅지를
선보였다.

"어때요, 못생긴 년과 한번 놀아보는 건? 난 당신처럼 거친

남자가 좋더라."

고운 옷차림과 달리 기루의 창녀처럼 구는 하선고였다. 의현은 고개를 저었다.

"난 못생긴 년과는 안 놀아. 말 많은 놈!"

하선고의 말에 대답하면서 동시에 제갈현중을 부르는 의현이었다. 의현은 뒤도 돌아보지 않은 채 말을 이어나갔다.

"빨리 하지 않으면 때리겠다!"

"호호홋, 뭘… 어멋?"

하선고가 의아한 표정을 지으며 제갈현중을 바라보고 의아한 탄성을 내뱉었다. 그리고 제갈현중이 뭔가를 읽는 것을 보고는 얼굴을 딱딱하게 굳혔다.

"지금 뭘 읽는 거지?"

"그러니까… 이건… 황궁에는 귀, 귀령화마십팔진에 천룡만화진을 섞은 진이 펼쳐져 있어요. 어, 엄청난데요?"

제갈현중이 의현에게 대답하자 하선고의 얼굴이 굳어졌다. 제갈현중이 읽는 종이에 무엇이 적혀 있는지 파악해 낸 것이다.

"그만두지 못해!"

그녀는 놀란 눈으로 뾰족하게 고함을 내지르며 머리에 수십 개는 꽂혀 있는 머리 장식 중 하나를 뽑아 던졌다.

챙ㅡ!

도제가 달려들어 하선고의 머리 장식을 쳐냈다.

제갈현중은 자신이 하마터면 죽을 뻔했다는 것도 모른 채 계속 종이를 읽고 있었다.

"폭발의 장소는 대, 대전(大殿)! 대전입니다! 그리고……."

마침내 종이를 모두 읽어낸 제갈현중이 종이를 스르르 내렸다.

"우리는 왜 매일 이렇지요? 우리도 참 운이 없긴 없군요……."

허탈한 표정의 제갈현중이 중얼거리자 일행의 이목이 모두 제갈현중에게 쏠렸다. 제갈현중은 미약한 미소를 지으며 중얼거렸다.

"폭발 시간은… 축시 말……. 지금부터… 일각도 남지 않았습니다……."

"죽어라!"

하선고가 빠르게 뛰어들었다. 하지만 그녀보다는 의현이 더 빨랐다. 의현은 도로 하선고의 장을 후려치고는 재빨리 뒤로 물러났다.

"모두 피해!"

의현의 고함이 끝나기도 전에 일행이 뒤로 내빼기 시작했다. 굳이 돌아보지 않아도 일행이 재빠르게 서고 뒤편으로 달려나가고 있는 것이 느껴졌다.

일행이 멀어지고 있다는 것을 확인한 의현이 손바닥을 하늘로 들어 올렸다. 조금 전까지 서고를 빛내던 노란 광채가 의현의 손 위로 날아들어 왔다.

의현은 그 광채를 자신을 가로막은 세 사람에게 던졌다.

"여, 영체?"

"어떻게! 천존님을 제외하고!"

경악한 세 사람의 비명이 울려 퍼졌다. 그들은 광채를 바라보자마자 멀찍이 뒤로 빠져나갔다. 원시천존이 사용하는 광채가 얼마나 위력적인지 잘 알고 있는 탓이었다.

의현은 이번에는 도로 도강을 있는 힘껏 끌어올렸다. 도강이 점점 커지기 시작하더니 오 장을 넘어 팔 장에 달했다.

의현은 그것으로 서고를 베어나갔다.

"흡!"

가진바 힘을 모두 끌어내어 서고를 네 번쯤 베어나가자 기둥을 잃어버린 서고가 기우뚱, 기울었다.

의현은 이를 악물고는 도강으로 마지막 남은 두 개의 기둥을 베어버렸다.

콰지지직!

굉음을 내며 서고가 무너지기 시작했다. 뒤로 물러난 세 명과 의현 사이에서 일어난 일이었다.

서고는 그들을 막는 작은 벽이 되어주었다. 그들은 물론 서고 따위는 대번에 뛰어넘을 무공을 가지고 있었지만, 광채를 피하느라 그럴 여유가 없었다.

의현은 싸늘한 눈으로 그들을 바라보고는 바닥을 살짝 디

디는 것만으로 몸을 공중에 띄운 다음, 뒤로 모습을 감추었
다.

혜월의 품에 안겨 뒤쪽으로 도망친 제갈현중은 바닥에 발
을 디디자마자 다급히 뒤부터 돌아보았다.
뒤에서 서고가 무너지고 있었다.
“뭐지? 어떻게 된 일이지요? 저자들은 도대체 누굽니까!”
“하선고라고 한 것을 보고도 못 들었나! 팔선 중 남은 세 놈
이겠지!”
이시진이 짜증 섞인 목소리로 대꾸했다. 그는 다급히 주위
를 둘러보았다.
서고 근처를 지키던 내전시위들이 갑자기 튀어나온 그들
을 발견하곤 대경하여 달려왔다.
하지만 팔선과 비교하면 그들은 무공을 배우지 않은 것이
나 다름없었다. 도제는 단 몇 번의 칼질만으로 그들의 검을
부러뜨린 다음, 도기상인의 경지에 오른 도법으로 그들의 혈
도를 제압했다.
도제는 주위가 다시 고요해지자 다급한 목소리로 외쳤다.
“팔선이라면 우리는 고전을 면치 못하게 될 것이오! 폭발
을 막아야 하니 다시 말해라, 말 많은 놈! 일각이라고?”
“예! 일각 안에 대전에 당도해야 합니다! 대전에 있는 황제
의 보좌가 폭발의 열쇠입니다!”

“일각 안에 그곳까지 어떻게 간단 말이야!”

도제가 화가 난 얼굴로 제갈현중을 노려보았다. 제갈현중
은 고개를 빠르게 저었다.

“저도 몰라요, 저도 몰라요. 이 넓은 황궁에, 그것도 팔선
을 일각 안에 제압하고 대전까지 가는 길은 저도 몰라요. 그
리고 거기엔 원시천존도 있다구요!”

“여태껏 방법을 잘 찾아냈잖나, 제갈 소협! 이번에도 찾아
내야 하네!”

도제 대신 이시진이 다급히 달려들어 제갈현중을 재촉했
다. 제갈현중은 이시진 쪽으로 시선을 돌렸다.

“제아무리 머리가 좋은 지자라도 법칙을 뛰어넘는 지략은
세우지 못해요. 물리적으로 불가능하다고요! 우리는 일각 안
에 대전으로 갈 수 없어요!”

“나무아미타불, 그래도 찾아내야 하오!”

공미가 제갈현중의 멱살을 잡고 싶다는 듯 외쳤다. 제갈현
중은 고개를 격렬히 저었다.

“불가능해요! 저와 약선 어르신이 목숨을 버리고 짐 되기
를 포기한다고 해도 도제 어르신과 혜월, 의현 소협이 일다경
안에 팔선 셋을 제압할 수는 없어요! 우리를 보호하지 않고
전력을 다해도 불가능하다고요! 종리권과 의현 소협의 싸움
을 잊으셨어요?”

“우리의 죽음은 아쉽지 않아! 폭발을 막지 못하면 천하가

죽게 돼! 우리 중 누구라도…….”

이시진이 인상을 팍 찌푸리며 무어라고 말하려 할 찰나였다. 도제가 조용한 목소리로 끼어들었다.

“의현은 갈 수 있다.”

그 말이 침묵을 불러왔다.

혜월과 제갈현중, 이시진과 공미가 모두 입을 다물었다. 도제의 말에 일리가 있음을 모두가 알 수 있었다. 충분히 가능한 일이었다.

“그놈은 갈 수 있어.”

도제가 묵룡월도 쪽으로 시선을 내려 한 손으로 도신을 쓰다듬으며 말했다.

그때였다.

“말 많은 놈!”

의현이 고함을 지르며 공중을 날아왔다. 그는 허공에서 한바탕 몸을 비틀더니, 정확히 제갈현중의 정면에 착지했다.

그리고 눈을 크게 뜨고 제갈현중에게 걸어왔다.

“너희들의 목숨을 구명할 길을 찾아라, 말 많은 놈!”

“예?”

제갈현중이 의아한 목소리로 의현을 바라보았다. 의현은 짜증스러운 얼굴로 외쳤다.

“너희들의 살 길을 찾으라고 했잖나!”

이번에는 똑똑히 들었다.

하지만 제갈현중은 대답하지 않았다. 조용히 입을 다물더니, 그답지 않은 진중한 시선으로 의현을 바라보았다.

그러더니 시선을 돌려 혜월을 바라보았다. 그리고는 고개를 절레절레 젓는다. 제갈현중의 눈빛을 보고 그의 생각을 읽은 혜월은 그의 의견이 무엇인지 깨닫고는 듯 눈을 감아 보였다.

"서둘러 생각하는 것이 좋을 것이다. 머지않아 저들이 온다."

의현은 도를 들고 일행을 등지며 말했다. 제갈현중이 어떻게든 전략을 짜낼 동안 일행을 지키려는 것이었다.

그동안 혜월이 이시진을 바라보았다. 그리고는 턱짓으로 의현을 가리키며 웃어 보였다. 이시진도 서글픈 미소를 지었다.

공미는 한숨처럼 불호를 외었고 도제는 아무런 말도 하지 않았지만 상황이 어찌 돌아가는지는 짐작하는 것처럼 보였다.

아무도 입을 열지 않고 침묵의 무게가 그들을 짓눌렀지만, 그들은 그사이 많은 대화를 나누었다.

마침내 제갈현중이 의현의 뒷모습을 바라보며 입을 열었다.

"의현 소협."

의현의 등은 듬직했다. 조금의 미동도 없이 마치 벽처럼 서 있는 모습에 그동안 얼마나 의지했던가!

하지만 더 이상은 의지할 수가 없다.

제갈현중이 나직하게 말을 이어나갔다.

"우리가 살아날 길은… 없습니다."

의현의 등이 살짝 움찔거렸다. 제갈현중은 의현의 모습을 눈에 담겠다는 듯 뚫어지게 바라보며 말을 이어나갔다.

"의현 소협이 있다면 모르겠지만… 의현 소협은 이곳에 계셔서는 안 되요. 의현 소협은 지금 바로 대전으로 가셔야 해요. 이곳에서 동남쪽에 가장 큰 전각이 대전입니다."

"안 가."

의현이 단호한 목소리로 말했다. 제갈현중이 천천히 고개를 저었다. 그리고 나직한 목소리로

"복수를 하셔야 하잖아요."

"저들을 막고 하면 돼."

의현은 고집불통이었다. 그는 여전히 일행을 돌아보지 않은 채 담담히 서 있을 뿐이었다.

"하지만 그러면 황궁이 폭발해요."

"폭발한 뒤에 복수하겠다."

"그리해서는 안 돼요."

의현 스스로도 자신의 말이 얼마나 허무맹랑한지 잘 알고 있으리라. 제갈현중은 평생 겁먹고 두려워했던 소심한 천성을 벗어버리고 마치 아이를 달래는 어른 같은 목소리로 입을

열었다.

"도제 어르신이 칼이 되고 혜월 소저가 방패가 되면 됩니다. 거기에 제 진법과 약선 어르신의 약이 있다면 해볼 만합니다."

"안 간다고 했다. 더 이상 말하면 때린다."

의현이 천천히 뒤를 돌아보았다. 가지 않겠다고 의사를 표현했는데도 제갈현중이 같은 이야기를 반복하니 짜증이 난 얼굴이었다.

제갈현중이 설득되지 않는 의현을 보며 입을 다물었다.

그러자 대신 도제가 끼어들었다.

"날 믿어라. 넌 가야 한다."

"못 믿어."

의현이 도제 쪽으로 시선을 돌리고는 매서운 그를 노려보았다. 도제가 이를 질끈 깨물었다. 그는 호전적인 시선으로 중얼거렸다.

"나를 모욕하지 마라."

"넌 막지 못해."

"나를 모욕하지 말라고 했다."

"더 이상 말하지 마!"

차분한 목소리로 같은 말을 반복하는 도제에게 의현이 고함을 질렀다. 결의가 얼마나 두터웠는지 고함 소리에 살기가 깃든 것처럼 느껴졌다.

도제 역시 참지 못하고 고함을 질렀다.

"날 모욕하지 마라! 여태껏 네가 허약한 놈이라고 말해도 그 속에서 진심을 느끼지 않았다! 나는 무인이었고, 너 역시 그러했으니까! 하지만 지금은 아니야, 지금 너는 나를 모욕하고 있다! 나더러 네 발목이나 잡는 짓을 하란 소린가!"

의현은 대꾸없이 공중에서 사라지더니, 도제의 앞에 나타나 그의 멱살을 쥐어들었다.

"잘 들어! 또다시 저놈들에게 내 사람을 잃지는 않아!"

의현의 눈을 정면으로 바라본 도제는 헛숨을 들이켰다. 의현의 눈 깊은 곳에서 귀화가 일렁이고 있었다. 그 불길은 분노를, 그리고 의지를 담고 있었다.

"평생 동안 내 모든 것을 저놈들에게 잃어왔다. 내 아버지, 내 어머니, 내 누이, 내 아들, 내 벗, 나를 믿고 따라주었던 수하들까지! 평생을! 모든 것을 잃기만 했다!"

귀화가 한층 더 타올랐다. 그것은 복수심이기도 했고, 잃어버린 것에 대한 그리움이기도 했다.

도제가 아무 말도 못하고 그의 눈만을 바라보자, 의현이 천천히 도제의 멱살을 놓았다.

"더 이상은 잃지 않아."

의현이 마지막으로 도제의 눈을 바라보며 몸을 돌렸다. 도제는 시큰거리는 목을 어루만지며 의현의 뒷모습을 바라보았다.

“내게는 너희가 천하보다 중하다. 난 가지 않는다.”

의현이 다시 처음 있던 자리로 걸어갔다. 그리고 도를 고쳐 쥐고 멀리서 기척이 사라진 팔선 중 남은 셋을 경계하기 시작했다.

“의현아.”

의현의 걸음이 멈추었다. 그의 귓가에 들려온 것은 이시진의 목소리였다.

“내가 남패천에서 네 제자를 치료할 때, 내 소원을 따르겠다고 했었지?”

의현은 고개를 저었다.

“몇 개는 써버렸다만… 하나만 더 쓰자. 천하를 지켜다오.”

“시진, 그럴 수 없다.”

이시진이 의현의 말을 끊으며 말했다. 그는 지친 듯 어깨를 늘어뜨렸다. 어깨에 매달린 망태기가 대롱대롱 흔들렸다.

“우리가 곧 천하고 천하가 곧 우리다, 의현아.”

의현이 천천히 이시진을 돌아보았다. 이시진은 깊은 두 눈으로 의현의 눈을 주시했다. 의현은 무어라고 말하려다가 다시 입을 다물었다.

“네가 백성을 살리려 했던 것을 기억한단다. 지금도 그러하겠지. 우리를 위해 천하가 피 흘리는 것을 감당할 수 있겠느냐?”

의현이 눈을 질끈 감았다. 깨달음을 얻어 기억을 잃은 후의 그는 사람을 살려왔다. 지금도 그러해야 했다. 천지간의 이치는 생(生)에 있지, 결코 사(死)에 있지 않다.

하지만 일행을 두고 떠날 수는 없다.

"천하를 구해다오. 그게 곧 우리를 구하는 길이란다. 아까 내 사람이라고 했더냐? 허허헛……."

이시진은 너털웃음을 터뜨리며 망태기를 한번 추슬러 맸다.

"온 천하가 다 네 사람이다. 지켜야 하지 않겠느냐. 우리를 지키려 하듯이."

"하지만……."

의현이 이를 악물며 억눌린 목소리로 무어라 말하려 했다. 하지만 그보다 빨리 이시진이 노호성을 터뜨렸다. 이시진이 진심을 담아 분노를 표출한 것은 드문 일이었다.

"이제 알아듣지 않았느냐!"

의현이 입을 다물고는 이시진을 바라보았다. 이시진은 눈을 부릅뜨고 고함을 질렀다.

"우리를 지키겠다면 우리의 바람도 지켜주어야 하지 않겠느냐! 가라! 가서 우리의 희망대로 대전의 폭발을 막아!"

"……."

이시진의 분노에도 의현은 대꾸하지 않았다. 그는 조용히 침묵한 채로 이시진을 바라보았다. 그러더니 눈을 감아

버린다.

지그시 눈을 감은 의현은 호흡을 정리했다. 마음을 정리하기 위함이었다. 그는 복잡하게 흔들리는 마음을 정리하려 그가 얻었던 심득을 되짚었다. 일행은 아무런 말도 없이 의현의 대답을 기다렸다.

잠시 침묵이 흘렀다. 기이한 침묵이었다.

침묵을 깬 것은 의현의 속삭임이었다.

"…마라."

"뭐?"

아직도 노기를 풀지 않은 이시진이 의현의 말을 제대로 듣지 못하고 반문했다.

"죽지… 죽지 마라."

의현의 목소리는 차분했다. 평소처럼 나직한 목소리였지만 살짝 떨리는 것을 보아하니 그의 마음을 잘 알겠다. 이시진의 노기가 서서히 가라앉았다.

그는 마치 길을 잃어버리고 우는 아이를 어르는 인자한 할아버지처럼 미소를 지었다.

"가거라. 우리는 살아 있을 게다. 청성과 종남도, 화산과 소림도 우리를 죽이진 못했어. 가거라."

"…죽지 마라."

의현이 마지막으로 당부했다. 그리고는 일행을 주르륵 돌아보았다. 시선의 끝에 도제가 닿았다.

의현은 침을 한번 꿀꺽 삼키고는 중얼거렸다.

"너희들의 뜻을… 알겠다. 살아남아라. 최대한 빨리 끝내고 돌아오겠다. 그때까지만 살아남아라."

"멍청한 놈. 죽으라고 고사를 지내도 살아 있을 테니 가라."

도제가 피식 웃으며 농담을 던졌다. 의현은 도제의 얼굴을 바라보고는 무어라 말을 하려고 입술을 달싹였다.

하지만 이내 고개를 저어버렸다.

이렇게 보내는 시간이 아까울 정도다. 지금 당장 대전으로 가서, 원시천존을 죽이고 다시 돌아와 일행을 구해내야 한다.

의현은 다시 한 번 눈을 뜨고는 바닥을 한 번 가볍게 튕겼다. 그러자 그의 신형이 공중으로 치솟아올라 대전 쪽으로 사라지기 시작했다.

이시진은 공중으로 사라지는 의현을 바라보다가, 의현의 빈자리로 고개를 돌렸다. 다른 일행 역시 모두 침묵한 채 의현의 빈자리만을 바라보고 있었다.

이시진은 잠시 무거운 얼굴로 그의 빈자리를 바라보다가, 이내 표정을 바꿔 키득거리며 웃었다.

"허허헛. 고놈 참, 고집쟁이지?"

"그러게요. 하핫, 그렇게 어린아이처럼 굴 줄은 몰랐는데."

제갈현중이 웃음을 터뜨리며 이시진의 말에 대꾸했다. 이시진은 그런 제갈현중을 보며 작게 속삭였다.

"어쨌든 이제 대전으로 보냈으니 우리의 할 일은 다한 셈이구만. 허허헛, 이제 우리는 의현의 부탁을 들어줘야지?"

이시진이 그렇게 말할 때였다. 서고가 무너진 자리에서 세 명의 신형이 앞으로 쏘아져 나오기 시작했다.

이시진은 그쪽을 바라보며 작게 속삭였다.

"자, 살아남아 보세나."

의현은 공중에 서서 제갈현중이 알려주었던 방향을 바라보았다. 과연 커다란 전각이 하나 서 있다. 바로 그곳이 황궁의 대전, 황궁의 폭발이 시작될 장소였다.

더 이상 여유가 없다. 한시바삐 원시천존을 처리하고 다시 일행에게 돌아가야 한다.

의현은 공중에서 방향으로 틀어 바닥으로 쏘아져 갔다.

곧이어 대전의 지붕이 보였다. 의현은 싸늘한 표정으로 도를 들어 올려 도강을 뿜어 올려 대전 지붕을 베어버렸다.

콰아앙—!

대전의 지붕에 있는 기와들이 와장창 깨지며 대전 지붕이 박살났다. 파편들이 사방으로 튀고 흙먼지가 피어올랐지만, 의현은 아랑곳 않고 그 속으로 뛰어들었다.

지붕을 지나 대전 안에 들어선 의현은 몸을 한바탕 뒤집어 바닥에 착지했다.

어찌나 높은 곳에서 떨어졌는지, 쿵, 하고 바닥이 울리는 소리가 울려 퍼졌다.

의현은 천천히 고개를 들었다.

"…원시천존."

대전의 중앙엔 커다란 금색 기둥들이 일렬로 사열해 있었다. 그 뒤로 문무백관들이 자리할 만큼 넓은 공간이 있었고, 기둥에 둘러싸인 긴 도로의 끝에는 황제가 앉는 보좌가 자리해 있다.

보좌에는 즉위한 지 이제 갓 팔 년을 맞은 황제가 앉아 있었다. 초점이 풀린 채 침을 흘리고 있었다. 그리고 그 옆에는 원시천존이 마치 충신처럼 서서 의현을 내려보고 있었다.

"허허헛. 오랜만이구나, 파천제."

그 외에는 아무도 없었다. 원시천존이 황제를 조종해 근처에 있는 시위들을 모두 내보냈기 때문이었다.

고요한 곳에서 파천제와 독대한 원시천존은 허허롭게 웃어 보였다.

"그대가 하늘의 일을 방해해 천존(天尊)인 내가 직접 나서야 했다."

의현은 대꾸하지 않았다. 그는 도를 들어 올리곤 성큼성큼 황제가 있는 단상으로 걸어갔다.

원시천존의 이맛살이 찌푸려졌다.

"예전이나 지금이나 버릇없기는 매한가지인 놈이로고."

"닥쳐!"

싸늘하게 말한 의현의 발걸음은 점점 더 빨라지고 있었다. 성큼성큼 걷던 것이 어느새 뜀박질로 변해 있고, 달리던 것으로도 모자라 땅을 박차고 달려든다.

쉬익―

의현의 도가 눈에 보이지도 않을 빠르기로 원시천존이 있던 자리를 베어갔다. 원시천존은 옆으로 슬쩍 걸은 것만으로도 의현의 도를 피해냈다.

그는 바람을 일으키듯 손을 휘저었다.

"크윽!"

의현이 비명을 지르며 뒤로 멀찍이 튕겨났다. 그의 가슴을 붉은빛 광채가 후려친 것이다.

쿵, 소리와 함께 바닥을 나뒹군 의현의 눈이 커졌다.

"이것은 영체라고 한다네. 그대도 지금쯤이면 이것이 무엇인지 알겠지?"

원시천존은 시종일관 여유로운 태도로 저벅저벅 황제의 보좌가 있는 단상에서 걸어 내려왔다.

의현은 대꾸없이 자리에서 일어나 다시 한 번 원시천존에게로 덤벼들었다. 도를 일자로 휘두르며 동시에 영체를 원시천존에게 쏘아보낸다.

"호오, 알긴 아는가 보구먼."

원시천존은 여유로운 얼굴로 광채를 불러내어 의현의 광채를 맞받아쳤다. 자신을 향해 날아오는 도는 아예 손으로 쥐어버린다.

도강을 머금은 도를 아무렇지도 않게 손으로 쥐어버린 원시천존의 모습에 의현의 눈이 부릅떠졌다.

원시천존은 그런 의현을 여유롭게 바라보며 도를 쥔 손을 높이 들어 올린 다음, 멀찍이 던져 버렸다.

도를 따라 의현의 신형도 뒤로 빠르게 물러나기 시작했다.

"허허헛, 재롱을 피우는 겐가?"

허공에서 몸을 비틀어 자연스럽게 바닥을 향한 의현이 쿵, 소리와 함께 바닥에 착지했다. 의현은 다시 한 번 도를 고쳐 쥐며 이를 악물었다.

"닥치라고 했잖아!"

말하는 도중에 도를 들어 올려 원시천존을 겨눈 의현이 그의 영체를 불러 올렸다. 노란빛 광채가 떠올라 도를 뱅글뱅글 맴돌았다.

"호오, 제법 크군."

원시천존이 여유롭게 말하며 손을 어깨 위로 들어 올렸다가 내려쳤다. 그와 동시에 붉은빛 광채가 의현의 어깨로 날아왔다.

스르르—

의현이 도를 어깨 위로 들어 올리자 노란색 광채도 따라 움직였다. 하지만 붉은빛 광채와 마주치자 광채는 빛을 잃기 시작했다. 그리고 붉은빛 광채 속으로 흡수되기 시작했다.

“제법이긴 하나 하늘의 주인인 나를 이길 수는 없을 게다.”

원시천존이 걸음을 멈추고 여유로운 얼굴로 의현을 바라보았다. 의현은 고개를 저었다.

“이겨.”

의현은 광채를 거두며 도를 천천히 내렸다. 붉은 광채가 의현을 놀리듯이 맴돌았다.

원시천존은 홍소를 터뜨렸다.

“허허헛, 허허허헛!”

참으로 재미있어 참을 수가 없다는 표정으로 한참을 웃어보인 원시천존은 천천히 고개를 내렸다.

도를 고쳐 쥔 의현이 살기 어린 눈빛으로 뛰어들고 있었다.

“어디, 그대의 도를 한번 보여보시게.”

콰앙—!

붉은빛 광채와 이번엔 아예 노란빛 광채를 흡수한 도가 꿍음을 내며 부딪쳤다.

의현이 사라지고 난 뒤.

도제는 묵룡월도를 억세게 쥐고 자신들을 향해 날아오는 세 명의 팔선을 노려보고 있었고, 혜월은 제갈현중을 보호하듯 감싸 안았다. 제갈현중은 진을 펼치기 위해 혜월에게서 받아 든 비도를 이곳저곳에 쑤셔 박고 있었다.

가장 먼저 날아온 것은 도독첨사(都督僉使)의 관복을 입은 중년의 사내였다.

"다가오지 마라!"

도제가 노호성을 터뜨리며 가장 먼저 달려온 중년인을 베어갔다. 하지만 중년인은 도제는 신경 쓸 필요 없다는 듯 자연스럽게 피해갈 뿐이었다.

"헛……?"

도제가 의아한 신음성을 내뱉었다. 도제를 피한 중년인은 몸을 비틀어 바로 혜월에게로 다가가고 있었다.

설마 가장 앞에 있는 도제를 내버려 두고 자신에게 날아올 줄 몰랐던 혜월의 눈이 부릅떠졌다.

"피하게, 혜월 소저!"

이시진이 고함을 질렀지만 대꾸할 여유가 없다.

혜월이 이를 악물며 봉황비도로 중년인의 각법을 막아갔다. 하지만 도제의 각법은 공중에서 뱀처럼 유연하게 흔들리더니 봉황비도를 정확히 피해내 혜월을 후려쳤다.

"꺄아악!"

혜월이 새된 고함을 지르며 뒤로 물러났다. 뒤에 있는 이름 모를 담벼락에 부딪친 혜월은 벽을 뚫고 그 너머로 사라져 버렸다.

관복을 입은 중년인 역시 그 속으로 빠르게 사라졌다. 나머지 일행에게는 관심도 없다는 태도였다.

원시천존께서 명을 내리길 일행을 뭉쳐 놓지 말고 흩어놓으라 했다.

"혜월 단주님!"

바닥에 진을 펼치던 제갈현중이 벌떡 자리에서 일어났다. 그리고는 황급히 혜월이 있는 쪽을 향해 달려가려 했다.

"혜월 단주님! 이런……!"

하지만 이시진이 그를 잡았다. 이시진은 다급한 표정으로 고개를 격렬히 저었다.

"아니 되네! 멈추게! 무공을 모르는 자네가 가서 어떻게 하려고!"

"혜월 단주님 혼자서는 팔선 중 하나를 상대할 수 없다고요! 이거 놔요!"

"가서는 아니 되네!"

이시진은 아예 양손을 들어 제갈현중의 몸을 껴안듯 붙잡았다. 제갈현중은 몸부림을 쳐서 이시진의 포박에서 벗어났다.

"놓으세요, 놓으라고요! 가야 해요!"

"아니 된다고 했잖은가!"

이시진이 품 안에서 벗어나려는 제갈현중의 한쪽 팔을 붙잡았다. 제갈현중의 옷이 주우욱 늘어났다.

제갈현중은 다급히 이시진을 돌아보았다.

그 시선을 마주하자, 이시진은 할 말이 없어졌다. 제갈현중이 혜월에게 어떤 마음을 품었는지 그 눈을 보니 확실히 알

것 같다.

"놓아주세요."

심지어 목소리까지 차분해졌다. 제갈현중은 더 이상 겁 많고 소심한 한낱 지자가 아니었다. 그는 흔들림없는 단호한 눈으로 이시진을 바라보고 있었다.

이시진은 저도 모르게 손을 놓았다.

제갈현중은 재빨리 허리를 굽혀 비도 몇 개를 챙겨 들었다. 그리고는 그것을 품 안에 꼭꼭 갈무리하며 혜월이 뚫고 지나간 벽의 구멍으로 달려들어 갔다.

"혜월 단주님!"

"호호홋, 저 아이는 내가 좀 가지고 놀아볼까?"

뒤이어 황제의 후궁 복장을 한 팔선 중 하나, 하선고가 빠르게 구멍 안으로 사라졌다. 바람처럼 부드럽고 빠른 신법이었다.

그녀는 이시진과 스쳐 지나갔음에도 이시진은 건드리지도 않았다. 오로지 제갈현중만을 노리겠다는 듯한 태도로 구멍 안으로 달려갈 뿐이다.

이시진의 눈이 커졌다.

"이, 이런……! 제갈 소협!"

"공미! 약선을 데리고 피해라!"

이시진이 다급히 제갈현중을 부를 때였다. 도제가 목청껏 고함을 질렀다.

이시진이 고개를 돌려보니 도제는 한 명의 검인을 맞아 도를 휘두르고 있었다. 도제는 다급한 상황 속에서도 이시진을 흘끔흘끔 바라보며 외쳤다.

"젠장! 지금은 그대가 짐이 되오! 빨리 이 자리를 피하는 게 날 돕는 것이란 말이외… 크윽!"

도제의 어깨에 긴 검상이 생겨났다. 길고도 깊은 검상이었다.

이시진은 멍하니 그것을 바라보며 뒷걸음질쳤다.

공미는 그보다 더 재빨랐다. 아예 이시진을 잡고 뒤로 달려간 것이다. 그는 제갈현중을 쫓아간 하선고도, 도제와 싸우고 있는 무인도 없는 빈자리를 향해 달려갔다.

약선 이시진은 공미의 이끌림에 뒷걸음질치다가, 이내 정신을 차렸다.

"노, 놓게! 내 발로 갈 수 있으니!"

이시진이 공미의 손을 뿌리치고 자신의 발로 공미를 따라 달리기 시작하자 공미가 불호를 외쳤다.

"아, 아미타불! 이쪽으로!"

공미가 불호를 외치며 방향을 틀었다. 담이 꺾여진 모퉁이를 돌아가는 것이다.

이시진은 두말 않고 그 뒤를 쫓았다. 만약 도제에게 도움은커녕 짐이 된다면 홀로 가다가 목숨을 잃을지언정 그의 근처에 있어서는 안 됐다.

모퉁이를 돌아서자 전각이 두 개가 보였다. 공미는 두 전각 사이의 틈으로 이시진을 안내했다.

"이쪽으로!"

"알겠네!"

이시진은 망태기를 추스르며 공미의 뒤를 따랐다. 공미는 주변의 소리를 민감하게 들으며 시위가 있음직한 곳을 피해 한참을 더 달렸다.

두 개의 전각을 스쳐 지나갔고, 모퉁이를 하나 더 돌았다. 그리고 마침내 어떤 전각의 앞에서야 그들은 걸음을 멈추었다.

"아미타불! 이쪽이 아닙니다!"

늙은 몸으로 힘겨운 달리기를 마친 이시진이 헛숨을 들이쉬며 헉헉거렸다.

"헉… 왜… 왜 그러시는가? 헉……."

"앞쪽에 소란을 듣고 달려온 시위들이 있습니다! 이쪽으로!"

공미가 이시진의 손을 붙잡고 방향을 옆으로 틀었다. 곧 새로운 전각이 보였다. 공미는 그 전각의 앞에서 또다시 걸음을 멈추었다.

"이, 이런……."

"이쪽에도… 헉… 있는 겐가? 헉……."

"뒤, 뒤로……!"

공미가 재빨리 몸을 돌렸다. 하지만 뒤에서는 시위들이 그들이 달리는 소리를 듣고 쫓아오고 있었다.

공미는 고개를 저었다.

"포, 포위됐습니다, 약선 어르신. 이렇게 되면 강행돌파……."

"헉! 아니, 그래선 아니 되네. 허억……."

이시진이 고개를 저으며 바닥에 털썩 앉았다. 그리고 공미의 옷자락을 잡아당겨 그도 자리에 앉히려 애를 썼다.

공미가 의아한 얼굴로 이시진을 바라보자, 이시진이 손가락을 입 앞에 세워 조용히 하라는 신호를 보내며 눈짓했다.

공미는 이시진의 의도를 모르면서도 그의 뜻대로 자리에 앉았다.

곧 시위대가 그들을 쫓아 모습을 드러냈다.

"황궁에 침입한 악적을 잡아라!"

"이쪽이다!"

시위대는 달빛을 받아 새파랗게 빛나는 검을 뽑아 들고는 전각 앞으로 달려왔다. 그리고는 이시진과 공미를 보고는 인상을 찌푸리며 검을 들이밀었다.

"너희들은 누구냐!"

"어이쿠, 살려주십쇼!"

이시진이 공포에 질린 표정을 공미를 부둥켜안았다. 공미는 자신을 껴안는 이시진의 모습에 의아한 표정을 지었지만,

곧 그 의도를 깨닫고는 마주 이시진을 껴안았다.

그리고 최대한 불쌍한 표정을 짓기 위해 애썼다.

"누구냐고 묻지 않았느냐! 이 야심한 밤에 무엇을 하는 게 냐!"

"저, 저는 내, 내의원에 일하는 의관으로서… 야, 약재가 이슬에 젖지 않게 하기 위해 여기 있는 것뿐입니다요!"

시위대의 표정이 조금이나마 풀어졌다. 하지만 의심이 완전히 사라진 것은 아니었다. 바로 옆에 있는 스님의 정체가 파악되지 않는 것이다.

"그렇다면 네 옆에 있는 돌중은 누구란 말이냐!"

"소, 소승은 천자께오서 부르셔서 불사를 위해 온… 요료 선승의 부, 불제자올시다! 이, 이분을 만난 건 꿍음이 들려서 너무 무섭기에 같이 가자고… 오오! 불타여! 시주는 카, 칼로 이 불쌍한 불제자를 찌를 셈이오?"

"홍!"

시위대는 형편없이 겁에 질려 오들오들 떠는 두 사람에게서 금방 관심을 잃었다. 시위대는 인상을 찌푸리며 둘에게 말했다.

"황궁에 악적들이 쳐들어왔는데 야밤에 돌아다니다니! 다른 때라면 국문을 피할 수 없었을 것이나 상황이 다급하니 이만 넘어가겠다! 이곳은 위험하니 너희들은 재빨리 이곳을 벗어나야 할 것이다!"

“잠깐!”

시위 한 명이 둘에게 경고를 주고 서둘러 대피시키려 하는데 또 다른 시위가 딴죽을 걸었다. 잠깐이라고 외친 시위는 차가운 얼굴로 이시진과 공미를 노려보았다.

“현재 황궁에는 불사가 없다! 따라서 중도 없지! 그런데 중 행세를 하고 있으니 너희야말로 황궁을 침범한 악적이 아니라 무엇이겠느냐!”

“……!”

이시진의 얼굴이 참혹하게 구겨졌다. 공미 역시 마찬가지였다. 둘은 곧 오들오들 떠는 것을 멈추었다. 그 대신 이시진은 슬그머니 망태기 안으로 손을 집어넣었고 공미는 내심 내공을 끌어올렸다.

그런 그 둘을 구원해 준 것은 전혀 의외의 인물이었다.

“응? 저, 저자들은 내, 내가… 그러니까… 응, 내, 내가 데, 데려온 친구들, 친구들이야… 그, 그런데 무서워서, 응, 거짓말을 했나 봐.”

흥분된 기색으로 몹시 더듬거리며 누군가가 나타났다. 키가 삼 척밖에 되지 않는 작은 난쟁이였다. 얼굴은 화상 자국이 짙게 남아 있는데다가 언청이여서 추하기 짝이 없었다.

하지만 시위들은 그 얼굴을 잘 알고 있는지 직접 머리를 숙여 보였다.

“어의께서 여기엔 어쩐 일로…….”

난쟁이는 발까지 절름발이인지, 절뚝거리며 이시진에게로 걸어왔다. 그리고 시위들을 향해 손을 휘휘 저었다.

"누, 누가 난리를 피우기에, 응, 나왔어. 으응, 그러니까 너희들은 가. 가야 해, 으응."

자신들을 도와주는 낯선 이의 모습에 공미가 인상을 찌푸렸다. 그 옆에 있던 이시진은 그보다 심각하게 얼굴을 굳히고 있었다.

어의라고 말하며 약냄새를 짙게 풍기며 나타난 자. 자신이 그토록 원망하며 찾아 헤메던 바로 그자가 아닐까.

"내, 내 약재실로, 가, 같이 갈 거야. 응, 갈 거야."

난쟁이는 이시진과 공미을 가리켰다가 이번에는 조금 떨어진 전각을 가리켰다.

시위들은 뭔가가 수상쩍다고 생각했으면서도 설마 어의가 거짓말하진 않을 거라고 생각했는지 머리를 숙여 보였다.

난쟁이는 고개를 돌려 이시진을 바라보았다.

"가, 가자."

"…그래, 가세."

이시진은 무거운 얼굴로 자리에서 일어났다. 공미는 이시진이 일어나자 자리에서 따라 일어났다.

난쟁이와 이시진이 천천히 전각 쪽으로 걸어가자, 공미는 천천히 그 뒤를 따랐다. 시위들과 한판 붙을 수도 있으나 그랬다가는 주위의 이목을 단숨에 받게 된다. 그러느니 이 난쟁이를 따라갔다가 그곳에서 탈출을 시도하는 것이 나을 것이다.

시위들은 어의와 함께 걸어가는 둘을 아무런 말도 없이 주시했다. 곧 이시진과 공미, 어의는 약재전이라고 이름 붙여진 전각 앞에 다다르자 시위들은 감시를 풀고 소란이 들려오는 곳을 찾아 떠나갔다.

이시진과 공미는 그들이 떠나가는 것을 흘끔 바라보고는 약재전 안으로 천천히 들어가는 난쟁이 쪽으로 시선을 돌렸다.

공미가 태평스러운 어조로 전음을 내뱉었다.

"시위들이 완전히 떠나면 경공을 펼쳐 이 자리를 떠나야 할 것입니다. 약선 어르신께서는 준비하십시오."

"아니, 그럴 필요 없소이다."

은밀히 말하느라 전음까지 썼건만, 이시진은 아예 목소리를 크게 내어 대답해 버렸다.

공미가 당황하여 이시진을 바라보자 그는 절레절레 고개를 저었다.

"난 저자의 정체를 알 것 같네. 저자가 내가 짐작한 그자라면 우리는 그 뒤를 따라가야 해."

앞장서 걷던 난쟁이가 키득키득 웃으며 뒤를 돌아보았다.

"클클클, 여, 역시 약선. 응, 또, 똑똑하구나?"

"내 짐작대로라면, 그대는 아마 마의라고 불리고 있겠지.

남패천 앞에서 백성들을 중독시킨 자, 파혼단을 만들어 하남에 뿌린 그자 말일세."

"응, 맞아, 응. 클클클……."

난쟁이가 어깨를 바르르 떨고 손을 조그맣게 모은 다음 키득키득 웃어댔다. 그리고는 신이 난다는 듯 탕탕 발을 굴리고는 약재실 지하를 가리켰다.

"이, 이 안에 뭐가 있는지 알아? 클클, 이 안에 독 있어, 응, 독."

이시진의 얼굴이 싸늘해졌다. 공미는 이제야 상황을 짐작하고는 내공을 끌어 모았다. 그리고 금강대력장의 웅혼한 내공을 펼쳐 갔다.

"시주가 백성들을 그렇게 중독시켰던 자라면 나와 함께 소림으로 가주어야겠소!"

"아니 되오!"

이시진이 창백해진 얼굴로 공미를 붙잡으려 했다. 하지만 어찌 무공을 모르는 이시진이 소림 무공에 정통한 공미를 붙잡을 수 있겠는가!

공미의 금강대력장은 이미 난쟁이, 마의의 면전에 다가가 있었다.

"클클클!"

하지만 마의는 태평했다. 그는 아무렇지도 않은 얼굴로 키득키득 웃고는 아예 약재실 지하로 내려가 버렸다.

금강대력장의 기운은 이미 소실되어 있었다. 공미는 놀란 듯 눈을 홉뜨며 장을 거두어 가슴을 움켜쥐었다.

"쿠, 쿨럭!"

가슴이 답답해져 기침을 하고 보니 검붉은 피가 배어 나온다. 공미는 손에 묻은 피를 바라보며 입을 벌리고 무어라 말하려다가 스르르 무너졌다.

약선이 서둘러 그를 부축했다.

"멍청하시구려, 멍청하시구려!"

공미의 몸을 받쳐 든 약선이 한탄했다. 그는 공미의 상태를 흘끗 보고는 고개를 절레절레 저은 다음, 그를 다시 추슬러 약재실 지하로 걸어 내려갔다.

이시진은 걸음을 옮기며 공미에게 짧게 설명했다.

"저자는 독인이오. 무공을 아는지, 모르는지는 모르겠지만 설혹 무공을 모른다 해도 독인이 될 수는 있지. 내가 무공을 모르면서 약선의제라고 불리는 것처럼."

어두컴컴한 계단을 걸어 내려가던 이시진은 그리 오래 지나지 않아 지하실 문 앞에 다다를 수 있었다.

이시진은 공미를 부축하고 남은 손으로 문을 열었다. 끼이익, 하는 소리가 들려오고 어두컴컴한 지하실 내부가 모습을 드러냈다.

이시진은 그 안으로 걸음을 디뎠다. 안에서 마의가 이곳저곳을 쏘다니며 신이 난 채로 무어라 중얼거리는 것이 보였다.

"야, 약선이 드디어 내 약재실로 왔어, 웅, 약선이. 드디어 왔다구, 내 스승이."

"스승?"

바닥에 공미를 조심스럽게 내려놓으며 이시진이 질문했다. 마의는 이곳저곳을 돌아다니며 독물들을 몇 가지 가져오고 있었다.

그리고 그것을 사발에 주르르 섞는다. 허투루 섞는 것 같지만 그것은 절묘한 배합에 따른 것이었다.

이시진은 고개를 돌려 마의의 약재실을 둘러보았다.

"으으음……."

구석에 무엇인가가 보였다. 그것은 바닥에 아무렇게나 누워 있는 다섯 명의 사람이었다. 심지어 그 얼굴조차 아는 얼굴들이었다.

"정도사절… 현천 도장……."

신지 제갈협고와 천뢰비도 막천길, 취선과 광불이 시체와 같은 안색으로 바닥에 널브러져 있었다. 끄트머리에서 현천도장이 가슴께에 핏물을 가득 뱉어놓은 채로 쌕쌕거리며 호흡을 몰아쉬는 것이 보였다.

"웅, 워, 원시천존님을 없애려고 왔다가, 조, 조국구한테 잡혔어. 조, 조국구가 나한테 선물로 줘, 줘서 내가 약을 실험했더니, 저, 저렇게 됐어."

취선과 현천자, 천뢰비도는 이미 황궁에 도착해 있었다. 그들은 광불과 제갈협고와 만나 만약 자신들이 실패할 경우를 대비해 서고에 밀마를 남긴 다음, 황궁의 폭발을 저지하기 위해 나섰다.

하지만 원시천존의 얼굴은 보지도 못하고 조국구라는, 팔선 중의 일인을 만나 패배하고 말았다.

이시진은 그들이 아직 살아 있다는 것을 확인하자마자 몸을 돌렸다.

"그대가 남패천에 독약을 살포한 이유를 알고 싶소."

"응? 그, 그거야 가, 간단하잖아. 본래 응, 인간은 내가 약을 실험하는 재료들이야. 응, 죽어가면서 나, 나한테 더 멋진 독하구, 더 멋진 약을 만들게 해준다구."

"그들은 재료가 아니라 살아 있는 생명이외다!"

이시진이 한 걸음 앞으로 나서서 마의에게 고함을 질렀다.

"아니야, 응, 재료가 맞아. 재료. 동물로 실험하면 효과가 안 좋잖아. 너도 그렇지? 너도 수많은 사람에게 약을 먹였잖아, 응. 너랑 나랑은 똑같아."

어찌 사람을 죽여 실험하는 마의와 약선이 똑같겠는가! 약선의 마음속에서 한줄기 반발심이 치밀어 올랐다. 병든 자를 낫게 하고 죽어가는 자를 위해 평생 의술을 배워왔건만, 저자는 멀쩡한 자를 병들게 하고 살아가는 자를 죽이기 위해 의술을 배웠다.

그사이, 마의는 독물을 풀어 사발에 섞은 것을 약선에게 들이밀었다.

"넌 내 스승이었어, 웅. 약을 그렇게 잘 만드는 사람은 처음 봤어. 하지만 세상에 우리 같은 사람은 둘이면, 둘이면 안 돼. 내가 최고여야 해. 그러니까, 웅, 너는 죽어야 돼. 하지만 그냥 죽으면 안 돼. 웅, 내가 최고라는 것을 증명하고 죽어야 돼. 그러니까, 웅, 너는 나랑 시합해."

약선은 진중한 얼굴로 마의가 내민 사발을 받아 들었다. 마의는 어깨를 으쓱하며 말했다.

"먹으면, 숨을 삼십 번 쉴 동안에 죽게 만들었어. 웅, 대단하지? 너도 나한테 약을 줘. 난 그걸 해독하고 넌 그걸 해독하는 거야. 웅, 멋진 시합이지? 이기는 사람이 살아남는 거다? 그래서, 천하에 있는 재료들로, 웅, 열심히 실험해서 천하제일의 의원이 되는 거야."

"그대는… 인간을 정말로……."

이시진의 얼굴이 딱딱하게 굳어졌다.

"나를 가지고도 실험해, 나는. 그래서 이 모양이 된 거야. 그러니까, 쓸데없는 소리는 하지도 마. 웅, 난 평생 사람들을 가지고 실험해 왔으니까."

이시진은 이를 악물고 마의의 눈을 잠시 동안 노려보았다. 그리고는 이내 마음을 정한 듯 망태기를 풀었다.

"…그 시합에 응하지."

"웅, 웅. 잘 생각했어. 그럼, 얼른 약을 만들어."

마의가 기대된다는 듯 눈을 반짝였다. 이시진이 차갑게 대꾸했다.

"오래 기다릴 필요는 없을 게요."

이시진은 마의를 일별하고는, 고개를 돌려 망태기 속에서 약초 두 뿌리를 꺼내었다. 그리고 근처에 있는 사발을 하나 주워 들어 약초를 하나씩 집어 들고 통통 찧어서 즙을 짜내기 시작했다.

"그, 그게 끝이야?"

마의가 실망한 표정으로 이시진을 바라보았다. 이시진은 대꾸하지 않았다.

양손으로 약초를 하나씩, 하나씩 짓이겨 즙을 짜낸 약선 이시진은 사발을 휘휘 저어 두 약초의 즙이 잘 섞이게 만들었다.

"이것은 내 생에 최고의 약이고 내 생에 최고의 독이요."

"고작, 응, 미, 미나리 뿌리랑 맥문동 잎이?"

마의가 의아한 얼굴로 이시진을 바라보았다. 이시진은 약초즙이 담긴 사발을 내려놓았다.

그리고는 마의가 내밀었던 독이 든 그릇을 들어 올렸다.

"그걸 먹고 살아남으면 그때서나 고작이라고 말하시오."

"응, 조, 좋아."

마의가 도전적으로 이시진을 노려보고는 사발을 들어 올려 꿀꺽, 삼켰다. 이시진 역시 독이 든 그릇을 입가로 가져가

꿀꺽꿀꺽 마시기 시작했다.

곧 둘은 다시 그릇을 내려놓았다.

"이, 이제 우리는 서로의 독의 해독약을 만, 만들어야 해."

마의가 싸늘하게 웃으며 속삭였다.

이시진은 아무 말 없이 스스로의 손목을 짚고 진맥을 시작
하고 있었다.

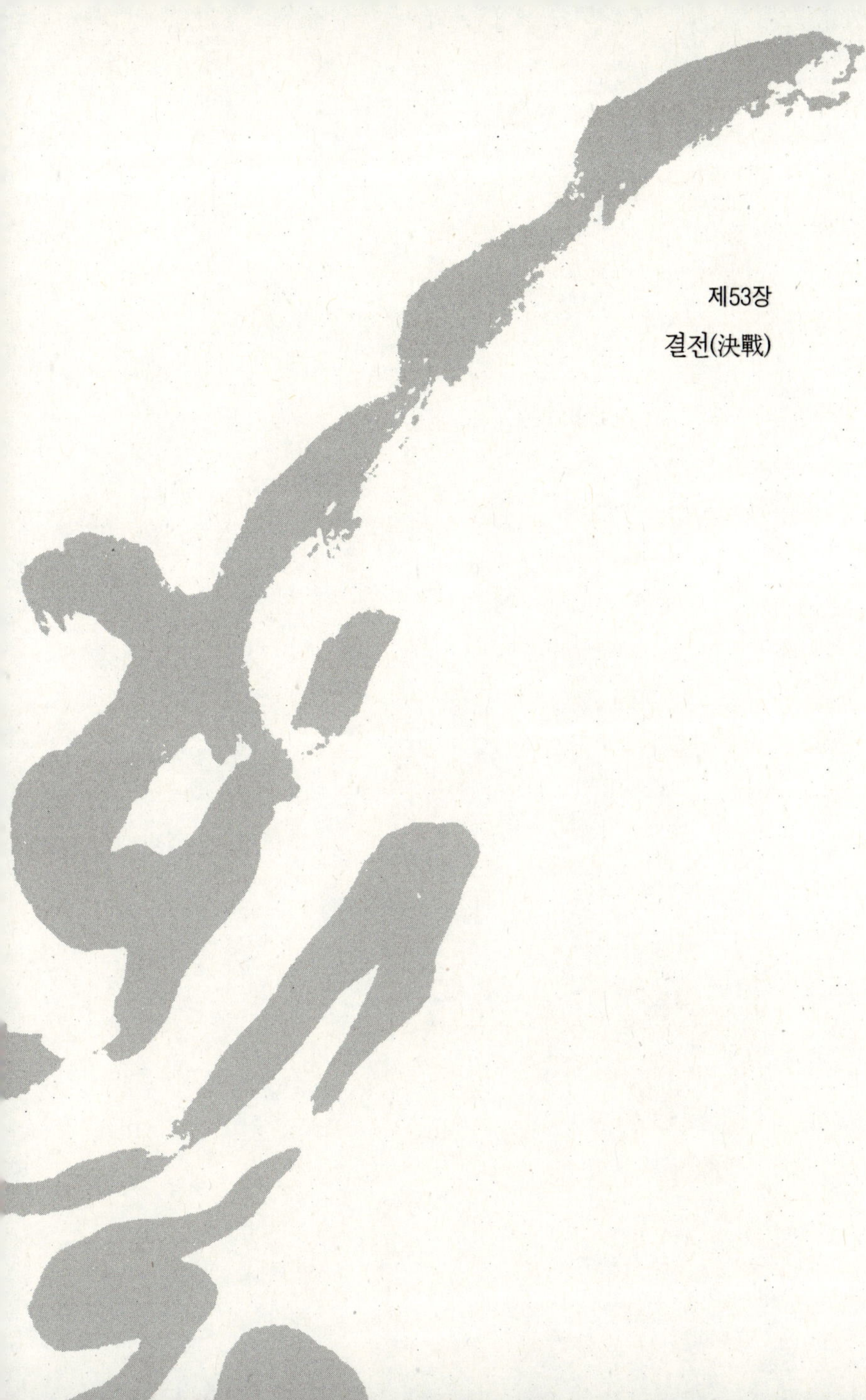

제53장

결전(決戰)

제갈현중은 빠르게 달려가고 있었다. 다리가 더 빠르게 움직였으면 좋겠지만 그의 걸음은 느리기 짝이 없었다. 무공을 왜 익히지 않았는지 이렇게 후회해 본 적은 없었다.

"혜월 단주님!"

제갈현중이 목청껏 혜월을 불렀다.

하지만 혜월이 사라진 곳에서는 아무런 소리도 들려오지 않았다. 제갈현중은 눈물이 날 것 같은 심정을 애써 누르며 다시 목청껏 외치며 주위를 둘러보았다.

"호호홋!"

나오라는 혜월 단주님은 안 나오고 웬 괴상야릇한 여자의 웃음소리가 들려왔다.

"으앗!"

달려나가던 제갈현중이 옆으로 튕겨져 나간 것은 웃음소리가 끝난 직후였다. 제갈현중은 옆구리에서 강력한 충격을 느끼고 피를 토하며 바닥을 뒹굴었다.

"쿠, 쿨럭!"

참기 힘든 끔찍한 고통과 함께 입에서 검붉은 피가 배어 나왔다. 제갈현중은 바닥에 누운 채로 고개를 돌렸다.

조금 전까지 자신이 있던 자리에 하선고라는 요녀가 서 있었다.

팔선 중 하나인 하선고는 길흉을 미리 알고 예지하며 배고픔을 느끼지 않는다는 여신선이었다. 하지만 연꽃을 들고 다닌다는 그 여신선과 여기 있는 하선고를 비교하면 똑같은 점이 없어 보인다.

하선고는 요사스러운 미소를 짓고 있었다.

"호호홋, 도련님. 어디 이 언니랑 놀아볼까?"

"모, 못생긴 년이랑은… 안 놀아……."

의현의 말을 기억해 낸 제갈현중이 힘겹게 바닥을 짚고 자리에서 일어났다. 하지만 다리의 힘이 풀려 금방 균형을 잃고 바닥에 쓰러지고 만다.

"네가 보기에도 내가 못생겼니? 호호홋, 눈이 삐었구나?"

하선고는 천천히 제갈현중에게 걸어와 그를 발로 툭 찼다.

아주 살짝 찼을 뿐인데도 제갈현중은 뒤로 몇 바퀴나 굴러야
했다.

"끄, 끄으윽……."

제갈현중은 바닥에 아무렇게나 누운 채 몸을 새우처럼 말
았다. 배에서 끔찍한 통증이 느껴졌다.

하지만 그의 눈은 결코 감기지 않았다. 그는 주변을 둘러보
며 지맥을 살피고 있었다.

'사록(四綠)에 개(開)… 생문을 칠적(七赤)으로 구성하
면…….'

"호호홋, 아프니?"

하선고가 다가와 제갈현중을 내려다보았다. 제갈현중은
땅을 짚어보던 시선을 떼어 하선고를 올려다보았다.

하선고는 무릎을 꿇고 제갈현중의 머리를 보드랍게 쓰다
듬었다. 마치 비에 젖은 강아지의 머리카락을 쓰다듬어 주는
듯한 모습이었다.

"어머나, 불쌍해라. 이 누나가 아프지 않도록 한번에 죽여
줄까? 죽여주십시오, 라고 딱 한마디만 해봐. 그럼 고통없이
저세상으로 보내줄게."

"그딴 소리… 하나봐라……."

제갈현중은 볼멘 목소리로 말하며 다시 자리에서 일어나
려 했다. 저런 요녀 앞에서 바닥에 드러누워 있을 수는 없다.

"하게 되면 어떻게 할래?"

하선고가 제갈현중의 뒷머리를 붙잡고 바닥으로 내려쳤
다. 제갈현중의 이마가 찢어지고 피가 튀었다.

"으아악!"

"거봐, 아프잖니. 호홋, 이제라도 한 번에 죽여달라고 하면
그렇게 할 텐데."

제갈현중은 이마를 감싸쥐고 몸을 바르르 떨고 있었다. 눈
에 피가 들어가서 잘 보이지 않는다. 비명을 지르면서도 제갈
현중은 다시 땅의 모습을 확인했다.

'할 수 있어… 할 수 있어. 경문(景門)을 구자(九紫) 쪽에 놓
고…….'

끊임없이 생각하며 제갈현중이 중얼거렸다.

"안 한대도… 그러네."

"호호홋, 호호호홋!"

제갈현중의 얼굴을 바닥으로 누르던 하선고가 교소를 터
뜨렸다. 그녀는 재미있다는 듯 까르르 웃다가, 이내 제갈현중
의 머리채를 잡고 고개를 들어 올렸다.

제갈현중의 눈이 강제로 하선고의 눈과 마주쳤다.

"그러면 이렇게 하자. 언니가 너를 몹시 아프게 할 거야.
견디지 못하겠으면 너는 죽여달라고 하면 돼. 그러면 더 이상
아프지 않도록 한 번에 죽여줄 거고, 아니면 계속 때려줄 거
야. 어때?"

"재미도… 있겠다, 이 못생긴… 년……."

제갈현중이 띄엄띄엄 중얼거리자 하선고가 그의 머리카락을 놓았다. 제갈현중의 고개가 스르르 아래로 내려갔다.

그사이, 제갈현중은 계산을 모두 마쳤다.

"천록(天祿)… 이 끝이다……."

"응? 뭐라고?"

바닥에 널브러진 제갈현중이 무어라고 중얼거리자, 하선고가 고개를 내리고 제갈현중에게로 귀를 기울였다.

제갈현중은 몸을 비비적거리며 한참을 애쓴 끝에 몸을 일으킬 수 있었다. 그리고는 품 속에서 비도를 하나 꺼내 들었다.

"어머나, 그거 찔리면 아프겠네. 장미에는 가시가 있다, 이거니?"

"안 질… 테다."

제갈현중은 그렇게 말하며 천천히 옆으로 걸어갔다. 진을 설치해야 할 장소까지 걸어갈 수는 없을 것 같다. 저 요녀가 가만히 내버려 두지 않을 테니까.

그렇다면, 저 요녀가 자신을 그쪽으로 보내주어야 한다.

이제 알아서 매를 벌어야 할 처지가 되었다.

제갈현중은 억지로 웃으려 얼굴을 일그러뜨리며 중얼거렸다.

"또 때려봐… 하나도 안 아프니까."

"제법 기개가 있구나!"

하선고가 발로 제갈현중을 걷어찼다. 제갈현중은 허리를 굽히며 몇 걸음 뒷걸음질쳤다. 그리고 비틀비틀거리며 바닥에 쓰러졌다.

그녀가 보기엔 그저 고통에 몸부림치는 것으로 보였지만, 제갈현중은 정확한 지점에서 쓰러진 셈이었다.

그리고 청석의 틈에 비도를 꽂아 넣었다. 힘이 많이 사라진 탓인지 비도는 검신의 반만 꽂혀졌다.

'하지만 이걸로… 충분해.'

제갈현중은 비도를 버리고 자리에서 일어났다. 그리고 품속에서 새로운 비도를 꺼내 들었다.

"그거 다시 뽑을 힘도 없어서 새 비도를 꺼낸 거야? 호호홋, 너 참 재미있구나!"

하선고가 다시 다가오기 시작했다. 제갈현중은 눈을 데굴데굴 굴려 다음 위치를 파악하고는 그 장소를 등지기 위해 천천히 걸음을 옮겼다.

"그럼 어디 끝까지 해보려무나! 호호홋!"

하선고가 깔깔깔 웃으며 다시 제갈현중의 배를 걷어찼다.

혜월에게도 하선고의 웃음소리가 들려왔다. 그녀는 이를 악물고는 그 웃음소리를 잊고 정신을 집중하기 위해 애를 썼다. 저 요녀와 제갈현중에게 신경을 썼다가는 단번에 목숨을 잃는다.

중년인에게 얻어맞은 곳이 욱신욱신 아려왔지만, 내상이
랄 수준은 아니었다. 그녀는 생각보다 멀쩡했으니 제갈현중
이 그녀를 찾아 달려온 것은 어쩌면 무용한 일일 수도 있었
다.

하지만 결코 무용한 일은 아니었다. 최소한 혜월의 마음이
확실히 움직였으니까.

'제갈현중을 구해야 해.'

제갈현중을 구하고 이 일이 마무리 된 다음엔 제갈세가로
갈 것이다. 그곳에서 남은 여생을 무공을 연마하며 사는 것도
제법 괜찮은 일 같다.

그녀가 제갈현중에 대한 생각에 빠지자 그녀의 종적이 드
러났다. 그녀는 자신의 종적이 드러났다는 것을 느끼자마자
그림자처럼 스르르 움직여 다른 장소로 이동했다.

쾅―!

조금 전까지 그녀가 있던 자리에 중년인의 발이 내리꽂혔
다. 중년인은 발에 걸리는 느낌이 없자 쳇, 하고 신음을 내뱉
더니 그 자리에 묵묵히 서서 팔짱을 끼었다.

그리고 눈을 감고 기감을 느끼기 시작했다.

그것은 겉으로 보기엔 참으로 기묘한 풍경이었다. 아무도
없는 텅 빈 공간에 한 명의 사내가 꼼짝도 않고 가만히 서 있
다. 중간중간 빠르게 움직여 어딘가를 내려치는데, 그곳에는
아무도 없어 중년인의 발은 애꿎은 바닥만 부술 뿐이었다.

관복을 입은 중년인은 조국구라는 자였다. 송나라 시대의 도독지휘사였던 조빈의 동생으로 훗날 신선이 된 관인이 바로 조국구다.

실제로 전설 속에서 튀어나오기라도 했는지, 조국구는 관복과 관모를 갖춰 입고 근엄하게 서 있었다.

'한 번.'

혜월이 그렇게 생각하며 아무런 감정도 담기지 않은 무심한 눈으로 조국구를 관찰했다.

그녀의 무공 수위로 조국구와 상대하는 것은 어불성설인 일이었다. 그녀의 무공은 도제보다도 못했으며, 그런 그녀가 정면으로 승부를 펼쳤다가는 삼초 안에 목숨을 잃게 된다.

하지만 천만다행히 암행만은 통했다.

조국구는 그림자 속으로 숨어들어 간 그녀의 모습을 보지 못한 것이다. 물론 그것은 그야말로 요행이었다. 조국구가 암습을 당해본 경험이 있다면 그녀로서는 벌써 목숨을 잃었을 것이다. 조국구는 살수를 만난 경험이 별로 없었으며, 때문에 그녀를 상대하기 까다롭게 여기고 있었다.

하지만 뛰어난 무공이 어디 가랴! 조국구는 열 호흡이 지나기 전에 그녀의 위치를 파악해 냈다. 때문에 열 호흡이 지나기 전마다 그녀는 이동해야 했다.

그것이 그녀의 약점이었다.

'이동할 때에 내려친다.'

이동할 때 살짝씩 드러나는 그녀의 기척을 읽은 조국구는 그때만 노렸다. 열 호흡 만에 그녀의 정체를 파악하고, 그녀가 다시 숨기 위해 이동하면 그때 공격한다.

서서히 그녀의 위치를 파악하는 시간이 빨라지고 있다. 적이 암행에 서서히 익숙해지고 있는 것이다.

'이번엔 아홉 호흡만에 들켰다!'

혜월의 신형이 스르르 움직여 또 다른 그림자 속으로 녹아들었다. 그리고 그녀가 있던 자리에 조국구의 각법이 내리꽂혔다.

하마터면 비명에 이승을 하직할 뻔했던 혜월이 식은땀을 흘렸다. 조국구는 그녀의 다급한 심정을 이해하기라도 했는지 피식 웃었다.

혜월에게 남은 것은 봉황비도, 그리고 그것을 이용한 단 한 번의 공격뿐이다.

'단 한 번……'

그것이 성공하면 살고, 실패하면 죽는다.

단 한 번을 노리는 것은 혜월뿐만이 아니었다.

도제 역시 단 한 방을 노리고 있었다. 혜월의 사정을 도제가 알았다면 그것참 고되고 힘들다는 사실을 알아주었을 것이다.

도제는 제갈현중의 기분마저도 똑같이 느끼고 있었다. 단

한 번을 위해 숨어 있는 혜월과 달리, 그는 끊임없이 여동빈을 상대해 가며 단 한 번을 노려야 했던 것이다.

그 한 번의 기회가 오기까지 도제는 끊임없이 검에 살을 내맡겨야 했다.

"흡!"

도로 막아낼 생각은 하지 않는다. 믿을 것은 오로지 그의 경공뿐이다. 도제는 여동빈이 그어오는 검을 뒤로 껑충 뛰어 피해낸 다음, 도를 기묘하게 휘둘렀다.

곧 그의 도첨에 도환이 어렸다.

화산파에서 도제는 도환으로 남채화를 꺾은 적이 있다. 그녀는 도환을 피해내지 못하고 결국 죽음을 맞고 말았다.

그때의 일이 다시 벌어지지 말라는 법은 없다.

"계속 피하는군. 만환도제는 무인 중의 무인이라 들었는데, 고작 이런 자였던가?"

여동빈이 이죽거렸다. 그는 검을 한차례 허공에 휘둘러 검에 묻어 있는 도제의 피를 떨궈냈다.

걸레 조각이라는 표현이 낫지 않을까 싶을 정도로 만신창이가 된 도제는 도를 들어 올려 여동빈을 겨누었다.

"경공을 배웠다 국 끓여 먹나. 피하라고 있는 것, 쓰지 않으면 억울하겠지."

의현과 함께 다니며 배운 것이 있다면, 상대를 약올리는 법이다. 그 법칙 첫 번째는 절대로 상대를 모욕하고 있지 않다는 듯이 말하는 것. 두 번째는 너 따위는 안중에도 없다는 듯이 말하는 것이다.

도제는 그런 식의 화법에는 참으로 익숙해져 있었다.

"이 자식, 끝까지 입은 살았군."

여동빈이 검을 허공에 툭, 하니 던지며 말했다. 그러자 검이 살아 있는 듯 노닐기 시작했다.

이기어검!

절정의 검공이 펼쳐진 것이다.

여동빈은 본래 검선이라고 불린다. 장강에서 수룡들을 베어내어 만인을 구제하였고, 사백 년 동안이나 세상을 떠돌며 악인들을 처단했다 한다. 도가에서 여조라고 부르며 자신들의 선조로 여기는 이가 바로 여동빈이다.

여동빈은 진짜 여동빈이라도 된 것처럼 그럴듯하게 검을 부리고 있었다.

"젠장."

하지만 이기어검을 마주한 도제의 얼굴은 새카맣게 굳었다. 상대의 앞에 둥실둥실 떠 있는 검끝에 검환까지 매달려 있으니 욕설이 튀어나온 것은 어쩔 수 없는 일일 것이다.

"밥 대신 만년설삼을 처먹었나 보군."

비꼬는 어조로 투덜거리는 도제의 말을 들은 여동빈이 그 말이 참 재미있다는 듯 껄껄 웃어 보였다.

"으하하핫, 재미있는 녀석이로고!"

여동빈은 검결지를 맺은 손으로 도제를 가리켰다. 도제는 이를 악물고 상대의 이기어검에 대비했다.

'한 방만…….'

위기의 순간에서 혜월과 비슷한 생각을 하는 도제였다.

하지만 한 방의 기회는 한동안 찾아오지 않을 듯했다.

이시진은 눈앞이 컴컴해졌다는 것을 깨닫고 식은땀을 흘렸다. 눈앞만 컴컴해진 것이 아니다. 시야를 잃기 전에 내려다보았던 피부색은 아예 시커멓게 변해 있었다.

장이 욱신거리며 아려왔고 위액이 입으로 솟구쳤다. 위액에는 피가 섞여 있었다.

가장 중요한 건 폐가 마비되어 가고 있다는 점이었다. 호흡을 내쉬고 들이마실 수가 없게 되었다. 마치 물속에 빠진 것처럼 이시진은 호흡을 들이마시려 꺽꺽거렸다.

해독약은 거의 다 만들었다. 이제 산삼 한 조각만 빻아서 넣으면 된다. 망태기에서 산삼도 미리 꺼내두었다.

이시진은 부들부들 떨리는 손으로 사발과 사발막대를 주어 들고 그 안에 산삼을 넣었다.

다리가 풀려 무릎이 털썩 꿇렸다. 약선은 무릎을 꿇은 채 피를 토하며 사발을 찧어갔다. 마지막 힘이 다하기 전에 해독약을 만들 수 있으면 좋으련만.

"클클클, 꼴 좋다. 응, 나는 아무렇지도, 응, 않은데. 넌 벌써 죽어가는구나?"

　마의는 자신이 먹은 것이 독이라고는 생각하지 않았다. 그저 별거 아닌 약초 두 뿌리뿐이니 누가 독이라고 생각하겠는가! 그래도 혹시 모르니 갈근과 수종화 뿌리를 먹어두었다. 그것으로도 모자랄까 싶어 음한의 성질을 띤 삼과초를 먹었다.

　약선은 호흡을 거칠게 몰아쉬며 대꾸했다.

　"그, 약은… 허억, 허억… 먹은 뒤 조금 뒤에나……."

　아니, 굳이 말을 해서 힘을 뺄 필요가 없다.

　이시진은 말을 멈추고는 산삼을 빻는데 집중했다. 산삼을 거의 다 빻은 그는 부들부들 떨리는 손으로 산삼조각들을 집어 다른 약재들과 배합했다.

　이제 해독약의 조제가 끝났다.

　이시진은 부들부들 떨리는 손으로 주위를 더듬어 가루의 형태로 만들어진 해독약을 찾아 헤맸다.

　잠시 뒤, 해독약을 찾은 이시진이 그것을 입가로 털어 넣었다. 눈이 보이지 않아 가루는 입 주위로 흘러 넘쳤고, 호흡이 막혀 가루가 입 안으로 들어가다가 다시 내뿜어지고는 했다.

　"컥!"

　이시진이 먹던 가루를 살짝 뱉어내며 기침을 토해냈다. 많은 양을 흘렸지만 해독약을 분명히 복용했다. 목에서 감각이 사라져 얼마나 먹었는지는 모르겠지만 충분히 먹은 것 같다.

약선의 손이 스르르 바닥으로 내려왔다.

그리고 약선은 털썩, 바닥에 쓰러졌다. 그리고는 새우처럼 몸을 말고는 부르르 떨었다.

"크, 크어억… 크억……."

하지만 몸은 곧 경직된다. 경직된 이시진의 몸이 거칠게 위아래로 경련을 일으켰다.

그러더니, 이내 그 경련마저 잠잠해졌다.

"응? 주, 죽은 거야? 응? 죽었어?"

멀쩡한 상태의 마의가 이시진에게로 걸어왔다. 그리고는 이시진의 앞에 쪼그려 앉아 이시진의 볼을 쿡쿡 찔러보았다.

이시진의 호흡이 사라졌다.

"죽은 거지? 응? 대답해 봐. 죽은 거지?"

아무런 미동도 없이 가만히 누워 눈을 부릅뜬 채 허공을 바라보는 이시진이다. 마의는 그의 볼을 쿡쿡 찔러보다 말고 키득키득 웃으며 그의 맥문을 쥐어갔다.

맥박이 없다.

"클클클. 죽었구나, 응, 죽었어. 역시 천하제일의 의원은 나야. 응, 이제 네가 죽었으니까 내가 천하제일이야."

마의는 재미있다는 듯이 웃으며 이시진의 손목에서 팔을 뗐다. 하지만 팔은 따라오지 않고 그 자리에 있다.

마의는 의아한 표정을 지으며 자신의 오른팔을 바라보았

다. 소매가 펄럭이고 있건만 그 안은 허전하다. 다급히 고개를 내려보니 이시진의 손목을 진맥한 채로 팔뚝이 대롱대롱 매달려 있다.

"어… 어……? 왜 이러지?"

마의는 왼손으로 오른팔의 허전한 자리를 짚어보려 했다. 그러자 이번엔 툭, 소리가 들리더니 왼팔마저 땅에 떨어져 버렸다.

"이럴 수가… 이럴 수가 없어! 응, 이럴 수가 없단 말이야! 내가 천하제일, 응, 천하제일인데!"

마의가 눈을 부릅뜨며 이시진의 얼굴을 바라보았다. 도대체 어떤 신묘한 기술로 약초를 배합했기에 자신을 이렇게 만들었단 말인가!

이시진의 눈은 여전히 부릅떠진 채로 허공만을 바라보고 있을 뿐이다.

"헉!"

그때였다. 이시진의 눈에 초점이 돌아오는가 싶더니 그의 눈이 마의의 눈을 정확히 바라보았다. 마의는 양팔을 잃은 채 화들짝 놀라 뒤로 물러났다.

콰당—

하지만 다리가 따라오지 않았다. 두 개의 종아리가 선 채로 바닥에 붙어 있었다. 뒤로 넘어진 마의는 놀란 듯 두 눈을 동그랗게 뜬 채로 천장을 바라보다가, 이시진 쪽을 돌아보기 위해 몸을 격렬하게 흔들었다.

"크허억!"

이시진이 호흡을 거칠게 들이쉬는 소리가 들렸다. 완벽히 정지했던 호흡이 마치 물에 빠졌다가 겨우 공기를 마신 것처럼 한꺼번에 쏟아져 들어온 것이다.

이시진은 거친 달리기를 한 사람처럼 호흡을 내쉬었다.

"허, 허억… 헉, 허억……."

그리고 부들거리는 팔로 땅을 짚고 서서히 몸을 일으켜 엎드렸다. 이시진은 엎드린 채로 거칠게 숨을 들이마시며 고개를 돌려 마의를 바라보았다.

마의는 이시진과 시선이 마주하자 비명처럼 고함을 질렀다.

"어떻게 한 거야?!"

"그대의… 몸의 균형을… 깨뜨린 것이오."

독의 후유증으로 팔다리에 힘이 들어오지 않는다. 이시진은 정신력으로 버티며 약재가 놓여진 탁상을 짚고 일어났다.

"독인이 되었으니 알겠지. 그대의 몸은 독이 균형을 이루었기에… 파손되지 않고 존재하오……. 순리가 아니라 역리지."

이시진은 마의의 끔찍한 모습을 바라보았다. 피부가 서서히 눌어붙고 있다. 독의 효능이 뒤늦게 발휘되는 것이다.

“나는 맥문동 잎과 미나리 뿌리로 그 균형에 간섭했소. 역리를 순리로 바꿔놓은 거라오.”

“어떻게… 우읍…….”

피부가 녹아내려 윗입술과 아랫입술이 하나로 붙어버렸다. 마의는 어떻게든 말을 하려 입술을 오물거렸지만, 그럴 때마다 독에 녹아서 늘어난 피부가 입 안으로 들어올 뿐이었다.

“나는 그대의 운명을 하늘에 맡겼다오. 그대가 역리가 아니라 순리를 따랐다면 맥문동 잎과 미나리 뿌리는 아무 소용도 없었을 터, 만약 그랬다면 나는 모든 것을 포기했겠지.”

“우으읍… 우읍…….”

마의가 무어라고 중얼거렸다. 이시진은 그 끔찍한 몰골을 무심한 듯 바라보았다.

“하지만 하늘은 그대의 역리를 두고 보지 못했나 보오.”

잠시 마의를 관찰하듯 바라보던 이시진은 천천히 몸을 돌려 정도사절에게로 걸어갔다. 그리고 그 앞에서 털썩 무릎을 꿇고 정도사절을 진맥하기 시작했다.

마의는 그 모습을 바라보지 못했다. 시신경이 타 들어가고 뇌가 썩어가고 있었으니까.

천하를 독으로 물들이려 했던 마의는 그렇게 죽음을 맞았다.

“나와 같은… 독이군.”

마의의 죽음을 등진 채 정도사절을 진맥한 이시진이 중얼거렸다. 정도사절은 방금 자신이 마신 것과 같은 독을 마셨다.

그 독은 마의가 새로이 만든 독이었다. 약을 정도사절에게 시험해 봄으로써 그 효능을 확인하고자 했고, 효능이 확인되자 이시진에게 먹인 것이다.

이시진은 지친 몰골로 걸어가 망태기를 주워섬겼다.

“똑같은… 약을 만들면 된다니… 편하기는 하구만.”

지쳐 버린 이시진이 느리게 손을 움직였다. 하지만 약초를 손에 쥐자 그의 손은 점점 더 빨라지기 시작했다.

그때, 어디선가 비명 소리가 들려왔다.

“꺄아아악!”

이시진이 있던 지하실까지 들려올 정도면 얼마나 큰 비명이겠는가! 이시진의 고개가 지하실 문 쪽으로 돌아갔다.

점점 마음이 다급해진다. 나머지 일행이 어떻게 되었는지는 아무도 모르는 것이다.

이시진은 약재를 배합하는데 온 정신을 쏟기 시작했다.

제갈현중은 만신창이가 되어 있었다. 찢어진 이마는 피딱지가 엉겨붙어 새카맸고 얼굴에는 검붉은 피가 흘러내려 엉망이 되어 있었다. 왼쪽 눈가는 처참하게 부어 있었다.

　더 안 좋은 것은 몸통이었다. 갈비뼈 한 개가 부러져 있었고 내장이 조금 상한 것 같다.

　제갈현중은 전신의 힘이 모두 빠져 버린 상태였지만, 최대한 정신력을 모아 자리에서 일어났다. 사람이 위기에 처하면 초인적인 힘이 나온다더니, 당장 쓰러져 눕고 싶은데도 자리에서 일어나지는 것을 보니 신기할 지경이다.

　제갈현중은 터져 버린 입술로 웃음을 지었다.

　"안 아프다… 안… 아파……."

　"이제 슬슬 본녀도 지겹구나!"

　끝까지 포기하지 않는 제갈현중에게 짜증이 난 하선고가 제갈현중을 발로 차버렸다.

　"으아악!"

　제갈현중이 비명을 지르며 뒤로 날아가 자색 담에 부딪쳤다. 제갈현중은 벽 아래에서 몸을 웅크리며 꿈틀대다가 천천히 몸을 일으켰다.

　아니, 일어설 힘이 없어서 일어서지도 못했다. 제갈현중은 담벼락에 등을 기대고 누웠다.

　절로 웃음이 나온다.

　"하… 하핫……."

　제갈현중은 품에 손을 넣어 마지막 비도를 꺼내 들었다. 저 하선고라는 여자는 마지막까지 자신에게 속았다. 이 자리가 바로 진의 개진을 알리는 자리, 마지막 진의 구성점이다.

이곳에 비도를 꽂으면 승리한다.

마침 자신의 몸과 부딪쳐 바닥의 청석이 깨지고 땅이 헤쳐져 있다. 아마 비도를 꽂으면 부드럽게 잘 들어가리라.

"하… 하하……."

"끝까지 포기하지 않은 건 칭찬해 줄게."

하선고가 천천히 제갈현중 쪽으로 걸어오며 말했다. 제갈현중의 손에 들린 비도는 그가 끝까지 포기하지 않고 자신을 공격할 의사를 가지고 있는 것으로 여겨졌다. 그것 하나만큼은 대단하다 인정하지 않을 수 없었다.

제갈현중은 흐릿하게 보이는 하선고에게 비도를 겨누었다.

"마지막까지 비도를 들고 나에게 대항하다니, 정말 대단해."

하선고는 천천히 걸음을 멈추었다. 그리고 풍성히 올린 머리에서 머리 장식을 하나 뽑아 들었다.

뾰족한 비녀였다.

"그 용기를 봐서 이만 끝을 내줄게. 더 아프지 않고 편안할 거야."

하선고가 옥비녀를 황홀한 듯 바라보며 속삭이듯 말했다. 제갈현중은 고개를 저었다.

"하… 하하… 난 죽지 않아… 넌 나한테… 속았거든……."

하선고가 고개를 돌려 제갈현중을 의아한 듯 바라보았다.

제갈현중은 끊임없이 웃고 있었다.

하선고는 왠지 모를 섬뜩한 느낌을 느끼고는 인상을 찌푸렸다.

"그게 무슨 소리지?"

"잘 가라……."

제갈현중은 벽에 등을 기댄 채 진이 다 빠져 버린 얼굴로 비도를 역으로 쥐었다. 그리고는 하선고의 얼굴을 바라보며 웃었다.

"…멍청아."

그리고 지친 손으로 진의 마지막 구성점에 비도를 내리꽂았다. 힘이라곤 남아 있지 않았기에 몹시 기운없는 몸짓이었다.

"…헉?"

하지만 하선고는 충격을 받지 않을 수 없었다. 제갈현중의 모습이 갑자기 사라져 버린 것이다.

그리고 거대한 암흑이 나타났다. 디디고 있는 땅도, 하늘도 아무것도 보이지 않았다.

'진법!'

그제야 속았다는 것을 깨달은 하선고의 얼굴이 하얗게 질려갔다. 그녀는 전신의 내공을 끌어 모았다. 진이란 것은 본래 자연의 기운을 이용하게 마련.

그렇다면, 그 기운 자체를 파쇄하면 될 일이다.

“어… 어멋?”

하지만 전신의 내공은 모아지는데 손이 자기 맘대로 안 움직인다. 거대한 어둠이 그녀의 손을 틀어쥐고 있었다.

주먹이 저절로 옥비녀를 꼬옥 쥐더니, 팔이 그 뾰족한 끝을 자신의 목으로 가져갔다.

“이, 이이익!”

자신이 자신의 몸을 움직이려 힘을 주는 광경은 참으로 기괴한 것이었다. 하지만 하선고는 너무도 절박한 마음이었다.

그러나 손은 끝까지 그녀의 마음대로 움직여지지 않았다.

“아악, 아아악!”

하선고가 점점 자신의 목으로 다가오는 비녀를 바라보며 비명을 질렀다. 그녀의 비명은 점점 더 고음으로 변해갔다.

그리고 곧 천하를 울리는 비명으로 변했다.

“꺄아아아악!”

그 비명을 끝으로, 하선고는 자신의 손으로 스스로의 목에 전신의 내공을 담은 비녀를 꽂았다.

제갈현중은 지친 눈을 반쯤 감고 하선고의 최후를 바라보았다. 그녀가 스스로의 목에 옥비녀를 꽂고 무릎을 털썩 꿇는 것을 확인한 제갈현중은 피식 웃으며 비도를 다시 뽑아 들었다.

그가 펼친 것은 이름도 없는 무명진이다. 제갈세가 내에서 내려오는 비전서에 따르면 그것은 마교의 진법으로 천마의 준동 때에 사용되어 수많은 정도무림인을 지옥으로 끌고 갔다고 했다.

펼쳐 보는 것은 처음이었는데, 살기가 너무 짙은 진법이었다.

비도를 뽑자 진이 사라졌다.

제갈현중은 바닥에 비도를 버렸다. 비도가 청석에 부딪쳐 땡그랑 소리를 냈다.

제갈현중은 그다음엔 바닥을 손으로 짚고 천천히 자리에서 일어났다.

"혜월… 단주님……."

몸이 비틀비틀 흔들리긴 하지만 어쨌든 제갈현중은 다시 두 다리로 설 수 있었다. 그는 부러진 갈비뼈가 욱신거리는 것을 느끼고는 한 손으로 옆구리를 감싸쥔 채로 혜월이 사라졌던 곳을 찾아 헤맸다.

쿵—!

"꺄아악!"

어디선가 굉음이 울려 퍼졌다. 여성의 비명 소리도 함께였다.

제갈현중의 고개가 그쪽으로 홱 돌아갔다. 혜월이 위험해졌을지도 모른다는 생각이 문득 제갈현중의 머릿속을 스쳤다.

그토록 지쳐 있건만 어디서 힘이 나오는 걸까.

혜월이 위험해졌을지도 모른다는 것을 깨달은 제갈현중이 하선고를 만나기 전처럼 빠르게 달려갔다.

"혜월 단주님! 안 돼!"

제갈현중은 비명을 질렀다.

혜월의 생명은 경각에 달해 있었다. 열 호흡 만에야 자신의 위치를 파악하던 조국구가 이제는 단 세 호흡 만에 자신의 위치를 파악해 내고 있었다.

하지만 봉황비도를 쓸 기회는 아직도 찾아오지 않았다.

쿵ㅡ!

'젠장!'

세 호흡 만에 알아채던 조국구가 이번엔 단 두 호흡만에 혜월의 위치를 알아내고는 발로 그녀가 있던 자리를 내려쳤다.

혜월은 또 다른 그림자 속으로 숨어갔다. 하지만 그곳에서 안주하고 있을 수는 없었다.

긴 심호흡을 두 번 할 동안에 새로운 장소를 찾아 이동해야 한다.

쿵ㅡ!

시간은 화살처럼 빠르게 지나갔다. 혜월은 장소를 옮기자마자 최대한 감각을 끌어올려 다음 숨을 위치를 파악해 내고는 번개처럼 자리를 움직였다.

그 자리에 또다시 조국구의 발이 나타났다.

조국구는 사라진 혜월의 기척을 파악하기 위해 기감을 곤두세우며 중얼거렸다.

"더 이상 피할 수 없을 텐데."

'기회를 기다릴… 시간이 없다!'

이제 그녀의 종적이 조국구에게 들키는 것은 그야말로 시간문제였다. 이제 단 한 번의 기회를 기다릴 것이 아니라 기회를 만들어야 한다.

혜월은 땀에 절어버린 손으로 봉황비도를 움켜쥐었다.

그때, 하선고가 비명을 지르는 것이 들려왔다.

"꺄아아악!"

조국구의 얼굴이 찌푸려지더니, 이내 하선고가 있는 쪽으로 돌아갔다. 혜월의 눈빛이 빛났다.

'지금!'

마지막 순간에 기회가 왔다. 혜월은 번개처럼 앞으로 나아가 비도를 조국구에게 던졌다.

"헛수작!"

하선고의 기척이 사라지자 무심코 그쪽을 돌아보았던 조국구가 살기를 느끼고 혜월 쪽을 돌아보았다.

그는 발을 높게 들어 올려 혜월이 던진 비도를 후려쳤다.

챙강—

맑은 소리와 함께 비도가 공중으로 날아갔다.

혜월의 얼굴이 새파랗게 질렸다. 마치 겨우 기회를 잡았는데 그것이 통하지 않았다는 듯이.

조국구는 드디어 혜월을 잡았다고 생각하며 그녀에게로 달려갔다.

"더 이상은 피할 수 없다!"

조국구는 마침내 혜월의 앞에 다가설 수 있었다. 그녀는 당황스러운 표정으로 어찌할 바를 모른 채 조국구만을 바라보기만 했다.

조국구는 각을 기이하게 휘돌려 혜월의 단전을 걸어 차갔다.

퍽—!

"꺄아아악!"

혜월이 비명을 지르며 뒤로 멀찍이 튕겨났다. 조국구는 사이한 미소를 지으며 혜월이 벽에 부딪쳐 바닥에 떨어져 널브러지는 것을 바라보았다.

기절을 했는지, 바닥에 쓰러져서는 꼼짝도 않고 누워 있다.

"이제 끝을 봐야지."

기절만으로는 부족하다. 그녀의 숨통을 끊어놓아야 했다. 조국구는 천천히 혜월 쪽으로 걸음을 옮겼다.

그리고 자신의 몸에 이상이 생겼음을 알아챘다.

“으음……?”

조국구가 무심코 고개를 내려 자신의 단전을 바라보았다. 단전에 반짝거리는 단검이 꽂혀 있다.

“어, 어떻게……?”

어떻게 한낱 비도 따위가 호신강기를 뚫고 자신의 단전을 꿰뚫을 수 있던가! 도저히 불가능한 일을 목도한 조국구가 단전에 꽂힌 비도를 뽑아 들었다.

자신의 피가 묻은, 봉황이 음각된 아름다운 비도가 눈에 보였다.

“보, 봉황비도…….”

혜월은 분명 비도 하나를 날리고 그것이 튕겨져 나가자 당황한 표정을 지었다. 조국구가 그녀의 마지막 한 수를 막아냈다고 생각하곤 그녀에게 다가왔을 때, 그때에야 비로소 그녀의 마지막 한 수가 펼쳐졌다.

살을 주고 뼈를 취한다!

그녀는 조국구가 자신을 공격하는 틈을 노려 봉황비도를 꽂아 넣은 것이다.

조국구는 비도를 바닥에 떨어뜨렸다. 단전에서 냉기가 퍼져 나가 그의 전신을 감돌았다. 봉황비도는 호신강기도 뚫고 금강불괴를 파괴하며 절대로 나을 수 없는 상처를 선물한다. 진기와 진원지기를 흡수하고 그 자리에 냉기를 심어 놓는다.

"크, 크윽……."

조국구는 눈을 부릅뜬 채 뒤로 넘어져 버렸다.

콰당, 하는 소리가 정적을 깼다. 하지만 소리는 결코 오래 가지 않았고, 결국 다시 침묵이 찾아왔다.

침묵을 깬 것은 제갈현중의 목소리였다.

"혜월 단주님? 혜월 단주님! 어디 계세요!"

비틀거리며 달려온 제갈현중은 장내에 쓰러진 조국구의 신형을 보고는 깜짝 놀란 듯 잠깐 걸음을 멈추었다.

잠시 걸음을 멈춘 그는 혜월을 발견했다.

"혜월 단주님!"

제갈현중은 다리를 절면서도 빠르게 다가가 혜월의 앞에 도착했다. 그는 무릎을 털썩 끓고 쓰러진 혜월을 멍하니 바라 보았다.

"어… 혜, 혜월 단주님?"

그리고는 조심스럽게 손을 뻗쳐 혜월의 얼굴을 살짝 만져 보았다. 피부가 차갑게만 느껴지자 제갈현중의 얼굴이 파랗 게 질렸다.

제갈현중이 다급히 혜월의 이곳저곳을 만져보았다. 정인 이 아니면 허락하지 않는다는 손목을 덥석 잡고 맥을 짚어보 다가, 맥이 약해서인지 아니면 의술을 몰라서인지 살아 있다 는 증거를 파악해 내지 못하고 이번엔 그녀의 입술에 손가락 을 가져다댔다. 그녀의 코에서 뿜어져 나오는 바람을 확인하기 위함이었다.

숨이 없는 것만 같다. 잘 안 느껴진다.

"안 돼… 안 돼… 혜월 단주님, 안 돼요."

제갈현중은 이번에는 혜월의 가슴을 열어젖혔다. 그리고 는 다급히 그곳에 손을 대고 심장 박동을 확인해 보았다.

"안 돼……."

"으으음……."

아무에게도 허락한 적이 없는 가슴에 무엇인가가 닿았기 때문일까? 아니면 종리권의 권에 당했던 충격이 사라진 탓일 까?

혜월이 천천히 신음 소리를 내뱉었다.

그녀의 가슴을 마음껏 주물럭거리며 눈물 고인 얼굴로 안 된다고 외치던 제갈현중이 화들짝 놀라며 외쳤다.

"혜월 단주님?"

"으음……?"

혜월이 깜짝 놀라 고개를 들었다. 눈앞에 제갈현중의 얼굴 이 보이자 그녀는 눈을 동그랗게 떴다.

"너… 너… 아까 하, 하선고를 만나서… 하선고! 하선고는 어떻게 됐어? 얼굴은 왜 그래?"

제갈현중은 혜월이 멀쩡해 보이자 울음을 터뜨렸다. 그는 눈물 콧물을 질질 흘리며 혜월을 덥석 껴안았다.

혜월은 깜짝 놀라 몸을 굳혔다.

"다행이에요! 흐흑, 다행이에요!"

혜월이 긴장한 듯 몸을 굳혔다는 사실도 모른 채, 제갈현중은 다행이라고만 외치고 있었다.

"구하러 왔어요. 흐흑, 혼자 팔선을 만나 위기에 처한 것 같아서 구하러 왔어요. 훌쩍, 오다가 하선고를 만났지만 지, 진에 가둬서 겨우 살아남았어요. 다행이에요, 정말……."

제갈현중이 훌쩍거리며 무어라고 말하자 혜월의 얼굴이 굳어졌다. 아니, 제갈현중이 자신을 구하러 오다니, 이게 무슨 일인가. 왜 그런 바보 같은 짓을 했을까.

"그게 뭐야……."

혜월의 몸에서 긴장이 사라졌다. 그녀는 천천히 제갈현중을 마주 포옹해 갔다. 그의 등에 손을 댄 혜월이 조그맣게 속삭였다.

"…고마워."

자신을 구하러 왔단다. 아무것도 하지 못했다 하더라도 그 마음이 고맙다. 아니, 생각해 보면 많은 것을 했다.

"아까 들린 비명 소리가 네가 한 것이었구나."

제갈현중이 진에 가둔 하선고가 비명을 질렀고, 그 비명이 단 한 번의 기회를 주어 자신을 살렸다. 제갈현중은 말만 구하러 온 것이 아니라 정말로 자신을 구해냈다.

제갈현중과 혜월은 잠시간 서로를 포옹하다가, 천천히 몸을 떼었다. 혜월은 제갈현중의 얼굴을 보고 얼굴을 찌푸렸다.

"어… 얼굴이……."

"조금 맞았어요."

고개를 모로 돌려 혜월의 시선을 피한 제갈현중이 중얼거렸다. 혜월이 알았다는 듯 고개를 끄덕였다. 아마 하선고와 상대하며 생긴 상처일 것이다.

혜월은 조심스럽게 몸을 일으키며 제갈현중을 바라보았다. 그리고는 그의 몸 상태를 대충 파악했는지 나직한 목소리로 질문했다.

"일어날 수 있겠니?"

"조금만 도와주시면요."

제갈현중이 헤죽 웃으며 대답했다. 혜월은 제갈현중의 팔을 부여잡고 어깨에 걸쳤다.

"…가자."

"예."

제갈현중과 혜월이 천천히 걸음을 옮겼다. 그리고 조금 전까지 그들이 있던 곳으로 걸어가기 시작했다.

그곳에서는 도제가 여동빈과 결전을 펼치고 있었다.

도제는 서서히 기회가 다가옴을 알아챘다. 바야흐로 끝이 다가오고 있다는 것이 느껴졌다.

묵룡월도를 들어 올린 도제는 마지막 기회를 엿보며 여동빈을 훔쳐보았다.

"호오, 슬슬 피하지 않기로 한 건가?"

"아파 죽겠거든."

여동빈이 이죽거리자 도제가 팔을 내려다보며 중얼거렸다. 그의 왼팔은 축 늘어져 있었다. 어깻죽지에 커다란 구멍이 뚫려 있었다. 이기어검의 끝에 매달린 검환에 그만 왼팔을 다치고 만 것이다.

그곳에서 피가 줄줄 새어 나오고 있었다.

"그렇군. 피를 더 이상 흘렸다가는 아무것도 못해보고 끝을 맺고 말 테지."

여동빈이 여유로운 얼굴로 도제의 도를 바라보았다. 그리고 도제의 도끝에 매달린 도환을 가리키며 속삭였다.

"저건 도대체 언제 쓰려고 그렇게 주렁주렁 매달고 있나?"

"내 맘이지."

도제는 혜월처럼 기회를 기다린 것이 아니라 기회를 만들었다. 이것이 실패한다면 자신의 목숨은 끝이다. 하지만 성공한다면 여동빈은 다시는 세상 구경을 못할 것이다.

그때, 하선고의 비명 소리가 들려왔다.

"꺄아아악!"

여동빈은 천천히 그쪽으로 고개를 돌리고는 얼굴을 찌푸렸다. 들려온 비명 소리가 하선고의 것임을 알아들은 것이다.

“멍청한 년…….”

무공을 모르는 제갈현중을 보고 얼마나 방심을 했기에 저런 비명을 올리는가. 여동빈은 마음에 안 든다는 듯 고개를 절레절레 저었다.

도제는 그런 여동빈을 보면서 마음을 가다듬었다.

“이제 우리도 끝내지.”

여동빈은 도제의 목소리를 듣고는 의외라는 듯 눈썹 끝을 치켜올렸다. 여태껏 피하기만 하던 도제가 저런 소리를 하다니.

“이제 할 마음이 든 건가?”

“간다.”

도제는 오른손으로 도를 고쳐 쥐었다. 그리고는 바닥을 가볍게 튀어 공중으로 치솟아올랐다.

여동빈이 싸늘하게 미소를 지었다.

“그럼, 이제 그 목을 떼어주지.”

“닥쳐라!”

도제의 도가 여동빈의 머리를 베어왔다. 여동빈은 고개를 살짝 숙여 도제의 도를 피해냈다.

다음은 도제가 여태까지 준비해 오던 도환의 차례였다.

“크하하하!”

여동빈은 앙천광소를 터뜨리며 검결지를 움직여 공중에 떠 있는 검을 불러들였다. 검은 빠르게 날아와 도제의 도환을 처냈다.

"그렇게 쉽게 당하지는 않는다!"

도제가 노호성을 터뜨리며 도를 살짝 뒤틀었다. 도제의 도환이 방향을 바꾸어 여동빈의 허리춤으로 달려들었다.

여동빈의 눈이 부릅떠졌다.

"흡!"

도환이 갑자기 방향을 바꾸자 여동빈의 검이 그 뒤를 따라왔다. 하지만 도환보다 빠르게 다가오지는 못했다.

여동빈은 살짝 몸을 움직여 도제의 도환을 피해냈다.

하지만 끝내 피해내지는 못했다.

"크윽……!"

왼쪽 허벅지에 도제의 도환이 작렬했다. 하지만 고작해야 스친 상처 정도다. 왼쪽 허벅지를 긁고 지나간 도환이 소멸한 것을 확인한 여동빈이 싸늘하게 웃음을 지었다.

"마지막 한 수가 끝났구나, 도제!"

"…이, 이익!"

도제가 공중에서 몸을 뒤틀어 여동빈에게서 떨어지기 시작했다. 하지만 이런 좋은 기회를 여동빈이 놓칠 리가 없었다.

여동빈의 검환이 공중에 떠 있는 도제에게 작렬했다.

"크, 크허억!"

도제가 비명을 지르며 뒤로 튕겨났다. 여동빈은 그의 단전을 노렸으나 검환은 단전을 살짝 비켜가 옆구리에 맞고 말았다.

하지만 그것으로 도제는 모든 기력을 소실하고 말았으리라.

"이제 남은 것은 죽음뿐이다!"

"닥쳐!"

옆구리가 뚫린 도제가 마지막으로 도를 휘둘렀다.

그것은 상당히 기이한 몸짓이었다. 그의 앞에는 검환도, 이기어검으로 띄워 올린 여동빈의 검도 없었는데 도제는 도를 내려치듯 그어간 것이다.

여동빈은 문득 뒤통수에서 섬뜩한 기운이 느껴진다는 것을 깨달았다.

"핫!"

그는 재빨리 고개를 돌려보았다. 그리고 도제의 또 다른 도환이 눈앞으로 쏘아져 옴을 확인했다.

'도, 도환이 두 개?'

본래 이기어검은 기로써 검을 움직이는 것, 내공만 깊다면 이기어검쯤은 쉽게 펼칠 수 있다. 하지만 검이나 도환의 경우에는 다르다. 그것은 검이나 도에 대한 깊은 조예가 있어야만 펼칠 수 있는 것이다. 검기가 압축되어 검강이 되고, 검강이 극도로 압축되어 검환이 된다.

여동빈으로서도 검환은 하나밖에 만들지 못했다.

하지만 도제는 두 개를 만들 수 있었다. 의현이 건네준 깨달음이었다.

서억—

마치 얼음이 서로 마찰하는 듯한 소리가 들려왔다. 그것이 여동빈이 들은 마지막 소리였다.

천하에 부러울 자가 없을 만큼 거대한 내공을 가지고 이기어검까지 펼쳐 냈던 여동빈은 이마에 커다란 구멍이 뚫린 채 바닥으로 하늘하늘 떨어져갔다.

쿵—!

도제가 먼저 바닥에 떨어졌다. 왼쪽 팔에 커다란 구멍이 뚫리고 오른쪽 옆구리에 비슷한 크기의 구멍이 뚫린 도제는 제대로 서 있을 힘조차 없어 바닥에서 꿈틀댔다.

왼쪽 옆구리에 생긴 구멍에서 내장의 일부가 비어져 나오기 시작했다.

그 뒤를 이어 여동빈이 바닥에 떨어졌다.

도제가 두 개의 도환을 피워 올릴 줄은 몰랐던 여동빈은 첫 번째 도환은 막아냈으나 두 번째 도환을 막지 못하고 머리가 꿰뚫려 죽고 만 것이다.

도제는 바닥에 떨어지는 여동빈을 바라보며 허탈한 듯 웃었다.

"허… 허헛……"

엄청난 손해를 본 끝에 겨우 여동빈을 잡아낼 수 있었다.

도제로서는 자신의 몫은 다해낸 셈이었다.

남은 것은 나머지 일행, 그리고 의현에게 달렸다.

문득 의현이 평소에 이죽거리던 말이 떠올랐다.

도제는 그 말을 떠올리고는 처참한 몰골로 중얼거렸다.

"나… 허약하긴… 한가 보구나."

전신이 아파 죽겠다.

제54장

별빛

　의현은 무심한 얼굴로 눈을 감았다.

　종리권과 벌였던 결전이 그의 머릿속에 떠올랐다. 종리권
은 강력한 연환권을 펼쳤고, 그것과 마주했을 때 자신은 공간
을 격했다.

　그 깨달음이 의현의 머릿속을 휘감자, 의현의 기도가 허허
롭게 변했다.

　의현은 아무렇지도 않게 도를 휘둘러 허공에 그어나갔다.

　콰아앙—!

　그저 허공에 한번의 칼질을 했을 뿐인데 폭음이 울려 퍼
졌다. 의현의 검은 대전의 한쪽 벽을 반으로 쪼개 버렸던 것

이다.

하지만 벽을 완전히 쪼개지는 못했다.

검흔은 주욱 이어지다가 일정 부분에서 멈춰서 있었다.

그 자리에는 원시천존이 서서 붉은색 광채를 손바닥 위에 펼쳐 들고 의현을 무심한 눈으로 바라보았다.

"그대의 도는 여기까지인가?"

"후우—"

의현이 길게 한숨을 내쉬었다. 그는 비교적 멀쩡한 상태였다. 얼굴은 상처 하나 없이 대전에 들어왔을 때와 똑같았고 옷자락 하나 찢어지지 않았다.

하지만 그의 내부는 심각했다. 그는 장기가 손상되었다는 이야기가 아니었다. 그의 기운 자체가 사라져 간다. 한때 그의 자연지기를 몽땅 가져갔던 노란색 광채는 붉은색 광채에게 그 기운을 빼앗기고 있었다.

내공은 물론 진원지기조차 서서히 사라져 가고 있었다.

"후우—"

의현이 다시 한 번 숨을 거세게 몰아쉬었다. 그리고는 지친 얼굴로 손에 든 도를 바라보았다.

"공간을 격한 것은 칭찬해 주지."

손에 광채를 든 원시천존이 이채를 띠며 뒤를 바라보았다.

대전의 천장에서부터 벽면으로 이어진 검상은 자신의 머리 위에서 끝나 있었다.

“하지만 고작 이 정도라면 도강을 펼친 것과 다를 바가 없
질 않나?”

원시천존은 고개를 절레절레 저었다.

“아직 천무진경을 완전히 깨닫지 못한 게로군?”

재미있다는 듯 의현을 바라본 원시천존이 붉은색 광채를
허공으로 훑어버렸다.

그리고 천천히 의현 쪽을 향해 걸어왔다.

“사실 말이야, 천무진경의 극에 달하면 공간을 격하는 것
이 아니라 그 자체를 지배할 수 있게 된다네. 이런 식이지.”

원시천존은 손가락으로 의현을 가리켰다.

별것도 없는 간단한 손놀림이었는데도 의현은 눈을 부릅
떴다. 아무런 힘도, 내공도 느껴지지 않았지만 전신에 소름이
오소소 돋았다.

이대로 있다가는 죽는다.

어떻게 죽는지도 모른 채 목숨을 잃게 되리라.

거의 본능처럼 의현이 월영신을 펼쳤다. 의현의 신형이 사
라지자마자 놀라운 일이 일어났다.

인간의 시야로 확인할 수 없는 쾌속의 공간 내에서 의현은
자신이 있던 자리를 돌아보았다.

자신이 있던 자리엔 새카만 어둠이 대신 자리해 있었다. 그
어둠이 닿는 곳은 마치 가루처럼 분해되고 있었다.

어둠은 점점 커졌다.

"허허허, 도망치려는가?"

어둠이 닿기도 전에 대전이 우우웅, 소리를 내며 떨렸다. 단단한 청석으로 지어진 대전의 바닥이 산산조각나서 공중으로 떠올랐다.

그리고 어둠 속으로 빨려 들어갔다.

월영신을 펼친 의현 역시도 마찬가지였다.

"크, 크으윽!"

의현은 저도 모르게 신음을 터뜨렸다. 어둠이 닿기도 전에 바닥은 가루로 분해되고 있었다. 어둠은 이제 대전의 한쪽 벽을 잠식해 가고 있었다.

'공간을 지배한다……?'

의현은 어둠을 바라보며 미간을 좁혔다. 그의 신형은 여전히 어둠 속으로 빨려 들어가고 있었다.

본래 내공은 의념이다. 뜻을 모아 천지간의 기운을 모을 수 있다는 것은 곧 뜻을 모아 천지와 감응할 수 있다는 것이나 다름없다.

원시천존이 하고 있는 것이 바로 그것이었다.

'뜻을 모은다…….'

의현은 눈을 질끈 감았다. 본래 불가능이란 없다. 불가능을 만드는 것은 인간일 뿐이다. 심지어 자연의 순리를 바꾸는 것마저 인간은 할 수 있다.

그렇다면, 자신도 할 수 있으리라.

의현은 마음을 모았다. 흔들림없는 명경지수와 같은 상태
로 마음을 모으고 천지간의 기운과 교류한다.

의현은 천지간의 기운이 자신의 주위에 가득한 것을 느꼈
다.

'바로 이곳에 내가 있구나.'

하늘이 의현의 뜻에 감응했다. 시간과 무관하게 분해되어
먼지가 되어가던 대전이 서서히 진정되기 시작했다.

빠르게 퍼져 나가던 어둠이 한발 멈추자 원시천존이 눈썹
을 꿈틀했다.

"허어?"

원시천존이 기음을 내뱉으며 허공을 바라보았다. 월영신
속에 있는 의현의 얼굴을 확인한 원시천존은 눈을 부릅떴다.

의현은 이를 악물고 무언가에 집중하고 있었다. 어둠이 멈
춰가는 이유가 의현에게 있다는 것을 깨닫자 원시천존은 경
악했다.

'깨달아가고 있는가? 지금?'

그럴 리가 없다.

천무진경의 깊이는 측량할 수 없을 정도로 깊다. 깨달음은
부지불식간에 찾아온다는 것을 알지만, 천무진경만은 달랐
다.

어찌 인간이 하늘의 무학을 바로 깨달을 수 있겠는가!

그 역시도 공간을 지배하기까지 기나긴 시간이 필요했다.

원시천존은 다시 의념을 집중했다.

뜻이 모이자 어둠이 더더욱 빠르게 성장하기 시작했다. 점점 커져 가던 어둠은 어느새 의현의 앞까지 다가와 있었다.

의현의 도에 달린 수실이 어둠에 흩어져 가루가 되었다.

'끝인가.'

원시천존은 웃음을 지으며 고개를 돌렸다. 의현의 기도는 눈에 띄게 약해져 가고 있었다.

하지만 그것은 끝이 아니었다.

"음?"

몸을 돌렸던 원시천존이 의현의 기도가 사라진 것이 아니라 허허로워졌음을 깨닫고는 인상을 찌푸렸다.

다시 의현을 바라본 원시천존은 그가 웃고 있음을 발견했다.

의현은 어둠이 자신에게 가까이 오고 있는데도 불구하고 편안함을 느꼈다.

하늘의 뜻에 반하는 것은 하늘의 뜻에 순응하는 것을 이기지 못한다.

원시천존이 지금 행하고 있는 것은 역리였다. 시간에 따라 천천히 쇠해야 할 것들이 지나치게 쇠하고 분해되고 있었다.

그렇다면, 순리로 그에 대응하면 될 일이다.

마침내 의현의 육신과 어둠이 만났다. 하지만 의현의 몸은 분해되지 않았다.

도리어 어둠이 의현의 몸속으로 사라져 갔다. 마치 의현이 그것을 흡수하는 듯 보였다.

원시천존의 눈이 차갑게 가라앉았다. 그는 의현의 몸속으로 어둠이 파고드는 것을 바라보다가 너털웃음을 터뜨렸다.

"허허허, 역시 파천제로다!"

하긴 이렇게 쉽게 끝날 정도였다면 파천제라는 이름을 달 자격이 없을 것이다.

공간을 지배한 것은 놀라우나 그것은 자신 역시 가능한 것, 원시천존은 다시 손바닥을 펼쳐 붉은색 광채를 불러들였다.

"하지만 내게 시간이 없으니 길게 끌 수는 없느니."

원시천존의 몸이 공중으로 둥실 떠올랐다. 허공을 걷는 듯한 모양새였다.

월영신을 펼치지 않아 느릿하거늘, 월영신을 펼친 의현은 원시천존을 벗어날 수 없었다.

"역리에 순리로 응하였으니, 조화를 아는구나. 하면, 내가 순리로 대응하면 어쩔 참이냐?"

삶만큼이나 죽음 역시 순리다. 죽음을 억지로 불러오는 것은 인위고, 역리일지 모르나 자연스러운 죽음을 맞는 것은 무위고 순리다.

"역리로 벗어나려 할 테냐?"

죽음의 기운이 물씬 풍겨왔다. 의현은 원시천존에게 끌려가며 전신의 기운이 사라지는 것을 느꼈다.

원시천존이 말을 이어나갔다.

"천하에 나밖에 없느니라. 내가 이곳에 서서 자연의 조화를 내 뜻대로 하는데 네가 어찌 반항하느냐? 내게는 천하나 너나 다를 바가 없다. 천하를 움직였듯, 내 너를 움직이리라. 이만 죽어라, 그것이 순리니라."

원시천존에게 타인의 뜻은 아무런 소용이 없었다. 그에게는 길거리의 돌멩이나 인간이나 다를 바가 없었다. 길을 방해하는 돌멩이를 치우듯 인간의 목숨도 지워 버릴 수가 있다.

하늘 위에도 하늘 아래에도 오직 그만이 존재하고 있는 것이다[天上天下 唯我獨尊].

"거절… 한다……!"

의현이 죽음의 기운을 떨쳐 내려 애쓰며 말했다. 죽음의 기운은 너무도 자연스러웠다. 모든 것을 포기하고 싶었고, 더 이상 움직이지 않아도 될 것 같았다.

원시천존은 의현의 의지 자체를 상쇄하고 있는 것이다.

"천하에 너만이 있는 것이 아니다……."

의현은 눈을 지그시 감았다.

천하에 어찌 한 명만이 존재하겠는가! 한 명 한 명이 세상의 주체가 될 수 있겠지만, 그것은 사실 세상의 주체가 아니라 스스로의 주체가 될 뿐이다.

세상은 수많은 사람이 어우러져 살아가고, 그들은 서로 원인과 결과를 나누어 운명을 만들어낸다.

하늘의 뜻은 바로 사람이 만드는 것이다.

"그러니 너와 내가 다르지 않아……."

의현이 힘겹게 중얼거렸다.

나와 타인은 구분될 수 없다. 나와 천하 역시 구분될 수 없다. 모든 것은 다르지만 사실 모든 것은 하나나 다름없다.

모두가 깊고 깊은 혼원에서 나왔고, 모두가 그곳으로 돌아간다. 그것이 천하였다.

원시천존에게 끌려가던 의현의 육신이 천천히 땅으로 내려왔다.

월영신에서조차 벗어난 의현은 대전의 바닥에 발을 딛었다.

그의 머릿속이 복잡해졌다.

나와 네가 다르지 않다면 구분할 필요가 무엇이란 말인가! 아니, 나라는 것을 구성하는 것은 무엇인가!

"흔들리는구나, 파천제!"

원시천존이 광채를 들어 의현의 머리를 후려쳐 왔다.

의현은 상념에서 빠져나와 원시천존을 보고는, 발을 튕겨 공중으로 솟아올랐다.

하지만 월영신에 들지는 않고, 다시 바닥으로 착지했다.

원시천존의 공격을 피하자 다시 상념이 떠올랐다.

'왜 나는 나를 잊은 거지?

온 천하와 하나되는 순간, 그는 그 스스로서의 주체성을 잃어버렸다. 자아를 잃어버린 것이다.

왜 그러했던 것일까. 천하가 되기 위해?

"어째서⋯⋯."

의현은 눈을 질끈 감았다.

천무진경을 처음 보았을 때가 떠올랐다. 그때는 그 말뜻조차 이해하지 못했었다. 가족을 모두 잃고 천무진경 하나만 달랑 건진 그때에는 분명히 아무것도 몰랐었다.

하지만 훗날 무공의 세계에 발을 들이면서 서서히 무언가를 깨달아갔다.

그것은 무경이라기보다는 도가의 경전 같았다.

비우고 비우라느니, 혹은 모든 것은 없음으로 인해 생긴다든지 하는 뜬구름 잡는 이야기는 후일 그의 무공을 지탱하는 기반이 되었다.

그곳에서 뭐라고 했던가?

모든 것은 없다[虛無].
그러나 없음으로 있다[有生於無].

그래서 기억을 잃었다. 한도, 무공도, 복수조차 잃어버렸다. 그렇게 모든 것이 사라지자 새로운 것이 생겨났다. 없음에서 있음이 생겨난 것이다.

기억이 돌아왔고, 무공이 돌아왔고, 그 이상의 것들이 생졌다.

　'도는 없는가?'

　의현이 도를 바라보며 스스로에게 질문했다. 하지만 눈앞에 도는 실재하고 있었다.

　'없음에서 생겨났으나 이 자리에 있구나.'

　의현은 이번에는 손바닥을 펴보았다. 손바닥 위에 노란색 광채가 날아들었다. 의현은 그것을 무심히 바라보았다.

　'이것 역시, 본래는 없었으나 그곳에서 생겨났지.'

　광채가 선연히 빛을 발했다. 그때, 의현의 마음에 무언가 잡히는 것이 있었다.

　세상 만물은 그곳으로 돌아간다. 그리고 그곳에서 나온다. 그곳은 음양이 하나가 되고 질서와 무질서가 하나가 된 곳이었다. 규율이 있는 듯하나 사실 모든 것은 혼란스럽기 짝이 없고 혼란스러운 듯하나 균형은 제대로 맞춰져 있다.

　모든 불완전한 곳은 그곳으로 향한다.

　의현은 도를 한 손에 쥔 채로 광채를 바라보고만 있었다.

　광채가 천천히 커지기 시작했다.

　"무얼 하느냐, 파천제."

　의현을 바라보고 있던 원시천존이 미간을 찌푸리며 속삭였다. 상대가 단번에 자신의 수준까지 쫓아왔다. 광채의 밀도는 점점 높아지고 단단해졌다. 그리고 그 크기조차 커졌다.

　"그만두어라!"

마음에 한줄기 불안함이 깃든 원시천존이 몸을 던졌다. 그리고는 붉은색 광채를 의현의 천령개로 던졌다.

의현은 무심히 고개를 돌렸다.

그의 도가 천천히 위로 올라갔다. 손바닥 위에 있던 광채가 도를 감싸고 맴돌다가, 이내 도 속으로 빨려들 듯 흡수되었다.

붉은색 광채도 의현의 도를 피할 수 없었다.

"이놈!"

원시천존이 대경하여 직접 손을 휘둘렀다. 붉은색 광채가 의현의 도로 흡수되어 가는 과정 속에서 원시천존의 장이 의현의 단전으로 향했다.

의현은 멍하니 도를 바라보고 있느라 원시천존의 장도 피할 수 없었다.

"으음……!"

의현이 뒤로 두어 걸음 물러났다. 도를 든 채였다.

원시천존은 두 눈을 크게 뜨고는 그의 천령개를 후려쳤다.

풀썩―

의현의 무릎이 꺾였다. 그의 머리에서 피가 배어 나오기 시작했다. 머리가 깨진 것도 아니건만 그곳의 모공에서 피가 흘러나오고 있었다.

의현은 결국 도를 바라보던 시선을 떼었다. 얻을 수 있었던 깨달음이 다시 깨져 버리고 말았다.

"크, 크윽……!"

생사의 한가운데서 멍하니 서 있었으니 적이 어찌 그를 내버려 둘까! 의현은 머리가 흔들리는 충격을 느끼며 원시천존을 노려보았다.

"천하를 위한 나의 대계에 그대의 자리는 없다! 이제 그만 죽어라!"

원시천존이 빠르게 달려들어 의현의 단전을 후려쳐 갔다. 붉은색 광채도 노란색 광채를 피해 의현의 가슴팍을 향해 달려들었다.

의현은 도로써 원시천존의 장을 막아내며 노란빛 광채를 불러들였다.

"평생 그대는 잃어오기만 했지! 바로 내게 말이야!"

붉은색 광채를 막아내자 원시천존이 눈에 핏발을 세우며 다급히 외쳤다. 의현은 그 소리를 한 귀로 듣고 한 귀로 흘리며 원시천존의 목을 도로 베어갔다.

원시천존은 손으로 의현의 도를 잡아버렸다.

"죽어갔던 자들의 얼굴을 기억하고 있나?"

의현의 노란빛 광채가 원시천존에게로 뿜어져 나갔다. 원시천존은 붉은빛 광채를 움직여 노란빛 광채를 막아갔다.

"그대의 아들을 죽일 때가 기억나는군."

의현은 도를 거두었다. 노란빛 광채도 흔들리기 시작했다.

무엇보다 의현의 얼굴이 구겨지고 있었다.

"더 떠들지… 마라……."

"하하하하!"

원시천존이 광소를 터뜨리며 손바닥을 펼쳐 그의 목을 잡아왔다. 의현이 흔들리자 그는 거의 희열을 느끼고 있었다. 그를 흔들어놓는 것이 바로 그의 의도였던 것이다.

의현은 두 눈을 부릅떴다. 도를 들어 올려 막아내고 싶지만 마음이 흔들리자 도조차 흔들렸다.

"큭!"

원시천존이 의현의 목을 움켜쥐고는 그의 눈을 똑바로 들여다보았다.

"계집애처럼 엉엉 울었지. 살려달라고 말이야."

"닥쳐!"

의현이 발을 들어 원시천존의 단전을 거세게 걷어찼다. 하지만 원시천존은 걷어차이기 직전에 뒤로 훌쩍 뛰어 물러나 버렸다.

"하지만 그대를 발견하자 달라지더군!"

원시천존이 바닥을 한번 슬쩍 디디고는 다시 앞으로 쏘아져 나왔다.

"닥치라고 했다!"

의현의 얼굴이 처참하게 구겨졌다. 하지만 원시천존이 달려와 그의 가슴을 후려치자 더 이상 생각할 겨를이 없었다.

"쿨럭!"

의현이 피를 토하며 뒤로 날아갔다. 원시천존은 붉은빛 광채를 불러들였다.

노란빛 광채는 의현의 마음이 흔들리자 아예 제자리에서 바르르 떨고만 있었다.

"끝까지 네 걱정을 했었어. 울면서 말이야!"

원시천존이 다시 달려들어 의현의 목을 쥐어갔다. 의현은 이번엔 변변한 반항도 못한 채 원시천존의 손에 목을 잡히고 말았다.

원시천존이 또다시 의현의 눈을 노려보았다.

한 손은 목을 잡은 채로, 한 손은 그의 단전 앞에서 손바닥을 펼쳐 든 채로.

"이제 아들을 만나러 가는 게 어떤가?"

손바닥 위에 머물렀던 붉은빛 광채가 의현의 단전으로 서서히 빨려 들어가기 시작했다.

의현의 몸이 부르르 경련했다.

하지만 그의 눈은 몸의 이상은 짐작하지 못한 채 끊임없이 원시천존에게 묻고 있었다.

"아들의 얼굴을 기억하고 있겠지. 아들의 목소리와 아들의 눈동자가 기억날 게다. 이제 그 아이를 만나러 가거라. 끝까지 네 걱정을 하며 자기는 걱정하지 말라던 그 아이를 말이다. 그럼 이제……."

원시천존이 광기 어린 얼굴을 한 채 손에 힘을 주었다. 광채는 의현의 단전으로 스르르 빨려 들어가 어느새 완전히 사라졌다.

"죽어라."

원시천존이 말을 맺음과 동시에 붉은색 광채를 완전히 의현의 단전에 밀어 넣었다.

의현의 눈이 스르르 감겼다. 그의 호흡도, 심장도, 맥박도 멈춘 상태였다.

원시천존은 싸늘히 웃으며 그를 내팽개쳤다.

"흥!"

털썩.

의현이 뒤로 쓰러졌다. 원시천존은 차가운 얼굴로 그를 바라보고는 몸을 휙 돌렸다. 고개를 돌려 광채를 바라보니 노란빛 광채도 사라져 있다.

원시천존은 고요히 미소를 지었다.

대전 안이 차가운 침묵 속에 잠겼다.

의현은 꿈을 꾼다고 생각했다.

행복한 꿈.

그곳은 푸른 들판이었다. 의현은 그곳을 언제 보았는지 알 수 있었다. 그가 어렸을 적에 자주 가서 뛰어놀던 들판이었다.

그곳에 두 아이가 뛰어놀고 있었다.

까르르, 웃는 아이들은 신이 나서는 서로 엎치락뒤치락 씨름하고 있었다.

그러다가 뭐가 그렇게 재미있는지, 벌떡 자리에서 일어나서 서로 마구 달리기 시작했다.

의현의 얼굴에서 냉기가 사라졌다. 그 자리를 대신한 것은 부드러운 온기와 웃음이었다.

"하하하."

두 아이는 의현의 조그마한 웃음소리를 듣고는 의현이 있는 곳을 돌아보았다.

하지만 의현은 아이들의 얼굴을 보고는 얼굴을 굳혔다. 그 얼굴 속에 온기 대신 슬픔이 감돌았다.

한 명은 자신의 아들이었다.

"신우야……."

몇 번 쓰다듬어 보지도 못했던 아이가 달려와 의현의 손을 덥석 잡았다. 그리고는 잠시 손을 잡아당기며 매달리더니, 이내 손을 놓고 의현을 중심으로 뱅글뱅글 돌기 시작했다.

또 다른 아이가 달려와 의현의 얼굴을 바라보았다.

그 아이는 자신의 제자였다.

"네가 어찌……."

의현이 허탈하게 중얼거렸다.

아이들은 의현을 중심으로 뱅글뱅글 돌다가, 이내 걸음을 멈추고는 의현의 얼굴을 바라보았다. 의현은 저도 모르게 무

롤을 꿇고 아이들과 눈높이를 맞추었다. 아이들은 미소를 짓
고 있었다.

"너, 너희들이… 어찌……."

아들 신우가 천천히 손을 뻗어 의현의 얼굴을 어루만졌다.
고사리 같은 손이 얼굴을 매만지자 의현이 흠칫 놀랐다. 뒤이
어 의현의 제자 역시 자그마한 손을 그의 얼굴로 가져갔다.

"……."

의현은 입을 다물었다.

아이들은 서글프게 웃고 있었다. 마치, 이것이 꿈이라는 것
을 알리려는 듯이. 이렇게 다시 만나서 너무나 좋지만, 영원
히 이대로 있을 수는 없다는 듯이.

의현은 아이들의 얼굴을 보며 미간을 좁혔다.

아이들이 문득 의현의 뒤를 가리켰다.

"으음……."

의현은 천천히 고개를 돌렸다. 등 뒤에는 짙은 암흑이 자리
해 있었다. 그곳을 바라보자 의현은 모든 것이 열리는 듯한
기분을 느꼈다.

인간이 자연을 품고, 만물을 품는다. 무학이 그것을 가능하
게 한다. 음양이 하나되고 규칙과 무질서가 산재한 그곳까지
도 무학은 바라보게 해주었다.

하지만 그 무학은 누구의 것인가. 세상을 이루는 것은 자연
이고 만물이지만, 그 세상을 바라보는 눈은 누구의 것인가.

나란 인간을 구성하는 것은 무엇인가.

"아……!"

의현은 알 수 있었다. 인간은 하루아침에 만들어지지 않는다. 겹겹이 쌓인 지층처럼 수많은 무엇인가가 얽히고설킨 끝에 쌓여 만들어진다. 그것은 자연보다도, 만물보다도 위대한 것일지도 모른다.

의현은 짙은 암흑을 바라보며 한 가지 깨달음을 얻었다.

'내 안에 천하가 있었구나.'

이제 보니 암흑은 암흑이 아니었다. 그 속에는 빛도 있었다.

빛을 느끼자 암흑은 그 무엇보다도 환한 빛이 되었다.

톡톡, 하고 등 뒤에서 누군가가 의현을 건드렸다. 의현이 고개를 돌려보니 뒤에서 두 아이가 서로 손을 모아 자그마한 광채를 들어 올렸다.

의현은 무심코 그것을 어루만졌다.

아이들은 여전히 서글픈 미소를 짓고 있었다.

'다녀… 오마…….'

의현은 자신이 무슨 생각을 하는지도 모른 채 그렇게 생각했다.

아이들의 서글픈 미소와 함께, 꿈이 깨어졌다.

원시천존은 황제에게로 곧바로 걸어가고 있었다. 황제는

여전히 이지를 잃은 채 고개를 숙여 바닥만을 바라보고 있었
다.

"이제 그대의 목숨도 끝날 때가 왔다."

원시천존이 뚜벅뚜벅 걸어가 황제 앞에 섰다. 그리고 이지
를 잃은 그의 눈을 무심한 눈으로 바라보았다.

"명은 백성들을 다스리는 데에 실패했지. 이제는 새로운
국가가 나서 그들을 다스릴 것이다. 하늘의 법으로 움직이는
국가가."

황제의 보좌 아래에 황궁을 폭발시킬 기관이 설치되어 있
다. 원시천존은 손바닥을 펼쳐 붉은색 광채를 불러들였다.

곧 광채가 날아와 원시천존의 손바닥 위를 맴돌았다.

"이제 끝이다."

원시천존은 손을 높이 들어 올렸다.

그때였다. 원시천존의 뒤에서 의현의 목소리가 들려왔다.

"닥쳐."

"뭣……?"

대경한 원시천존이 고개를 돌렸다. 뒤에서는 의현이 무심
히 서서 도를 들어 올리고 있었다.

"어, 어찌……?"

원시천존의 눈이 커다랗게 커졌다. 의현은 싸늘하게 웃으
며 눈을 감았다.

그와 동시에 원시천존의 붉은색 광채가 사라졌다.

“크, 크윽……!”

영체가 사라지면 시전자에게 엄청난 부담을 준다. 원시천존은 저도 모르게 가슴팍을 어루만졌다.

그사이, 의현의 신형이 안개처럼 스르르 사라졌다.

다시 나타난 곳은 바로 원시천존의 앞이었다.

“이, 이놈……!”

“공간을 지배한다고 했나?”

의현이 싸늘하게 웃으며 말을 이어나갔다.

“틀렸어. 공간 자체가 나였어.”

의현의 주먹이 원시천존의 머리로 날아왔다. 원시천존은 이를 악물며 그것을 피해낸 다음, 광채를 불러내어 의현에게 던졌다.

조금 전에 원시천존의 영체를 지워 버렸던 의현은 이번에는 그것을 튕겨냈다.

콰아앙—!

광채가 대전의 벽에 부딪치자 폭음과 함께 벽이 터져 올랐다.

“그러니, 너는 이제…….”

의현이 원시천존의 멱살을 움켜쥐었다. 의현이 자신의 광채를 피해내자 원시천존은 두 눈을 부릅뜨며 의협을 바라보았다.

의현은 싸늘하게 웃고 있었다.

“대.”

원시천존이 무어라 말할 새도 없었다. 의현의 주먹이 원시천존의 볼을 후려쳤다.

원시천존이 멀찍이 뒤로 튕겨났다.

“크, 크헉?”

믿을 수 없다는 듯한 원시천존은 바닥을 몇 바퀴 데구루루 구르자마자 벌떡 자리에서 일어났다. 그리고 붉은색 광채를 불러내려 했다.

하지만 이미 의현이 그의 앞에 와 있었다.

“컥!”

이번엔 의현이 원시천존을 발로 후려쳤다. 원시천존은 그가 깨달은 무공으로 피해내고 싶었으나 의현의 발은 느렸는데도 그를 피하지 못하게끔 옭아매고 있었다.

붉은색 광채를 불러내려 했지만 영체는 아예 소멸했는지 존재 자체가 느껴지지 않았다.

“어, 어째서?!”

영체가 불러지지 않자 원시천존이 비명처럼 고함을 질렀다. 그는 다시 한 번 내공을 모아보았으나 영체는 다시 나타나지 않았다.

원시천존은 이를 악물고 의현을 바라보았다. 그리고 그가 가진 천무진경의 깨달음을 펼쳐 월영신에 들려 했다.

하지만 의현의 앞에 서자 월영신이 펼쳐지지 않는다.

"그대가……! 그대가……!"

마치 의현 자체가 이 공간의 지배자가 된 듯한 모습이었다. 그 공간 내에서 원시천존은 반항할 수 없었다.

마지막으로 의현은 주먹으로 원시천존의 배를 강하게 가격했다.

"큭, 쿨… 쿨럭!"

원시천존은 몸을 앞으로 굽힌 채 뒤로 튕겨져 나갔다.

원시천존은 공중에서 방향을 바꾸었다. 그리고는 황제 쪽으로 달려가기 위해 전신의 내공을 끌어 모았다.

황궁을 폭발시키고 도주하려 하는 것이다. 황궁만 폭발한다면 원시천존은 자신의 뜻을 이룬 것, 파천제와는 후일을 도모해도 상관이 없었다.

하지만 황제의 보좌에 다가가기 직전, 의현이 나타났다.

"커흑!"

의현의 주먹이 원시천존의 어깨를 후려쳤다. 원시천존은 자신이 끌어올렸던 호신강기가 완벽하게 사라지는 것을 느꼈다. 그와 동시에 어깨가 박살났다.

의현은 즐겁다는 듯 웃으며 원시천존의 단전을 후려쳤다.

원시천존의 허리가 앞으로 굽혀졌다.

"끄, 끄으윽……."

의현은 허리를 굽힌 원시천존의 멱살을 쥐어 잡아 그의 얼굴을 앞으로 잡아당겼다.

원시천존의 고개가 속절없이 의현의 앞으로 다가왔다.

의현은 그의 눈을 바라보며 싸늘하게 웃었다.

"내 아들이 어떻게 죽었는지 기억한다."

원시천존의 눈이 부릅떠졌다. 의현은 원시천존이 무어라 말하기 전에 그에게 속삭였다.

"이제 네 차례야."

"너는……!"

원시천존이 마지막으로 무언가를 외치려 할 무렵이었다. 의현의 손에서 노란빛 광채가 생성되었다.

"어떻게……!"

원시천존이 고함을 지르려 입을 열자 의현이 노란빛 광채를 원시천존의 입에 쑤셔 넣었다. 그리고는 원시천존을 놓아 버렸다.

원시천존은 양팔을 부르르 떨며 목으로 손을 가져갔다. 그의 눈은 부릅떠져 있었고 입은 여전히 벌려진 채였다.

잠시 그 상태로 부들거리던 원시천존이 천천히 바닥으로 쓰러졌다.

털썩, 무릎을 꿇은 원시천존은 머지않아 바닥에 몸을 뉘었다.

"됐군."

의현은 싸늘한 눈으로 그런 원시천존을 내려다보았다. 잠시 영체에 저항해 숨을 내쉬려 하던 원시천존은 이내 호흡을 멈추고는 싸늘히 식어갔다. 바닥에 누운 원시천존의 시체가 바르르 떨려왔다.

온 강호를 뒤덮은 음모를 꾸며 종국에는 온 천하를 뒤엎으려 했던 원시천존의 죽음은 허탈하리만치 간단했다.

잠시 원시천존의 시체를 바라보던 의현은 천천히 고개를 돌려 일행이 있던 쪽을 바라보았다.

이전에는 기감을 높여 일행의 기척을 잡아냈었지만, 이제는 굳이 그렇게 하지 않아도 모든 것이 느껴진다.

일행은 모두 무사했다. 심하게 기운을 손상당해 있었지만 죽지는 않았다.

의현은 안도의 한숨을 내쉬었다.

"하아—"

원시천존과 싸우면서도 내심 일행의 안위를 걱정했던 의현이었다. 의현은 잠시 일행의 기파를 느껴보다가, 일행이 있는 곳으로 달려가는 수많은 무리들이 있다는 것을 느끼고는 인상을 찌푸렸다.

그리고는 이번에는 황제를 바라보았다.

이제 갓 스무 살이나 되었을까 싶은 젊은 황제의 몸은 망가질 대로 망가져 있었다.

문득 바라보니 그의 몸의 구성요소가 보였다. 의현은 미간을 찌푸리고 잠시 황제의 몸을 관찰했다.

과거, 도제를 치료할 때에 천지가 보인 적이 있다. 기운이 어떻게 교류하고 생의 기운과 사의 기운이 어떻게 나뉘는지 손에 잡힐 듯이 보았었다.

이번엔 그때보다 더했다.

의현은 천천히 황제에게로 걸어갔다.

황제는 이지를 잃고 침을 흘리고 있었다.

"흐음―"

될지, 안 될지는 모르겠다. 하지만 아마도 될 것 같다.

의현은 노란색 광채를 불러들였다. 그리고 이번엔 원시천존에게 사용했던 것과는 반대의 뜻을 담아 황제의 몸에 밀어넣었다.

노란색 광채가 몸 안으로 스르르 스며들자 황제의 몸이 부르르 떨렸다.

"되는군."

황제의 뇌는 멀쩡했다. 이지를 잃은 것은 결코 그의 뜻이 아니라 약과 섭혼술에 의한 것이라는 뜻이다. 아마 그는 움직이지 못하는 상황 속에서 자신이 무엇을 하고 있는지 똑똑히 알고 있었으리라.

노란색 광채가 그의 신경을 굳게 만든 독들을 밀어냈다. 그리고 그의 뇌의 일부분을 차지한 사이한 기운을 천천히 몰아냈다.

황제의 눈이 서서히 초점을 찾기 시작했다.

마침내 노란색 광채가 다시 의현의 손으로 넘어왔다.

황제의 눈이 스르르 감겼다. 그러더니 잠시 고개를 숙이고
마치 자는 듯이 숨을 쌕쌕거리기 시작했다.

의현은 영체를 다시 의념의 세계로 보낸 후, 황제의 뒷덜미
를 살짝 후려쳤다.

"크, 크윽!"

잠든 듯 고개를 푹 떨구었던 황제가 고개를 들었다. 그리고
는 어리둥절한 눈으로 의현과 자신의 주변을 돌아보았다.

그리고 멍한 표정으로 질문했다.

"그, 그대는……?"

"난 의현이다."

의현이 당당하게 서서 대답했다. 황제는 감히 자신에게 오
체투지하지도 않고 경어를 쓰지도 않는 의현의 모습에 인상
을 찌푸렸다가, 잠시 뒤에는 그의 뒤편에 쓰러져 있는 원시천
존을 발견하고는 화들짝 놀랐다.

"헛! 저자는!"

황제가 벌떡 자리에서 일어났다. 그리고는 원시천존과 의
현을 번갈아 바라보며 손을 부들부들 떨었다.

"어, 어찌……! 꾸, 꿈이라 생각했거늘……! 그대는 지금 당
장 대답하라! 지, 짐이……! 짐이 정말 한낱 허수아비가 되어
있던 것인가?"

"응."

의현이 무심히 대답하자 이지를 잃은 중간에서도 상황을

정확히 파악했던 황제가 침을 꿀꺽 삼켰다.

그리고는 허탈한 듯 보좌에 털썩 앉았다.

"허허… 설마… 설마 그렇지 않으리라 여겼거늘……."

하지만 황제는 보좌에 앉자마자 마치 가시방석에 앉아서 엉덩이가 따가운 사람처럼 벌떡 자리에서 일어났다.

"으헉! 그러면 이곳을 잘못 건드리면 황궁이 폭발한단 소리던가?"

"응."

의현은 여전히 무심히 대답하고 있었다. 황제는 놀란 눈으로 보좌와 의현을 번갈아 바라보았다.

그리고 이내 자신의 행동이 추태에 가깝다는 것을 깨닫고는 헛기침을 험, 험 내뱉었다.

"험, 험… 그렇다면 그대가 짐을, 이 나라를 구한 것이로구나. 그대의… 그 놀라운 무공으로……."

그동안 보고 들은 것이 꿈이 아니라 현실이라면, 이자의 무공은 얼마나 무서운 것인가! 이쯤 되면 인간이 아니라 괴물이라고 불러야 하지 않을까 싶다.

"응."

세 번째로 같은 대답이 이어지자 황제의 얼굴이 구겨졌다. 감히 황제의 권위에 도전하는 것처럼도 들렸다. 하지만 무위가 너무 대단하니 무어라 말할 수가 없다.

황제가 우물쭈물하고 있을 때 의현이 입을 열었다.

"부탁이 있다."

"…무, 무엇이냐?"

일침을 놓으려던 황제의 말은 속으로 쑥 들어가고 말았다. 의현의 무위를 생각하니 화를 내려다가도 화가 사라진다.

"저자들을 막아줘."

의현이 턱짓으로 대전 바깥을 가리켰다. 바깥에서는 황궁의 금의위와 동창, 시위들이 우르르 뭉쳐서 어딘가로 달려가는 소리가 들려왔다.

"무엇으로부터 막아달라는 소리더냐?"

황제는 음, 음 하고 고개를 두어 번 끄덕인 다음, 의현을 바라보며 물었다.

의현은 무심한 얼굴로 대꾸했다.

"황궁의 폭발을 막으려 했던 내 일행이 위험하다. 도와줘."

"허, 허어…그렇다면 막아야지. 서둘러 내 금의위사들을 불러모으라 명을……."

황궁을 불태우려 했던 반역자들의 시도를 막아내려 했다는 자들의 위험하다는 소리를 듣자 황제가 고개를 두어 번 끄덕이며 말했다.

하지만 말을 채 끝내기도 전에 의현이 황제를 덥석 쥐었다.

"그럼 간다."

"뭣?"

황제의 눈이 부릅떠졌다. 곧 황제는 평생 가도 겪어보지 못할 참신한 경험을 하게 되었다. 그 경험은 익숙해지기 전에는 쉽게 견디지 못할 끔찍한 것이었으며, 그래서 황제는 비명을 질렀다.

비명은 황제나 평민이나 똑같았다.

"으하으허아하하하하아악!"

도제는 만신창이가 된 채로 누워 있었다. 내공을 끌어 모아 운기조식하여 내상을 수습해야 하지만, 그마저도 귀찮았다.

이대로 죽음을 맞게 될지도 모르지만 마음만큼은 편안했다.

'일각은… 지났겠지……?'

그런데 황궁은 안전했다. 그 말은 의현이 일을 제대로 해주었다는 것이다.

아마 원시천존을 막고 황궁의 폭발을 저지한 것일 것이다.

도제는 어두운 밤하늘을 바라보며 눈을 감았다.

비로소 모든 일이 끝났다는 기분이 들었다.

"조, 좀 살살… 걸어주시면 안 되나요?"

"지금 살살 가고 있잖아."

누워 있는 도제의 귓가에 혜월의 목소리와 제갈현중의 목소리가 들려왔다.

"하지만 아픈데."

아프다는 녀석이 헤죽헤죽 웃고 있다. 도제는 고개만 살짝 비틀어 옆을 바라보았다.

혜월이 말 많은 놈, 제갈현중을 등에 업고 걸어오고 있었다. 부축하다 못해 아예 등에 업은 것이다. 제갈현중은 남자 체면도 없이 그 등이 제법 마음에 드는지 행복하게 웃고 있었다.

의현을 믿고 있기에 이토록 편안한 걸까, 아니면 일각이 지났다는 사실 때문일까. 혹은 본능적인 감각으로 위기가 지나갔다는 것을 알았기 때문일까.

제갈현중은 오래도록 혜월과 붙어 있고 싶어했다.

"도, 도제 어르신?"

등에 업혀 있던 제갈현중이 도제를 발견하고는 바둥거렸다. 혜월은 제갈현중을 바닥에 내려놓고는, 먼저 도제에게 달려갔다.

바닥에 누운 도제는 혜월의 얼굴을 바라보며 무심히 질문했다.

"그 중년인은……?"

"봉황비도에 목숨을 잃었습니다! 도제 어르신! 상처가!"

"호들갑 떨지 말게. 이보다 더한 상처도 겪어본 적 있으니."

거짓말이다. 내장이 흘러나온 적은 이번이 처음이었다. 한 손으로 내장을 막고는 있지만 언제 목숨을 잃을지 모른다.

제갈현중이 비틀거리며 다가와 도제의 앞에 무릎을 꿇고 앉았다.

"도, 도제 어르신… 이, 이게 무슨… 어쩌다가 이렇게 다치신 겁니까! 왼팔에는 제 주먹도 들어갈 만한 커다란 상처가 있고 옆구리는 뻥 뚫려서……! 이, 이럴 수가… 사, 상처가 너무 큽니다! 아악, 이건 내장이잖아! 아니, 이건 췌장인가? 아악! 십이지장이… 보이다니?"

제갈현중의 눈에 또다시 눈물이 고였다. 그리고 침통한 얼굴로 도제를 바라보며 눈물을 주르륵 흘렸다.

"아, 안 돼……. 도제 어르신… 도제 어르신… 어떻게 합니까. 어서 운기조식을, 아냐, 내장부터… 이 비장부터 집어넣어야……!"

제갈현중이 울먹거리며 도제의 상처를 대신 막아갔다.

하지만 도제는 하나도 반갑지 않았다. 분명히 제갈현중은 그간 쌓아온 우의 덕택에 몹시 슬퍼하고 있는 것이었지만, 쓸데없이 시끄럽고 너무 세세하다.

"이 빌어먹을 놈……."

이대로 있다가 언제 죽음을 맞게 될지는 모르겠지만, 그 이전에 저놈의 입을 한 대만 후려치고 싶다.

도제가 그렇게 생각할 때였다.

"이보게! 이보게들! 모두 무사한가? 오오, 다행이야! 모두… 엇, 도제!"

멀찍이서 이시진이 일행을 발견하고는 죽어라고 뛰어오기 시작했다. 그는 홀로 오고 있었다.

모두의 시선이 이시진에게로 향했다.

"고, 공미 스님은? 설마 돌아가신 겁니까?"

"뒤에 오고 있네! 얼른 비키게, 도제가 죽게 생겼잖은가!"

이시진은 재빨리 도제의 옆에 자리를 잡고 앉고는 그의 상처를 바라보며 혀를 찼다.

"도, 독한 술… 술이 필요해. 아니야, 일단은 그럴 시간이 없어."

이시진은 도제의 머리를 부여잡고 머리카락을 한 올 뽑아 들었다. 그러더니, 이번엔 침통을 꺼내어 바늘 하나를 꺼내 들었다. 그리고 거기에 머리카락을 묶어 도제의 옆구리를 꿰매어 나갔다.

도제의 몸이 짧게 움찔거렸다.

피를 너무 많이 흘린 도제는 지친 듯한 시선으로 이시진을 바라보았다.

"살겠소?"

마지막 순간에 와서도 단답형 질문을 하는 도제였다. 이시진이 고개를 저었다.

"예후가 좋진 않지만 죽지는 않을 게요. 이래 봬도 강호의 동도들이 나를 의제라고 부르지 않소. 내 무공도 익힐 수 있도록 해드릴 테니 그 입이나 다무시구려."

이시진이 진지한 얼굴로 도제의 옆구리를 꿰매며 말했다.
도제는 이시진을 믿기로 하고는 눈을 지그시 감았다.

도제가 살아난다는 말에 제갈현중과 혜월이 반색했다. 그들은 다행이라는 듯 서로를 쳐다보고는, 다시 도제에게로 시선을 돌렸다.

"오오, 모두 무사했구려! 아미타불, 불타여!"

뒤에서 공미의 목소리가 들려왔다. 도제와 도제를 꿰매는 이시진을 제외한 모두가 고개를 돌려 공미를 바라보았다.

제갈현중과 혜월이 나직하게 속삭였다.

"어엇… 사, 사부님?"

"숙부님!"

공미의 등에는 광불이 업혀 있었다. 그 옆으로는 현천자가 취선을 부축하고 걸어오고 있었고, 천뢰비도와 신지 제갈협고는 자신의 두 발로 터덜터덜 걸어오고 있었다.

"어떻게 된 일입니까!"

혜월이 질문을 던지자 제갈협고가 씁쓸하게 답했다.

"조국구라는 놈에게 당했네."

하지만 제갈협고의 얼굴은 평안해 보였다.

그는 폭발 시간을 알고 있었으며, 그 시간이 이미 지났다는 사실도 알고 있었다. 자신을 치료한 이시진에게서 파천제 의현이 왔다는 소식을 들은 제갈협고는 내심 마음을 놓아버렸다.

파천제라면 능히 이 일을 감당해 냈을 것이다.

뒤이어 아직 정신을 못 차린 취선과 광불을 업은 공미와 현천자가 도착해 업고 있던 두 사람을 조심스럽게 땅에 뉘였다.

독에 당했음에도 현천자의 얼굴은 비교적 멀쩡해 보였다.

"어떻게 된 것입니까?"

"황궁에 먼저 잠입했다가 팔선을 만났습니다. 대전까지 가는 도중에 그놈을 만나 합공했으나 실패했고, 우리는 제압되었지요. 취선과 광불께서 놀라운 무공으로 마지막까지 저항했으나 결국엔 패배하고 말았습니다."

그 조국구는 혜월의 손에 죽음을 맞았다. 비록 암행해 살수처럼 싸운 것이지만 말이다.

"그 후에는 마의라는 자에게 잡혀갔습니다. 그자는 악독한 자로 저희들을 가지고 독을 실험했지요. 가장 내상이 심한 두 분을 제외하고는 약선 어르신께서 치료하셨습니다만… 저 두 분은……."

현천자의 목소리는 침울했다. 무당에서부터 너무 많은 죽음을 보아왔다. 그리고 그의 정신적 지주였던 정도사절마저 마침내 저렇게 자리에 누웠다.

제갈현중이 그의 심사를 눈치 채고 위로의 말을 속삭일 때였다.

"괜찮으실 겁니다. 다름 아닌 정도사절이니까요. 너무 걱정 마……."

"저쪽이다! 저쪽에 황제 폐하를 시해하려는 무리가 있다!"

주변이 소란스러워지기 시작했다. 일행의 시선이 모두 좌측으로 향했다. 좌측에서 금의위와 동창무사들, 내전시위들이 쏟아져 나오고 있었다.

일행의 얼굴이 새파래졌다.

"이, 이런……!"

제갈현중이 몰려오는 동창위사들을 바라보며 탄식을 내뱉었다. 혜월의 얼굴 역시 새카맣게 죽어 있었다.

그녀는 제갈현중을 바라보며 조그맣게 속삭였다.

"어, 어떻게 해야 하지? 바, 방법을 찾아내, 제갈현중……!"

제갈현중이 고개를 도리도리 저으며 짜증 섞인 목소리로 외쳤다.

"여기서 무슨 방법을 찾습니까! 저 많은 수를 어떻게!"

"젠장……."

제갈현중이 역정을 내는 소리를 조용히 듣던 이시진이 욕설을 내뱉었다. 이시진은 식은땀을 흘리며 옆을 흘끗 바라보았다. 하지만 지금은 도제의 치료가 시급하니 어떻게 할 수도 없다.

"젠장, 엎친 데 덮치는구먼! 상황이 좀 정리되는가 싶었더니!"

욕설을 끊임없이 내뱉으며 이시진이 손에 속도를 더해갔다. 만약 일행이 이렇게 이동하게 된다면 도제의 사정이 더 나빠질 것은 당연지사. 그 이전에 최소한의 응급조치라도 취해두어야 한다.

도제는 무거운 표정으로 눈을 감고 누워 있을 뿐이었다.

"어떻게요? 여기서 어떻게? 저 많은 수를 뚫고 어떻게…… 아, 그렇지! 숙부님이 있었지! 이 일을 어찌하지요?"

제갈현중이 어떻게든 탈출하기 위해 머리를 굴렸다. 그렇게 혼잣말을 주워섬기다가 문득 이 자리에 지자가 한 명 더 있으며, 더 이상 홀로 방법을 생각해 내지 않아도 된다는 것을 깨달은 제갈현중이 다급히 제갈협고를 바라보았다.

제갈협고의 얼굴은 태평했다.

"투항한다."

"예?"

제갈현중의 얼굴이 당혹으로 물들어갔다. 취선과 광불을 돌보던 현천자와 공미의 얼굴도 비슷한 색으로 변해갔다.

"무량수불! 신지 어르신, 어찌 투항하자는 소리를 하십니까!"

"이대로 저들과 맞부딪칠 수도, 저들을 피해 도망을 칠 수도 없다. 도망쳐 봐야 붙잡힐 것이고 맞부딪치면 더욱 죄가 심해지겠지. 그러니 이대로 투항한 후, 진실이 밝혀지길 기다려야 할 것이다."

제갈협고가 짧게 설명했다. 일행이 모두 입을 다물었다. 제갈협고의 말이 맞다는 것은 삼척동자도 알 만한 사실이었다.

공미가 걱정스러운 얼굴로 만약의 경우를 질문했다.

"하, 하오나 만약 진실이 밝혀지지 않으면 어찌하실는지요?"

"그때는 탈옥해야지. 우리끼리 불가능할 것 같나?"

과연 국법의 지엄함을 대수롭지 않게 여긴다는 무림인다운 사고방식이었다. 그리고 그것은 지금 할 수 있는 최선의 선택이기도 했다.

"하아, 그렇구려. 나무아미타불⋯⋯."

공미가 맥이 탁 풀린 얼굴로 하늘을 쳐다보았다. 그렇게 하늘을 쳐다보니 공중을 날아오는 누군가가 보였다.

"어⋯ 어?"

그 사람은 의현이었다. 의현에게는 한 사람이 매달려 있었는데, 그 사람은 이 모든 골칫거리를 단방에 해결시켜 줄 수 있는 능력을 가진 사람이었다.

곧 쿵, 소리와 함께 의현이 바닥에 착지했다.

"으아악, 으아아악! 으아아⋯ 어?"

바닥에 착지했다는 사실도 모른 채 의현에게 안겨 비명을 질러대던 황제가 잠시 고개를 돌려 바닥을 바라보고는 의아한 표정을 지었다.

그리고 자신이 또다시 추태를 보였다는 것을 깨닫고는 얼른 황제다운 위엄을 되찾기 위해 헛기침을 내뱉었다.

"험… 허… 허험."

하지만 아직도 공중을 날던 공포심이 남아 있어 몸이 떨리는 것만은 참을 수 없었다.

황제는 오들오들 떨리는 몸을 애써 감추며 상처 입고 지친 의현의 일행을 바라보았다.

"그대들이 황궁의 폭발을 막기 위해 애쓴 짐의 충성스러운 백성들인가?"

"만세 만세 만만세! 소인들이 황상 폐하의 존체를 뵈옵니다!"

누워 있는 도제와 취선, 광불을 제외한 모두가 황제의 말을 듣자마자 자리에서 벌떡 일어나 오체투지했다.

다른 사람들은 대전에 있던 자와 달리 정상스러운 반응을 보이자 황제는 만족스러운 표정을 지었다.

"그대들의 노고를 짐이 익히 짐작하니, 그대들은 누워 더 휴식을 취하여도 좋다. 짐이 직접 허락한 일이니 거리낌을 가지지 말라."

앳된 나이임에도 한나라의 지존답게 위엄을 갖춘 황제가 그렇게 말하고는 험험거리며 등을 돌렸다.

난데없이 황제가 공중을 가로질러 나타나자 일행을 포위

하며 꾸역꾸역 몰려들던 동창무사, 금의위, 내전시위들이 화들짝 놀라며 자리에 부복했다.

"만세 만세 만만세! 황상 폐하의 존체를 뵈옵니다!"

모든 군웅들이 한 목소리로 외쳤다. 가장 앞에 있던 자들부터 자리에 앉으며 부복하자 곧 뒤에 있는 사람들까지 만세를 외치며 바닥에 엎드렸다.

황제는 위엄이 넘치는 목소리로 외쳤다.

"이자들은 결코 짐을 시해하려는 자들이 아니다! 오히려 시해하려는 자들에게서 짐을 구한 자들이니, 경들은 결코 이 자들을 건드려서는 아니 될 것이다!"

우렁차게 외친 황제가 고개를 돌려 이번에는 동창의 우두머리, 제독동창(提督東廠)을 바라보며 명을 내렸다.

"제독동창은 이곳에 있느냐!"

"소인이 황상의 명을 받잡사옵니다!"

수염이 없는 늙은 환관이 달려 나와 황제의 앞에 오체투지했다. 황제는 제독동창을 일러 무어라고 명을 내리기 시작했다.

그동안, 의현은 저벅저벅 일행에게로 걸어갔다.

모든 일행이 의현의 얼굴을 주시했다.

"무, 무사했구나, 의현아."

도제의 상처를 다 꿰맨 이시진이 지친 얼굴로 의현을 바라보며 말했다. 의현은 무심히 고개를 끄덕여 보인 다음, 바닥에 쓰러진 도제를 바라보았다.

"저 허약한 놈은 또 왜 저래?"

누워 있는 도제의 볼이 씰룩댔다. 그는 속을 긁는 의현의 목소리에 힘겹게 대답을 토해냈다.

"이 개자식이……."

의현은 대꾸없이 그를 물끄러미 바라보다가 고개를 돌렸다. 옆을 보니 말 많은 놈이 보였다. 반가운 듯 밝게 웃고 있는 말 많은 놈의 얼굴은 많이 상해 있었다.

"의현 소협! 원시천존을 죽인 건가요? 드디어 이 혈란이 끝난 건가요? 황궁의 일은 어떻게 된 거지요? 황상 폐하께서 계신 것을 보면……."

"으음."

의현은 제갈현중의 말을 한 귀로 듣고 한 귀로 흘리며 만족스럽게 고개를 끄덕였다. 죽지 않았으면 됐다. 말이 많은 저 놈을 누가 대신 때려주었다고 생각하면 그뿐이다.

그 옆의 여자는 내상만 약간 있을 뿐, 무사했다.

그리고 나머지 떨거지들은 독에 절어 있었다. 해독약을 먹은 모양인지 심한 독기는 빠져나가 있었지만 그 여파가 남아 있었다.

"떨거지들은 왜 저래."

떨거지들은 화를 낼 기운도 없었다. 의현과 시선이 마주쳐도 그저 목례만 해 보일 뿐, 말을 할 기력도 없는 듯했다.

"다들 잘 살아주었군."

의현이 일행을 바라보며 말했다. 그의 말투는 무심했으나 그의 표정은 그렇지 않았다.

놀랍게도 의현은 환한 미소를 짓고 있었다.

"살아주어 고맙다."

"의, 의현 소협?"

웃고 있는 의현을 본 제갈현중이 경기를 일으킬 듯한 표정을 지었지만, 의현은 그에 아랑곳하지 않았다.

그저 오랜만에 가슴에서 우러나오는 미소를 짓고 있었다. 일행은 의현에게 듣는 인사가 생소하면서도 정겹다고 생각했다.

잠시 미소 지으며 일행을 바라보던 의현이 이내 고개를 돌리고는 바닥에 아무렇게나 앉았다.

의현의 어울리지 않는 모습을 본 일행은 모두 침묵한 채로 그를 바라보았다.

제갈협고 대표로 조용히 입을 열었다.

"무사하셨구려, 파천제. 원시천존은 어찌 되었습니까?"

"맞아 죽었다."

의현의 목소리는 다시 무심한 목소리로 돌아왔다.

제갈협고가 확인하듯 물었다.

"그럼, 모두 끝난 것이오?"

일행 모두의 시선이 의현에게로 향했다. 원시천존이 황궁에 있었고, 황궁의 폭발은 그가 직접 주도하게 되어 있었다. 만약 그가 죽는다면 황궁의 폭발은 막아낸 것이나 마찬가지다. 후일 화약을 파내야 하겠지만 말이다.

모두의 긴장 어린 시선을 받고 있던 의현이 고개를 끄덕였다.

"그렇다."

"허… 허허……."

제갈협고가 긴장이 풀린 듯 어깨를 늘어뜨리며 허허롭게 웃었다. 혜월은 길게 한숨을 내쉬었고, 이시진은 고개를 푹 숙였다. 제갈현중은 끝났다는 말을 듣자마자 시시덕거리며 웃더니, 자리에 발라당 누워버렸다.

"으아, 끝났단다!"

홀가분한 목소리였다. 제갈현중은 모처럼 마음의 짐을 벗어던진 채 별빛이 빛나는 어두운 밤하늘을 바라보았다.

"후아—"

제갈현중이 한숨을 길게 내쉬었다. 밤하늘은 어둡기만 하건만, 별빛이 영롱한 것이 참 아름답다.

"밤하늘이 참 예쁘네……."

하늘을 바라보며 중얼거린 제갈현중 덕택일까? 모두의 시선이 밤하늘로 향했다. 별빛이 아롱거리는 것을 보자 비로소 끝났다는 느낌이 모두에게 찾아왔다.

지쳐 버린 일행은 제각기 편한 자세로 서거나, 혹은 눕거나 앉아서 밤하늘을 바라보았다.
  찬란한 별빛은 지친 일행을 보듬어 안고 환한 빛을 선물했다. 과거에도 그러했고, 앞으로도 그러하듯이.

  오 년 후의 별빛도 그와 다르지 않았다.

종장

별빛이 아른거렸다.

북두칠성이 찬란한 빛을 뿌리고 있었고, 그 옆으로 자그마한 별들이 저마다의 빛깔을 뽐내듯 반짝였다.

밤하늘에 가득 찬 별들은 초롱초롱한 빛깔로 세상을 굽어보았다.

한 팔이 없고 양 다리가 온전치 못한지 절룩거리며 걷던 늙은이가 주름진 얼굴로 고개를 들어 하늘을 바라보았다.

"허어—"

한숨을 길게 내쉰 늙은이는 천천히 거대한 성벽으로 걸어갔다.

성벽의 외각에는 작은 쪽문이 있었는데, 그 문으로 절름발을 끌며 힘겹게 걸어간 늙은이는 문을 끼이이, 열고는 그 안으로 들어섰다.

그리고 문을 닫았다.

먼 과거, 주군의 명령을 수행하다가 단전과 내공을 잃어 눈이 어두웠던 늙은이는 어둠 속에 누군가가 있는데도 불구하고 아무것도 눈치 채지 못했다.

조용히 서 있던 누군가가 두어 걸음 걸어왔을 때에야 늙은이는 인기척을 느꼈다.

"거기 누구요?"

인기척을 내던 누군가는 아무런 답변도 없었다. 늙은이의 음성이 노기를 띠었다.

"이곳은 아무나 들어올 수 없는 곳이오!"

"무영."

그제야 누군가가 한 걸음 앞으로 나섰다. 무영이라 불린 노인이 눈을 크게 뜨며 그의 얼굴을 바라보았다.

"주, 주군……."

"오랜만이로구나."

의현은 오 년 전과 마찬가지로 허름한 마의를 입고 있었다. 세월이 지났음에도 불구하고 얼굴에는 조금의 변화도 없었다.

지난 오 년 동안 더 늙어버린 무영이 남은 한 팔로 바닥을 지탱하며 힘겹게 무릎을 꿇어 부복했다.

"어찌하여 이 문으로 드시옵니까."

"지난 오 년간 남패천으로 들 때마다 이 문으로 왔지."

의현이 무심한 얼굴로 중얼거렸다. 그는 손을 뻗어 벽면을 어루만졌다.

이 길은 먼 옛날, 자신의 첫 번째 제자가 다니던 길이다. 시장을 구경하고 싶어했던 아이를 위해 이 길을 만들어주었건만, 아이는 이미 세상을 떠나고 없다.

아이를 지키려 했던 수하는 지금껏 남아 아이가 다니던 길을 지키고 있었다.

"그때마다 너는 이곳에 있더구나."

"제가 받은… 주군의 명이니까요."

늙은이는 부복한 채 나직한 목소리로 말했다. 의현은 그를 보며 작게 웃어 보였다.

"그래, 그랬었지……."

회한 가득한 얼굴로 벽을 쓸어보던 의현이 늙은이를 바라보았다. 그리고는 잠시 그의 눈을 주시했다.

늙은이 역시 입을 열지 않았기에 침묵이 감돌았다.

하지만 그 침묵 속에서 많은 대화가 있었다.

그리고 그것으로 충분했다.

"내 제자가 웃더구나."

"…예?"

무영이 의아한 얼굴로 의현을 바라보았다. 하지만 의현은 왠지 모를 신비로운 표정을 지으며 그에게 웃어 보일 뿐이었다.

그의 주군이 웃는 모습을 몇 번 본 적 없는 무영이 의현의 얼굴을 관찰할 때였다.

그가 천천히 몸을 돌려 문밖으로 걸어나가기 시작했다.

"가시는 겝니까? 어디를 가시는지요?"

"혼인식이 있다."

의현이 무심한 얼굴로 대답했다.

무영은 의현이 혼인식에 간다는 말에 할 말을 잃었다. 의현과 정말 어울리지 않는 장소가 아닌가.

"이만 가마."

의현은 그렇게 말하고 뚜벅뚜벅 걸어갔다. 무영은 뒤에서 의현의 뒷모습을 바라보며 잠시 주저주저했다.

지난 오 년간 그의 주군은 해마다 한 번씩은 꼭 남패천에 방문했다. 그동안 그는 지난 상처를 많이 잊은 듯했다.

하지만 정말 그럴까. 평생 많은 것을 잃어온 그가 그 상처를 잊을 수 있을까.

"주군."

의현이 걸음을 멈추고는 천천히 뒤를 돌아보았다. 무영이 부복한 상태로 물었다.

"지금은… 평안하신지요?"

꼭 한 번 물어보고 싶었다. 지금은 평안하냐고. 과거의 상
처들이 더 이상 그를 괴롭히지 않느냐고.

의현이 미소를 지어 보였다.

"너는 어뗘하냐?"

무영이 할 말을 잃은 듯 머뭇거렸다. 왜 저런 질문을 던지
는 것일까.

"소, 속하는……."

주저하는 무영을 바라보며 의현이 웃어 보였다. 그리고는
대답을 듣지 않고 문밖으로 나서 버렸다.

무영은 그의 뒷모습을 바라보기만 했다.

끼이익, 하고 문이 닫히며 무영의 모습을 감추었다.

남패천, 다르게는 경친왕부라고 불리는 거대한 성문 밖은
고요하기 짝이 없었다. 야음을 틈타 신나게 울어 젖히는 귀뚜
라미 소리만 들려올 뿐.

의현은 무심한 눈으로 고요한 밤하늘을 바라보다가, 누군
가의 인기척을 느끼고는 그쪽으로 걸어갔다. 조금 떨어진 곳
에서 느낀 인기척이 의현을 알아보고는 마주 다가왔다.

곧 의현은 익숙한 얼굴을 볼 수 있었다.

"그래, 회포는 모두 풀고 온 게냐?"

"너도 들어오지 그랬나."

나타난 사람은 다름 아닌 이시진이었다. 그는 수염을 쓰다
듬으며 고개를 저었다.

"영 불편해서. 알다시피 오 년 전부터 다시 무림과는 발을 끊지 않았느냐. 지인들 몇 명과 연락을 해올 뿐. 아마 내가 남패천으로 들어간 게 들키면 여기저기서 발광들을 해댈 게야."

황궁에서의 일이 끝난 지 오 년이 지났지만 무림은 변하지 않았다. 화마가 남긴 상처를 이겨낸 구파일방은 아직도 굳건하게 서 있었고 황실의 지원까지 받게 된 남패천은 그런 구파일방을 바라보며 콧방귀를 끼고 있었다.

"그렇군."

하지만 남패천의 전대 천주인 파천제에 대한 이야기가 세간에 알려지자 세상의 인식은 많이 바뀌었다. 그와 선계에 얽힌 이야기는 몇 명 몰랐지만, 최소한 구파일방의 폭발을 막고 무림이 말살될 뻔한 음모를 막아냈다는 사실은 널리 알려졌다.

파천제는 더 이상 파천제가 아니라 황(皇) 자를 붙여 파천황이 되었고, 구파일방과 남패천의 교류가 시작되었다. 구파일방은 사실 남패천과 교류하고 싶지 않았지만, 황제가 직접 남패천에 경친왕부라는 현판을 하사한 이후로는 별수가 없었다.

하지만 의현은 무림의 일에 다시 관여하지 않았다. 가끔 젊은 청년이 나타나 마음에 안 든다며 악인들을 두들겨 팬다는 이야기가 흘러나오고는 있었지만, 그것이 파천황이라고 생각하는 사람은 아무도 없었다.

"남패천 근처에 병자들을 좀 돌보면서 희귀한 버섯을 얻었으니 안에서 호화찬란한 대접을 받는 것보다 훨씬 기쁘니라. 이게 뭔지는 모르겠지만 약효가 제법 좋은 모양이다. 민간에서는 거의 대부분의 병에 이 버섯을 쓰더구나."

이시진이 주름진 손으로 망태기를 뒤적거렸다.

이시진은 오 년 새 많이 늙어 있었다. 얼굴에는 주름이 늘어났고, 검버섯이 얼굴을 뒤덮고 있다. 알게 모르게 잔기침도 많아졌다.

의현은 그의 얼굴을 무심히 바라보다가, 그가 알아채지 못하게 그의 등 뒤로 노란색 광채를 보내었다. 광채는 이시진의 몸 속으로 스르르 스며들어 갔다.

"허허헛, 이것 보아라. 향내가 괜찮지? 이 향을 맡으니 갑자기 몸에서 힘이 나는 것 같구나."

위가 넓게 퍼진 버섯을 꺼내 든 이시진이 자랑하듯 그것을 들이밀었다. 의현은 무심히 그것을 바라보다가 덥석 집어 입 안에 넣었다.

이시진은 당황했다.

"어, 어엇?"

"쓰군."

의현이 살짝 미간을 좁히며 입을 우물거렸다. 이시진의 얼굴에 노기가 차 올랐다.

"이게 무슨 짓이야, 이 멍청아!"

바들바들 떨리는 손을 부르르 떨며 의현에게 삿대질하며 고함을 지르던 이시진은 의현의 표정에 변화가 없자 고개를 휙 돌려 버렸다.

"이 망할 놈! 하나밖에 없는데. 가는 길에 몇 개 더 얻어야 겠구나."

이시진은 망태기를 한번 추스르고는 앞장서 걸어나갔다. 의현은 버섯을 우물거리며 그의 뒤를 따랐다.

"그리고 호북으로 가는 길에 장강 쪽에 좀 들러야겠다. 수해가 났다니 우리라도 가서 한 손 도와야지."

"응."

"네가 힘을 쓰고 내가 의술을 펼치면 아마 큰 도움이 될 게야."

"응."

의현은 단답형으로 대답하며 품 안을 뒤졌다. 그리고는 그 속에서 육포가 들어 있는 주머니를 꺼내 들었다.

"오, 고기 냄새?"

이시진의 얼굴이 휙 돌아갔다. 의현의 손에 들린 육포 주머니를 발견한 이시진의 얼굴이 밝아졌다.

"육포로구나! 잘 되었다. 이리 내거라."

"거절한다."

의현이 태평스러운 얼굴로 육포를 집어 입에 넣었다. 이시진이 황당하다는 듯 멈춰 서서 그의 얼굴을 바라보았지만, 의현은 한 점의 거리낌도 없이 그를 스쳐 지나갔다.

이시진의 얼굴이 붉으락푸르락해졌다.

"야, 이 녀석아! 너한테 맡겨두면 여행길에서 다 처먹을 것이 아니냐!"

의현은 대꾸하지 않고 뚜벅뚜벅 걸어갈 뿐이었다. 이시진이 노기 띤 얼굴로 그의 뒤를 쫓아갔다.

"안 돼! 다 먹어선 안 된다! 그래, 다 먹을 거면 나눠 먹자!"

이시진의 처절한 음성이 남패천의 하늘 아래 울려 퍼졌다.

그들은 여전히 가난했다. 남패천에 들를 때면 은자니, 금자니, 전표니 가득가득 챙겨 나오는 데도 늘 그들은 가난했다.

이시진 덕택이었는데, 그는 가난해 헐벗은 백성을 보면 가만히 지나치지 못했다. 눈앞에 보인 사람이 약값이 없어 끙끙 앓고 있다면 그는 재물을 내놓지 않고는 버티지 못했다.

특히 이번에 일어난 장강의 홍수처럼 커다란 재해를 맞이하면 더더욱 그러했다. 이시진은 안절부절못하며 그곳으로 향해 의현과 함께 백성들을 구제했다. 의현은 이시진의 부탁에 못 이겨 절대 스스로를 위해서는 사용하지 않던 권력까지 사용했다.

그리고 의현의 많은 재산은 그곳에서 모두 사라졌다.

그다음에는 고난의 일정이었다. 자신의 안위를 챙기지 않고 재물을 넘긴 것은 좋지만 안 챙겨도 너무 안 챙겼다.

처음에는 소면이라도 좀 먹고 다녔는데, 어느 날 마지막 남은 은자 부스러기를 병든 모친을 봉양하는 점소이에게 넘긴 후로는 험난한 노숙 생활이 열리고 만 것이다.

노숙하다가 의현이 사냥을 해오거나, 우연히 여행자를 만나면 이시진이 눈물로 구걸해 먹을 것을 얻어가며 그들은 여행을 계속했다. 옷은 해질 대로 해졌고 노숙 생활에 때가 낄 대로 끼었다.

그래서 그들이 호북 융중산의 제갈세가에 도착했을 때에는 문지기조차 그들을 알아보지 못했다.

두 달 후. 제갈세가.

"오오오, 제갈세가구나!"

두 달 동안 험난한 여정을 계속해 왔던 이시진이 으리으리한 대문을 바라보며 감격하여 외쳤다. 의현은 여전히 무심한 얼굴이었다. 하지만 안에서 풍겨오는 고기 냄새를 맡고 있는 것만은 분명했다.

거의 넝마나 다름없는 옷을 입고 있던 이시진이 지친 눈으로 제갈세가 안을 바라보았다.

"안에서 고기를 굽나 봐. 맛있겠구나."

"들어가자."

의현이 먼저 한 걸음을 옮겼다. 제갈세가의 가솔 하나가 그들을 가로막았다.

"어허, 거지들이 어디를 들어오려고 하느냐."

"……."

의현이 무심한 얼굴로 제갈세가의 가솔을 바라보았다. 이시진이 냉큼 끼어들었다.

"이보게. 우리는 제갈세가에서 열리는 혼인식에 참석하러 온 것이라네. 장강에 좀 들렀다가 오는 바람에 요 모양 요 꼴이 됐지마는, 엄연히 제갈세가의 초청장을 받은 하객이지."

"음?"

문을 지키던 가솔은 눈을 가늘게 뜨고 의현과 이시진을 훑어보았다. 하긴, 제갈세가는 무림과 친하니 개방의 무인들이 올 수도 있다. 하지만 개방의 협사들이라면 결을 매달고 다니는데, 이 사람들에게는 결이 없다.

가솔은 잠시 그들을 훑어보다가, 불쑥 손을 내밀었다.

"하면 초대장을 보여주시오."

"오오, 잠시만 기다리게나."

이시진이 미소를 지으며 망태기 속으로 손을 집어넣었다. 그리고 그것을 뒤적뒤적거리며 무어라고 중얼거리기 시작했다.

"허어, 내가 초대장을 여기에다 넣어놓았는데… 어디에 있

지? 분명히 여기에 있는데… 이건 약방문이고… 의현아, 너
혹시 초대장을 어디다 두었는지 아느냐?"

"안다."

의현이 물끄러미 이시진을 바라보며 말했다. 이시진이 그
거 잘 됐다는 표정으로 의현을 바라보았다.

"어디에 있는데? 네가 가지고 있는 게냐? 얼른 다오."

"저번에 네가 뒤 닦는데 썼다."

"뭣?"

이시진의 얼굴이 굳어졌다. 문득 기억을 되돌려보니, 사천
에 들러 오랜만에 기름기를 접하곤 뒤가 급하여 변소로 달려
갔을 때가 떠올랐다. 그때 뒤를 닦을 것이 마뜩찮아 어떻게
할까 고민하다가, 품속에서 약방문을 발견하곤 기뻐했었다.

그것으로 일을 처리한 그는 질 좋은 종이로 뒤를 닦았더니
참 상쾌하다고 연신 감탄을 터뜨렸다. 의현은 약방문은 망태
기 안에 있고 이시진의 품 안에 있던 것은 초대장이라 것을
잘 알고 있었지만, 그런 소소한 사정을 챙기는 성격이 아니었
다.

"엇? 그러면 왜 미리 말해주지 않았느냐! 어쩐지 질이 참
좋더라니, 그것이 제갈세가의 것이었어!"

제갈세가의 초대장을 뒤 닦는데 쓰는 사람이 천하에 어디
있을까! 본래 그런 귀중한 것은 잘 간직해 두었다가 방문하는
날 곱게 펴서 넘기는 것이 상례다. 만약 제대로 보관하지 않

더라도 제갈세가의 초대장으로 뒤를 닦는 모욕적인 일을 벌일 사람은 없다.

문지기의 의심이 커졌다.

"이 거지 놈들이 감히 제갈세가를 모욕하는구나! 뭐? 초대장으로 뒤를 닦아?"

"아니, 그게 아닐세! 그래, 안에 가서 제갈현중 소협을 좀 불러주게! 그가 없으면 신지 제갈협고를 불러주게나! 약선의제 이시진이 찾아왔다고 하면 알 걸세!"

"신산자 제갈현중과 제갈협고 어르신께서는 무림의 영웅이신데 어디를 오라 가라 하느냐! 그리고 네가 약선의제라고? 그분을 사칭하지 마라, 이 거지 영감아!"

그때, 이시진의 배에서 꼬로록, 하고 울렸다. 그 소리는 이시진을 한층 더 곤궁해 보이게 했다. 문지기는 호되게 매질이라도 해서 쫓아내야겠다고 생각했다.

하지만 그때, 옆의 문지기가 그를 말렸다.

"이보게, 오늘은 친영(親迎)이 있는 날이 아닌가. 본래 잔칫집에서 거지를 거절하면 복이 달아난다 하니, 그러지 말고 뭐라도 먹여서 보내세."

"음? 오늘이 친영이 있는 날인가?"

무어라고 매달리려던 이시진이 반색하며 외쳤다.

"흐음. 하긴. 얼마나 배고프면 이런 데 와서 거짓말까지 해가며 기웃거리겠어."

문지기는 그 말에 일리가 있다고 생각했는지, 눈을 가늘게 뜨고는 이시진을 바라보았다.

"그러면 이쪽으로 와라! 제갈세가가 먹을 것을 베풀어줄 터이니. 그것만 얼른 처먹고 가거라!"

문지기가 짜증 섞인 태도로 외치고는 몸을 휙 돌려 버렸다. 그는 자신이 누구에게 외치는지는 까맣게 모른 채 당당하게 이시진과 의현을 안내했다.

이시진이 우물쭈물하며 그 뒤를 따랐다.

"하지만 난 정말 약선인데… 제갈 소협과도 친하단 말일세……."

"허어! 그래도 거짓말을 계속하는구나! 영감이 계속 그렇게 나오겠다면 밥이고 뭐고 없으니……."

"아니야! 그래, 약선 따위 하등 소용도 없는 이름이거늘! 그냥 아니라고 치세나! 먹을 것은 어디에 있던가?"

이시진이 다급히 외치고는 고개를 두리번거렸다. 문지기는 흥, 소리를 내고는 다시 걸음을 옮겼다. 무림이나 관의 높으신 분들이 앉을 단상으로 거지들을 데려갈 생각은 없었다. 문지기는 그보다 한참 밑에 있는 일반 백성들이 앉는 자리로 그들을 데려갔다.

"오오!"

그 자리에는 소면이니, 소채볶음이니, 동파육이니 하는 것들이 있었다. 이시진은 재빨리 뛰어들어 소면을 한 그릇 쥐어

들었다.

　의현은 벌써 동파육 쪽으로 다가가 있었다. 일반 백성들에게 먹일 것이라 대충 요리된 저급한 요리였지만 의현은 만족했다.

　문지기는 그들이 허겁지겁 배를 채우는 것을 보고는 혀를 쯧쯧 차며 몸을 돌렸다.

　곧 친영이니 저런 자들에게는 신경 쓸 시간이 없다.

　같은 시각, 붉은빛 가득한 행차가 제갈세가로 향하고 있었다. 화환을 든 누군가가 앞장섰고, 꽃길을 만드는 하인이 꽃을 뿌리며 그 뒤를 따랐다.

　그리고 한 청년이 말을 타고 꽃길을 지나가고 있었다. 이제는 앳된 기색이 사라지고 늠름한 청년이 된 그는 제갈현중이었다.

　"에, 에취!"

　하지만 하는 행동은 그렇게 늠름하지 않았다.

　얼굴 가득 웃음기를 매단 제갈현중은 크게 재채기를 하며 몸을 앞으로 숙였다. 몸을 어찌나 격렬히 움직였는지 하마터면 낙마를 할 뻔했다. 제갈현중은 재빨리 말의 목을 붙잡았다.

　"으, 으앗!"

　제갈현중이 말목을 부둥켜안고 흔들리는 몸을 가누려 하

자 말은 갑갑함을 느꼈다. 말은 등 뒤에 탄 이 성가신 인간을 치워 버리면 속이 참 시원할 것이라고 생각했다.

히히힝!

"우아앗, 하지 마!"

말에 매달린 제갈현중이 비명을 올렸다. 말이 발버둥을 치자, 근처에서 조바심을 내며 언제 저 소협이 사고를 칠까 기다리던 마부가 재빨리 달려들어 말을 다독였다.

제갈현중은 콧물을 쿨쩍, 삼킨 다음에 헤죽 웃으며 마부에게 인사를 남겼다.

"훌쩍, 고마워요."

"고마울 것까지야 있겠습니까. 벌써 세 번째인데요."

마부는 제갈현중이 아니라 말을 불쌍하다는 듯 바라보았다. 그리고 고개를 절레절레 젓다가, 조심스럽게 제갈현중을 바라보며 건의했다.

"꽃 좀 그만 뿌리면 안 되겠습니까? 저 꽃 때문에 자꾸 재채기를 하시잖습니까."

"안 됩니다. 꼭 뿌릴 거예요. 예쁘잖아요, 우리 신부처럼."

생각만 해도 기쁘다는 듯 제갈현중이 벙긋벙긋 웃어댔다. 마부는 팔불출처럼 보이는 제갈현중을 바라보며 한숨을 내쉬었다.

한숨을 내쉰 사람은 또 있었다.

"하아—"

말을 타고 가는 신랑 뒤에 붉은색이 가득한 가마가 하나 있었는데, 가마 안에는 아름답게 화장을 하고 붉은색 면사로 얼굴을 가린 한 여인이 있었다.

한숨을 내쉰 사람은 바로 그녀, 혜월이었다.

'제발 그러지 마. 멍청해 보인단 말이다.'

혜월은 울적한 얼굴로 제갈현중을 바라보며 내심 중얼거렸다.

오 년 전에 제갈현중을 만났을 때는 저런 놈과 강호행을 하게 된 자신의 운명을 저주했었다. 하지만 그 강호행이 끝날 때쯤에는 정인이 되어버렸으니 세상일은 참 모르는 것이다.

'…이제는 물릴 수도 없고.'

홍가마를 타고 있으니 별수가 없다. 아니, 사실은 홍가마를 타고 있지 않았더라도 마찬가지다.

그래서 혜월은 아예 제갈현중을 외면하는 수를 택했다. 마차 옆에서 말을 몰고 무뚝뚝하게 걸어오던 천뢰비도 막천길이 울적한 얼굴로 속삭였다.

"정말 저런 놈에게 시집을 가도 괜찮겠느냐? 내가 너라면 아니 갈 터인데… 저런 멍청한 놈에게는… 지금이라도 내뺄까?"

"이미 늦었습니다, 사부님. 일단은 저도 여자고."

혜월이 조그맣게 속삭였다. 천뢰비도 막천길의 눈시울이 붉어졌다. 그는 황급히 눈을 손으로 가렸다.

"어떻게 저런 놈이 너를 홀렸을까! 칠푼이 주제에 어떻게!"
천뢰비도 막천길이 탄식했다.
"마지막의 마지막까지 반대하려 했건만 어떻게 이럴 수가!"
천뢰비도 막천길은 끝까지 제갈현중과 혜월의 혼인을 반대했었다. 강호행이 끝난 후 모든 일이 다 잘되리라 믿고 희희낙락했던 제갈현중으로서는 마른하늘의 날벼락 같은 일이었다.
그 이후로 오 년, 무려 오 년 동안 제갈현중은 허락을 받기 위해 헤매야 했다.
"…미안하네, 사돈."
천뢰비도 막천길의 옆에서 신지 제갈협고가 말을 몰고 나타났다. 하지만 그의 얼굴에는 미약한 미소가 지어져 있었다.
저런 칠푼이라 장가나 제대로 가겠나, 했는데 어느 순간 대어를 낚아채 왔다. 어리버리해 매력이라고는 하나도 없는 제갈현중에게 혜월은 한줄기 빛이요, 희망이나 다름없었다.
그래서 제갈협고는 막천길과 달리 몹시 흡족했다.
"네 얼굴은 보기 싫다, 이 악적!"
천뢰비도가 울적한 목소리로 고개를 돌려 버렸다. 그리고 무어라고 중얼거렸다.
"네놈이 조카를 저렇게 키워놓은 탓이야! 저렇게 만들어놓고 혜월을 데려가겠다고 날 설득하려 했으니, 네놈은 내 친구가 아니라 원수다."

"그러니까 미안하다고 했잖은가."

지난 오 년간 제갈협고는 조카에게 내려진 이 황금 같은 기회를 위해 여러 차례 막천길을 설득했었다. 그러나 막천길은 요지부동이었다. 자신의 모든 것을 물려받아 천하에 이름을 날리는 무인이 되어야 할 혜월이 저딴 놈에게 발목을 잡힐 수 없다며 단호한 태도를 취했던 것이다.

오 년간 설득했는데도 실패하자, 제갈협고와 그 조카 제갈현중은 한 가지 계책을 세워 실행했다. 혜월은 그 계책을 알면서도 방해하지 않았다.

올해 봄, 제갈현중과 혜월은 제갈협고의 지원을 받아 합방을 했다. 그리고 제갈현중답지 않게도 단박에 성공했다.

여름이 되기 전에 혜월의 배가 살짝 부풀어 올랐다.

"그래도 나름대로 귀엽지 않습니까."

혜월이 흘끗 제갈현중을 바라보며 말했다. 제갈현중은 또 재채기를 하고 있었다. 눈에 콩깍지가 씌면 방법이 없다더니 그 모습이 제법 귀여워 보인다.

"…너도 미쳤구나."

막천길이 투덜거리듯이 말하며 말을 아예 뒤로 빼버렸다. 제갈협고는 흡족한 얼굴로 조카며느리를 바라보고는 막천길을 따라 말을 뒤로 빼었다.

뒤에는 취선과 광불이 말 등에 엎드려 있었다. 취선은 그나마 제대로 타서 머리를 누이고 있건만, 광불은 아예 거꾸로 누워 말 엉덩이를 베고 있다.

그들의 옆에는 술에 취한 얼굴의 현천자와 공미가 말을 몰고 있었다. 현천자와 공미는 취한 상태에서도 자신들의 말 끈만이 아니라 광불과 취선의 말 끈까지도 쥐고 있었다.

"이 친구들, 자신들도 못 이길 술을 사손들에게도 먹이더니……."

제갈협고가 한심하다는 듯한 눈으로 취선과 광불을 바라보며 중얼거렸다. 현천자가 풀린 눈으로 제갈협고를 바라보며 대답했다. 그의 입에서 술 냄새가 풍겼다.

"취선 사조니임께서는… 으음, 어지럽구운요… 네 말에 더해 석 근을 더 드셔었습니다. 무량수불, 제갈세가에 도착하거드은 쉴 곳이 필요할 것 가알습니다."

머리가 아픈지 인상을 찌푸리는 현천자다. 그 뒤를 이어 공미가 고개를 홰홰 젓더니, 딸꾹질을 하며 중얼거렸다.

"이제 취부울이 되겠다고 하시이더니… 히끅, 광불 사조께서 더 드셔었구려. 광불께서는 네 말에 더해 석 근 마신 거엇으로도, 히끅, 모자라 호리병 두우 개를 비우셨다오. 아미타불, 히끅!"

공미의 얼굴도 약간 붉어져 있었다. 광불이 마시라고 권한 술을 받다가 그리된 것이었다. 내공으로 취기를 날리면 엄벌에 처한다니 취한 상태로 말을 몰 수밖에 없다.

그 사정은 현천자도 다르지 않았다.

"제갈세가에 도착하면 좀 쉴 수 있을 게야. 저 친구들도, 자네들도."

제갈협고가 턱끝으로 제갈세가를 가리켰다.

붉은빛 행차는 어느새 제갈세가에 다다라 있었다.

꼬챙이에 꽂힌 화선적 하나를 들고 입가로 옮겨가던 이시진이 손가락으로 제갈세가의 정문을 가리켰다.

"오오, 저기 오는구먼. 그리고 그 꼬치는 내 것이다, 의현아! 만지지 마라!"

뒤쪽에 미리 빼둔 꼬치에 의현이 손을 가져가자 이시진이 눈을 부릅떴다. 하지만 의현은 태평하게 꼬치를 쥐어 들었다.

"맛있겠군."

그리고는 꼬치를 입가로 가져가며 멀리서 보이는 붉은빛 행차를 바라보았다. 행차는 점점 더 가까이 다가오고 있었고, 사람들은 다가오는 신랑과 신부를 바라보며 웃음꽃을 피웠다.

"젠장, 그러면 그것만 먹고 그 뒤의 꼬치는 건드리지 말아라. 그보다 이 년 전에 보고 처음인가? 호오, 제갈 소협의 얼굴이 활짝 폈군그래."

꼬치를 자신의 쪽으로 당기며 의현에게 주의를 준 이시진이 행차를 바라보며 말했다.

“응.”

의현이 무심한 얼굴로 중얼거리고 꼬치를 한 입에 넣었다. 그리고 꼬챙이를 바닥에 버리고는 또 다른 꼬치에 손을 가져갔다.

“이이익! 건드리지 말랬잖느냐!”

“나눠 먹자.”

꼬치 쪽으로 뻗어가는 손을 어떻게든 막아보려 했지만 이시진이 어찌 의현을 막겠는가! 이시진이 고개를 격렬히 저었다.

“안 돼! 몇 개 없단 말이다!”

의현은 이시진의 방해를 피해 꼬치 하나를 쥐어 들었다. 미리 빼둔 꼬치가 다 떨어져 가건만 역시 화선적 하나를 또 빼앗기고 말았다.

“내놓아라!”

이시진이 의현의 팔을 붙잡아가며 외쳤다. 의현은 거절했다.

“싫다.”

담담한 태도가 더 약 오른다.

이시진이 분노한 눈으로 그를 노려보다가 더 이상 빼앗기기 전에 화선적을 한 입에 몽땅 집어넣었다.

이번엔 의현의 얼굴이 살짝 구겨졌다.

“나눠 먹자고 했잖은가.”

"하하하! 거정항다!"

거절한다는 말이었지만 화선적을 우겨놓고 보니 웅얼거리는 소리로만 들렸다. 의현은 이시진의 손에 들린 꼬치가 벌써 반이나 사라졌다는 것을 깨닫고는 그것이라도 먹기 위해 손을 뻗쳐 갔다.

"하이 마아라!"

이시진이 웅얼거리며 몸을 획 돌려 버릴 때였다.

어느새 행차가 제갈세가의 정문을 넘어왔다.

"감축드리오, 신산자!"

"하하핫, 선남선녀의 만남이로구나!"

구경하던 객들이 왁자지껄 웃으며 행차의 앞에 선 제갈현중에게 축원을 외쳤다.

"고맙습니다. 잘살게요! 하하핫!"

제갈현중은 벙긋벙긋 웃으며 주위를 향해 목례해 보였다.

축원에 답례하며 이곳저곳을 둘러보던 제갈현중은 문득 자신들을 바라보는 백성들 틈에서 낯익은 얼굴을 발견하고는 행동을 멈추었다.

"어, 어라?"

제갈현중의 눈이 휘둥그레 커졌다.

"이 웅이! 놓아라!"

"거절한다."

제갈현중이 발견한 것은 손을 뿌리치며 격렬하게 외치는

이시진과 그의 손에서 산적을 빼앗아가던 의현이었다.

"약선 어르신! 의현 소협!"

의아한 표정에서 웃음 띤 표정으로, 나중에는 반가워서 어쩔 줄 모르겠다는 표정으로 변한 제갈현중이 재빨리 말에서 뛰어내렸다.

꼬치를 들고 티격태격하던 이시진이 고개를 돌렸다. 그리고 꿀꺽, 입 안에 있는 음식을 삼키고는 환히 웃었다.

"오랜만일세, 제갈 소협!"

잽싸게 달려와 이시진 앞에 선 제갈현중은 반가운 마음에 호들갑을 떨었다.

"늦지 않게 오셨군요! 혹여 얼굴도 못 뵐까 봐 걱정 많이 했었어요. 장강에 홍수가 났다는 소식을 듣고는, 이시진 어르신이라면 분명히 그쪽으로 가셨으리라 생각했거든요. 거기서 구휼을 하고 오신다면 틀림없이 늦으실 텐데, 이 일을 어찌하나 했어요. 아! 혼인 때문에 움직이지는 못했지만, 장강에 홍수가 났다는 소식을 듣고 저희 제갈세가도 구휼미와 은자를 풀었습니다. 가만히 있을 수가 없더라……."

"그 입 다물어라."

의현이 짜증 섞인 얼굴로 제갈현중의 말을 막았다. 어느새 꼬치를 다 먹고는 무심한 얼굴이 된 의현이었다.

제갈현중은 반갑게 웃으며 머리를 숙여 보였다.

"오랜만입니다, 의현 소협. 그동안 잘 지내셨어요?"

“반갑군.”

제갈현중이 먼저 인사를 건네자 의현이 대답했다. 짧은 인사였지만 그것으로 충분했다. 제갈현중의 얼굴에서 웃음이 떠나지 않았다.

행차를 뒤따라오던 막천길과 제갈협고 역시 말에서 내렸다. 그들은 의현에게로 걸어와 목례했다.

“오랜만에 뵙소이다. 파천황.”

“……”

의현은 대꾸하지 않고 가만히 서서 목례를 받았다.

제갈협고와 막천길도 대답을 기대하지는 않았는지, 곧바로 이시진에게로 걸어갔다.

“오랜만일세. 이 사람아, 어찌 그리 무심한가.”

제갈협고가 인사를 건네자 이시진이 어깨를 으쓱해 보였다.

“천하를 떠돌다 보니 그리되었지. 자네들은 하나도 변하지 않았구먼. 허허헛! 그보다, 취선과 광불은 어디에 있는 겐가?”

제갈협고가 씁쓸한 얼굴로 고개를 돌려 마차 뒤쪽을 바라보았다.

취선과 광불은 여전히 숙면에 들어 있고, 서서히 술기운이 오르는지 현천자와 공미가 이상한 대화를 나누고 있었다.

무공을 익힌 신체는 굳이 내공으로 취기를 날리지 않아도 술기운을 억누를 수 있었지만, 취선과 광불만큼이나 많이 마시면 그도 무용지물이다.

"무랴앙수불, 세상이이 두 개애… 기분이이 좋구려."

"술도오 맛이 좋지요? 아미타부울, 괜히이 사조들께서 술을 마시는 게 아니었소오이다."

무공뿐만이 아니라 다른 면에서도 취선과 광불을 닮아가는 공미와 현천자였다. 이시진은 그들의 모습을 보고 고개를 절레절레 저었다.

"물들었군, 물들었어."

"나도 그렇게 생각한다네."

제갈협고가 냉막한 얼굴로 고개를 끄덕였다. 이시진은 그들에게서 관심을 떼고는 너털웃음을 터뜨렸다.

"허허헛! 오랜만에 다들 모였구면. 도제만 모이면 완벽한데."

이시진이 그렇게 말할 때였다. 주위가 고요해진다 싶더니 혼인식에 참석한 다른 이들의 시선이 모두 제갈세가의 정문 쪽으로 돌아갔다.

"음?"

뭔가 이상한 기척을 파악해 낸 이시진이 다른 이들의 시선을 따라 고개를 돌렸다. 그와 마주하던 제갈협고의 고개도 돌아갔다.

제갈세가의 정문에는 한 사내가 서 있었다.

이시진이 깜짝 놀란 표정을 지으며 외쳤다.

"도제! 오셨구려!"

"……."

도제는 이시진의 부름에 답하지 않았다. 그는 차가운 얼굴로 상황을 주시하고 있었다.

먼저 평소처럼 무표정한 의현과 놀란, 하지만 반가운 얼굴의 이시진이 보였다. 도제의 시선이 혜월이 타고 있을 붉은 마차, 그 뒤로 서 있는 제갈협고와 천뢰비도 쪽으로 돌아갔다. 그들의 뒤에는 말에 엎드려 자고 있는 취선, 광불과 술에 취해 횡설수설하는 현천자와 공미가 보였다.

마지막으로 도제는 제갈현중을 발견했다.

알게 모르게 도제와 정이 담뿍 든 제갈현중은 놀란 표정을 짓다가 환히 웃었다. 그리고는 무어라고 말하려 입을 열었다.

도제는 무인다운 섬세한 시각으로 제갈현중이 입을 열어가는 것을 자세히 볼 수 있었다.

그것은 마치 느리게 보였다. 도제는 불길한 감각을 느꼈다.

그리고 판단했다.

"…잘 있어라."

저놈의 수다를 또 들을 필요는 없다. 도제가 몸을 돌려 성큼성큼 걸어나갔다.

"도제 어르신! 어딜 가십니까? 어디 가세요!"

제갈현중이 몸을 홱 돌린 도제에게로 뛰어갔다.

그들 외의 사람들은 모두 조용해져 있었다. 그들이 모여 있는 장면이 가히 충격적이었기 때문이다. 특히, 이시진과 의현을 안내했던 문지기는 거의 새파랗게 변한 얼굴이었다.

누군가가 더듬더듬 중얼거렸다.

"마, 만환도제에… 정도사절… 신산자 제갈현중과… 시, 신산자의 부인이 협려비도 혜월이라 해, 했었지?"

"그렇지. 지금 저 마차 속에 있을 걸세… 그리고 정도사절 옆에는 소림과 무당의 신진고수, 현천자와 승려 공미도 있구만."

황궁의 폭발을 막은 이후로 의현을 제외한 나머지 일행은 무림십성이라는 칭호로 불렸다. 일행은 달가워하지 않았지만 말이다.

"그리고 저기 저쪽, 약선 의제 옆에 있는 자는 바로……."

"처, 천하제일인! 파천황! 그리고 화, 황상 폐하께서 제수하신……."

그 외침 탓일까?

모두의 시선이 의현에게로 향했다. 커져 버린 눈으로 의현을 바라보던 하객들이 모두 바닥에 엎드렸다.

"강호의 천한 무부들이 경친왕을 뵈옵니다!"

하객들이 무언가를 떠올리고는 바닥에 엎드렸다. 한두 명이 아니라 거의 모든 하객들이 엎드리는 모습은 일렁이는 파도 같았다.

의현은 무심한 얼굴로 그들을 둘러보다가, 천천히 입을 열었다.

"일어나."

황상 폐하께서 친히 제수하신 왕이다. 핏줄이 다름에도 황실의 일원이 된 사람이 바로 의현이었다.

"하, 하오나……."

"일어나라고 했다."

세간에 알려진 소문에 따르면 경친왕, 아니, 파천황은 세 번 말하지 않는다고 한다. 하객들이 황급히 자리에서 일어나기 시작했다.

의현은 무심한 얼굴로 고개를 돌려 버렸다.

황제는 의현의 무위를 보고 내심 두려워했다. 그가 남패천이라는 강호의 세력을 가지고 있다는 말에는 더더욱 그러했다. 저런 무위를 가진 자가 반역이라도 저지른다면 방법이 없다. 그렇다고 반역자로 몰아 처리하려니, 그의 무공 수위가 너무 무서웠다. 십만 대군과 마주해 싸운다면 십만 대군이 이기겠지만, 몰래 숨어와 암살을 저지른다면 꼼짝없이 죽음을 맞고 말 것이다.

그래서 황제는 의현에게 경친왕이라는 칭호를 제수하고 황실의 일원으로 만들어 버렸다. 처음에 누이를 의현에게 시집보내려 했던 시도가 실패하자 택한 차선이었다.

의현은 끝까지 그를 거절했다. 하지만 황제는 막무가내로 남패천에 경친왕부라는 현판을 써서 하사하고, 허락도 없이 의현을 경친왕으로 만천하에 공표해 버렸다.

의현은 군웅들에게서 관심을 끊었다. 그리고는 가마에서 내린 채 조용히 서 있는 혜월에게로 걸어갔다. 오래 지나지 않아 그녀 앞에 당도한 의현이 무심한 목소리로 속삭였다.

"여자."

혜월이 시립한 채로 머리를 숙여 보였다.

"축하한다."

혜월이 약간 당황한 눈으로 의현을 바라보았다. 의현은 면사에 가려져 있음에도 그녀의 시선을 정확히 알아차리고는, 살짝 미소를 지어 보였다.

"감… 감사합니다."

의현은 혜월이 무어라고 중얼거리자마자 몸을 돌렸다. 자신이 이 자리에 있으면 방해가 된다고 생각한 의현은 제갈세가의 정문 밖으로 향했다.

나머지 일행들은 굳이 의현을 잡지 않았다. 이전에도 이런 경우가 없지 않았던 탓이었다. 황제가 준 권력 때문에 사람들의 이목이 쏠리면 의현은 그 자리를 피해 버리곤 했었다.

의현이 제갈세가를 벗어나자 뒤이어 환호성 소리가 들려왔다. 의현이 있을 때는 위압감에 아무 말도 못했던 하객들이 이제는 마음껏 환호한 것이다.

"와아아! 무림십성!"

"역시 제갈세가로구나! 무림십성이 전부 모이고 파천황, 아니, 경친왕 전하께서도 오시다니!"

의현은 뒤에서 들려오는 환호성을 무시하며 아무 곳으로나 방향을 잡아 걸어나갔다.

얼마나 걸었을까.

의현은 제갈세가를 벗어나 천천히 융중산을 올랐다. 산의 정상을 향해 가는 것은 아니었다. 그는 어딘가로 가야 할 이유도, 목적도 없었다. 그저 걸을 뿐이다.

서둘러 걸을 필요가 없기에 그의 움직임은 느릿했다. 그는 융중산을 거닐며 부드러운 바람을 맞았다.

갈대일까, 아니면 쇠해 노랗게 말라붙은 잡초일까.

누런빛 들판이 완만한 언덕 같은 산야에 펼쳐져 있었다. 의현은 바람에 흔들리는 금빛 들판을 무심한 듯 바라보았다.

처음 기억을 잃었을 때가 떠올랐다. 노을을 바라보며 제자와 마지막으로 섰던 그때의 기억이 의현의 머릿속에 생생하게 떠올랐다.

그때는 푸르른 산과 마주했었고, 지금은 부드러운 바람이 감도는 금색 들판에 서 있었으나 의현은 그때와 지금이 다르지 않음을 느낄 수 있었다.

노을이 그때와 같았다.

의현은 주황색으로 물든 아름다운 하늘을 바라보았다.

부드러운 바람이 의현의 이마를 훑고 지나갔다.

바람은 아이들의 웃음소리를 싣고 왔다.

"그러지 마, 이 바보야!"

"아하핫, 싫어!"

까르르 웃으며 두 명의 사내아이가 서로 엎치락뒤치락 하는 것이 보였다. 의현은 저도 모르게 걸음을 멈추었다.

서로 뒤채던 아이들은 어느새 자리에서 일어나 마구 달리기 시작했다. 한 아이가 특별한 이유도 없이 도망을 치자 다른 한 명을 잡으려고 그 뒤를 쫓았다.

의현은 그 모습을 물끄러미 바라보다 바닥에 아무렇게나 앉았다. 미풍이 의현의 머리카락을 휘날렸다.

서로 쫓고 쫓기던 아이들은 의현 쪽으로 달려오고 있었다. 의현을 그냥 동네 아저씨쯤으로 여긴 아이들에게는 두려움이라고는 없었다.

의현은 자리에 앉은 채 자신에게로 달려오는 아이들을 바라보며 살짝 미소를 지었다. 어느새 아이들은 의현의 근처에 다가와서는, 그를 보고는 문득 달음박질을 멈추었다.

"안녕하세요?"

"그래."

의현이 무심하게 답했다. 차가운 목소리에 위압감을 느낄 만도 하련만, 아이는 그렇지도 않은지 태평한 얼굴로 의현의 앞에 서 있을 뿐이었다.

"왜 이곳에 앉아 계시지요?"

아이가 고개를 갸웃하며 질문했다. 의현은 아이를 바라보며 짧게 대답했다.

"특별한 이유는 없다."

"헤에, 그렇구나."

고개를 주억거린 아이가 웃차, 하고 의현의 옆에 앉았다. 또 다른 아이는 의현의 앞에 서서 수줍은 듯 미소를 지었다.

"그런데, 아저씨는 누구예요?"

"…글쎄."

의현은 쉽게 대답하지 못했다. 그는 파천제였고, 한 아이의 아비였고, 누군가의 친구였고, 혹은 어떤 이의 스승이었다. 의현은 생각하기를 멈추고 고개를 저었다.

"나도 잘 모르겠다."

"에이, 그것도 몰라요? 바보네."

옆에 앉은 아이가 이죽거리듯이 말하자 의현이 씁쓸하게 미소를 지었다. 어쩌면 자신이야말로 바보일지도 모른다. 세상을 잊고 슬픔을 잊고, 한마저도 잊어버리려 했었으니 세상에 이런 바보가 또 있겠는가.

"하긴. 우리 아빠가 그러는데요, 사람은 누구나가 자기가 누군지 잘 모른대요. 근데 난 그게 무슨 뜻인지 모르겠어요. 난 난데."

아이가 다리를 쭉 폈다. 의현은 그 말에 공감했다. 실제로 그는 자신이 누군지 몰랐었다. 그러다가 기억을 찾고, 아픈 추억들을 떠올렸었다.

"그러니까 아저씨도 그냥 아저씨인가 보지요, 뭐."

그 말을 들은 의현의 몸이 경직되었다. 자신이 누군지 몰랐을 때, 그때 정말로 자신은 스스로의 정체를 잊은 걸까? 어쩌면 아닐지도 모른다. 생각해 보면 모든 것은 그의 안에 있었다. 그가 보고자 하지 않았을 뿐.

"아저씨한테서 좋은 냄새가 나요."

의현의 움직임이 완전히 멈췄다. 그의 아들, 신우가 자주 하던 말이었다. 아들은 늘 자신의 가슴에 얼굴을 묻고 좋은 냄새가 난다고 했었다.

"하지만 왠지 슬퍼 보여요. 처음 봤을 때부터 슬픈 표정이었거든요."

그랬던가? 평소와 다를 바 없는 얼굴이라고 생각했는데.

아이의 얼굴을 돌아보지 않았건만, 아이가 자신을 보고 있다는 것은 알 수 있었다. 아이는 조금 안쓰럽다는 듯한 목소리로 말했다.

"그렇게 슬퍼했으니까 이제 웃어도 될 텐데."

의현은 전신에 소름이 돋는 것을 느꼈다. 그는 멍한 표정으로 자신의 앞에 선 아이를 바라보았다. 이제는 세상에 없는 첫 번째 제자의 얼굴이 떠올랐다.

의현은 아이를 멍한 눈으로 바라보다가, 이번엔 천천히 고개를 돌려 옆에 앉은 아이의 얼굴을 정면으로 주시했다.

"시, 신우?"

그의 입에서 부지불식간에 한마디가 튀어나왔다. 아이는 아들의 얼굴을 하고 있었다. 의현은 아이의 얼굴을 멍하니 바라보았다. 아니, 아닌 것도 같다. 아들의 얼굴이 잘 기억나지 않았다.

"웃어봐요, 이렇게."

아이가 조그마한 손을 뻗어 의현의 입가로 가져가서, 그의 입을 쭈욱 벌렸다.

의현은 아무런 말도 하지 못했다. 아이는 자신이 만든 의현의 표정이 마음에 드는지 배시시 웃었다.

그러더니 끙차, 하고 몸을 일으켰다.

"이제 우리는 가야겠다. 그런데 아저씨 이름은 뭐예요?"

자리에서 일어난 아이가 의현의 앞에 서 있던 아이의 손을 마주잡고 의현에게 물었다. 의현이 더듬거리며 대답했다.

"의, 의현······."

"이상한 이름이네. 그거 진짜 이름이에요?"

아이가 고개를 갸웃거리며 반문했다. 진짜 이름은 아니었다. 그것은 이시진이 지어준 이름이었다.

의현이 멍하니 아이를 바라보자, 아이는 모든 것을 다 알고 있다는 듯한 얼굴로 미소를 지어 보였다.

의현은 아이를 따라 천천히, 아주 천천히 입을 열었다.

내가 누군지 모른다고 대답하자 아이는 그는 그일 뿐이라고 답했다. 그동안 슬퍼했으니 이제는 웃으라 했다.

"내 이름은……."

의현은 마음에서 우러나오는 환한 미소를 지었다.

(終)

안녕하세요, '자승자박'의 글쓴이 촌부라고 합니다.

장마철이 되어도 비가 오지 않아 걱정했는데, 지금은 비가 한두 방울 내리고 있습니다. 빗속에서 여름 냄새가 풍기는 것을 보니 색다른 정취가 느껴집니다.

사실 자승자박을 쓰면서 여름 냄새를 풍기는 비를 보는 건 벌써 두 번째입니다. 가을에 시작했던 글이니만큼 늦어도 다음해 가을까지는 선뵀어야 했는데, 제 불찰로 인하여 여름을 두 번이나 맞이한 후에야 이렇게 인사말을 올리게 되었습니다.

본의가 아니었고 개인적인 사정이 있었다고는 하나, 늦은 것에 대해 감히 변명을 할 수는 없을 줄로 압니다.

다시 한 번 사죄를 드립니다.

글을 마치며 지체된 출간 속도만큼이나 제 모자람을 본 듯하여 후회가 남습니다. 두 번째이니 좀 나아질 줄 알았는데, 왜 더 좋은 글을 쓰지 못했나에 관한 미련은 여전히 남아 저를 괴롭히고 있습니다.

과거를 통해서 미래로 가보자는 간략한 이야기를 이토록 길게 우회해서 써야 했던 제 우둔함에도 한숨이 나온답니다.

그저 독자 여러분께서 이 글을 읽고 조그마한 웃음이라도 지을 수 있기를, 힘든 세상 시름을 조금이나마 잊으셨기를 소원할 뿐입니다.

힘들 때마다 위로를 건네주시던 오태철 부장님께 감사 인사를 올립니다.

부족한 솜씨로는 도저히 나아갈 수 없었던 길을 걷도록 도와주신 여러 선배 작가님들과 후배 작가님들께 감사 인사를 올립니다.

바쁜 시간을 쪼개어 제 글을 읽어주시고 모자란 부분을 지적해주신 이경선님, 한재선님, 김진아님, 엄세진님께 감사 인사를 올립니다.

매번 늦는 것으로도 모자라 이번엔 아예 일 년씩이나 늦어버린 미욱한 저 때문에 속이 새카맣게 타셨을 이재권 과장님과 편집부

여러분께도 감사 인사를 올립니다.

　무엇보다 이렇게 독자 여러분께 글을 선보일 수 있는 자리를 마련해 주시고, 자칫 이겨내지 못할 뻔했던 제 어려움까지 돌봐주셨던 서경석 사장님께 이 자리를 빌어 감사 인사를 올립니다.

　마지막으로 많이 모자라고 많이 미거한 글인데도 끝까지 읽어주신 독자 여러분께 머리 숙여 감사 인사를 올립니다.

촌부 배상.

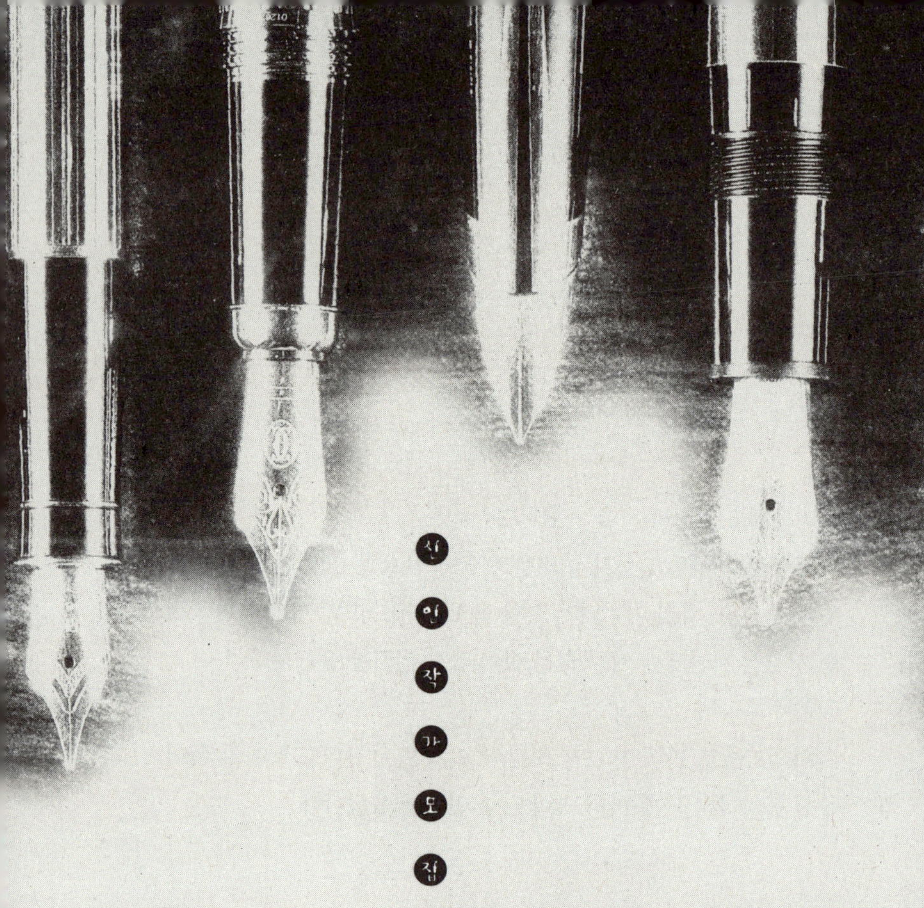

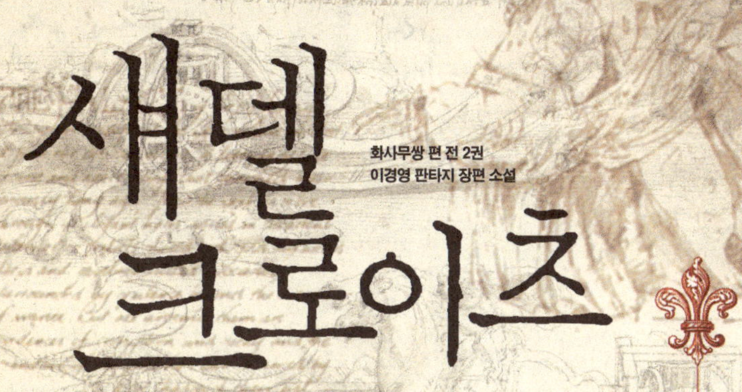

섀델 크로이츠

화사무쌍 편 전 2권
이경영 판타지 장편 소설

『가즈나이트』의 명성과 신화를 넘어설
이경영의 판타지의 새로운 상상력!

자신만의 독특한 세계관을 창조한 작가
이경영의 새로운 도전과 신선한 충격.

바란투로스의 특수부대 섀델 크로이츠의 리더 파렌 콘스탄.
야만족을 돕는 안개술사를 물리치기 위해 아시엔 대륙에서 온
불을 뿜는 요괴 소녀 카샤.
너무나 다른 두 사람이 운명의 길에서 만나다.
친구란 이름으로 시작된 모험, 그 앞에 놓인 난관과 운명의 끈은
어떻게 될 것인지……

"질투가 날 만도 하지.
요괴가 산신령을 엄마로 두는 건 흔한 일이 아니거든.
괜찮다, 파렌. 본좌가 아는 요괴들 전부 본좌를 질투하고 부러워하니까."
소녀는 손에 잔뜩 받은 빗물을 흘짝 마셨다.
파렌은 그 순수함에 웃음을 흘렸다.
그는 지금까지 자신이 봤던 그녀의 기이한 행동들을 어렴풋이나마 이해할 수 있을 것 같았다.
그렇게 친구가 된 둘은 그 길로 긴 여행을 떠나게 된다.

본문 중에-

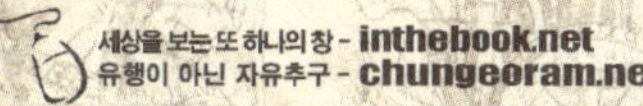

Book Publishing CHUNGEORAM

학교에서는 가르쳐주지 않는
10대들을 위한 **인생수업**

작가 : 이빙 | 역자 : 김락준

10대들을 위한 나침반 같은 인생 교과서!
사회 초입에 들어서게 될 청소년들에게 들려주는
100가지 인생 이야기

내 인생의 방향잡기!
여행길에 오르기 전에 접해보자!

100가지 이야기, 100가지 명언

사람은 태어나면서부터 각기 다른 모습으로, 각기 다른 사고로 "인생" 이라는
여행길에 오르게 된다. 내가 지금 서 있는 이 위치에서 그리고 사회라는 공간에서
한 사람의 몫을 당당하게 해낼 수 있는 역량을 키워나가기 위해서는 어떠한 생각을
가지고 있어야 하는 걸까.

늦지 않게 준비하자! 스스로의 마음가짐이 자신의 미래를 결정한다!

설레는 마음으로 떠난 길일지라도 기존에 생각하고 있던 것과는 다르게 흘러가는
사회의 모습에 당혹스럽기도 할 것이다.

그러한 곳에 발을 들여놓기 위해 첫 발걸음을 막 뗀 청소년이라면 학교에서는
미처 배우지 못한 상황에 더욱이 큰 혼란스러움을 느낄 수밖에 없다.
시간이 흐를수록 사회가 한 인간에게 요구하는 것은 다양하고 세밀해지고 있다.
그러한 사회 속에서 자신만이 앞으로 나아가지 못해 제자리걸음을 하게 된다면 어떠할까.
미리 대비를 하지 않는다면 당신 역시 그러한 현상에 빠지는 또 한 명의 사람이 되고 말 것이다.

책장을 넘기는 순간, 책과 당신의 공감대가 형성된다!

적응을 위해 도움이 될 만한
인생의 지혜와 경험, 깨달음이 한가득 담겨있다.
그 속에 담긴 100가지 이야기 그리고 그와 관련된 100가지의 명언은
가슴 깊이 새겨 놓고 되뇌어 보기에 충분하다.

세상을 보는 또 하나의 창 - inthebook.net
유행이 아닌 자유추구 - chungeoram.net

Book Publishing CHUNGEORAM

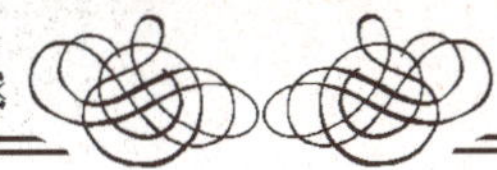

공부하는 감각의 차이가 자녀의 미래를 결정한다.
이 시대가 필요로 하는 명품 인재 만들기!

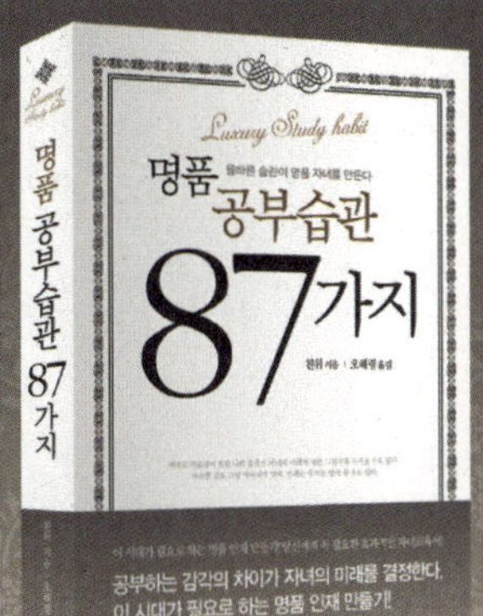

 **똑소리 나는 부모의 똑소리 나는 자녀 교육법!**

어린 시절의 습관은 평생을 결정한다.
제대로 바로잡지 못한 나쁜 습관은 자녀의 미래에 검은 그림자를 드리울 수도 있다.
대부분의 부모들은 아이의 잘못된 습관을 발견하면 언성을 높이는 경향이 있다.
하지만 그것이 문제 해결의 방법이 아님을 당신은 이미 알고 있을 것이다.
지금 당신은 적절한 대안을 찾지 못해 힘겨워 하고 있지는 않은가.
내 아이가 명품 인생으로 살아가길 희망하는 부모라면 이 책에 귀를 기울여 보자.

 **내 아이가 세상의 중심에 우뚝 설 수 있게 하는 방법!**

이 책은 잘못된 공부습관과 대인관계 형성 등의 문제 등을
87가지 이야기를 통해 알아보고 그에 걸맞는 올바른 해결책을 제시해주고 있다.
이 한 권의 책을 통해 똑소리 나는 부모가 되어보자.
그리고 내 아이가 최고의 명품으로 거듭날 수 있도록 노력해보자.
이 책은 분명 당신에게 꼭 맞는 효과적인 자녀교육서가 될 것이다.

세상을 보는 또 하나의 창 - inthebook.net
유행이 아닌 자유추구 - chungeoram.net

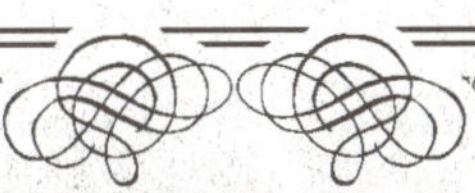

Book Publishing CHUNGEORAM

Rhapsody Of Cardinal

카디날 랩소디

송현우 판타지 장편 소설

놀라운 경험(the enormous experience)!

He created a completely new world.
It is a place who have never known and where never been able to imagine.
This splendid world will introduce the enormous experience for the
person only who reads.
그 누구에게도 알려진 것이 없으며 상상조차 할 수 없었던 새로운 세계를
작가는 완벽하게 창조해내었다.
이 멋진 세계는 독자들만이 체험할 수 있는 놀라운 경험으로 인도할 것이다.

판타지는 허구다? 아니다. 판타지는 일상이다.
우리의 삶은 연속된 판타지의 연장선상에 놓여 있고,
상상은 우리의 일상을 더욱 살찌운다.
『카디날 랩소디(Rhapsody of Cardinal)』를 경험하는 독자들은
더욱 풍부한 일상 속에서 새로운 삶을 경험할 것이다.
멋진 만남! 흥미로운 경험! 이것이 『카디날 랩소디』가 가진 장점이며,
작가 송현우가 독자들에게 바라는 꿈이다.

세상을 보는 또 하나의 창 - **inthebook.net**
유행이 아닌 자유추구 - **chungeoram.net**

Book Publishing CHUNGEORAM